U0876874

诡案罪 7

GUI AN ZUI

岳 勇◎著

群言出版社
QUNYAN PRESS
·北京·

图书在版编目（CIP）数据

诡案罪. 7 / 岳勇著. — 北京 : 群言出版社, 2016.6

ISBN 978-7-5193-0121-7

Ⅰ. ①诡… Ⅱ. ①岳… Ⅲ. ①长篇小说－中国－当代 Ⅳ. ①I247.5

中国版本图书馆CIP数据核字(2016)第111332号

责任编辑：朱前前
封面设计：郑金将

出版发行：群言出版社
社　　址：北京市东城区东厂胡同北巷1号(100006)
网　　址：www.qypublish.com
自营网店：https://qycbs.tmall.com（天猫旗舰店）
　　　　　http://qycbs.shop.kongfz.com（孔夫子旧书网）
　　　　　http://www.qypublish.com（群言出版社官网）
电子信箱：qunyancbs@126.com
联系电话：010-65267783　65263836
经　　销：全国新华书店
法律顾问：北京天驰君泰律师事务所

印　　刷：北京慧美印刷有限公司
版　　次：2016年7月第1版　2016年7月第1次印刷
开　　本：787mm×1092mm　　1/16
印　　张：15
字　　数：214千字
书　　号：ISBN 978-7-5193-0121-7
定　　价：36.80元

目 录

迷情杀意 /002

决战擂台 /036

帝京风云 /066

真假老虎 /114

玫瑰陷阱 /130

诡枪绝杀 /154

同居关系 /170

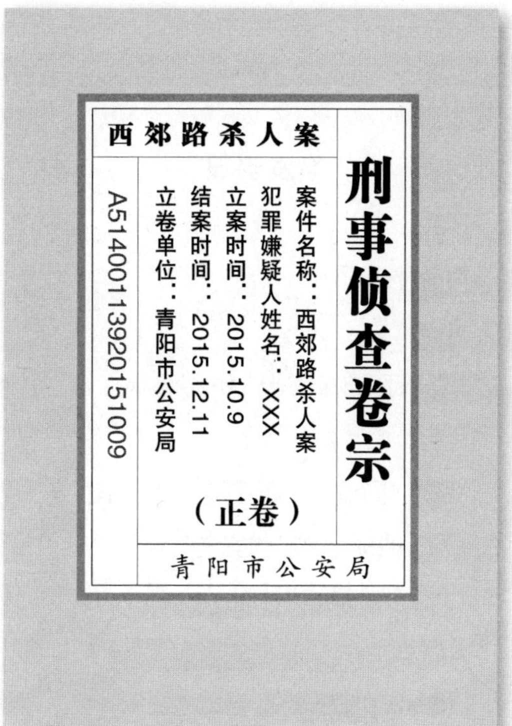
西郊路杀人案
刑事侦查卷宗
案件名称：西郊路杀人案
犯罪嫌疑人姓名：XXX
立案时间：2015.10.9
结案时间：2015.12.11
立卷单位：青阳市公安局
A51400113920151009
（正卷）
青阳市公安局

迷情杀意

案发当日

丁零零，电话铃声急促地响起。

时间正是晚上 9 点。

“喂，您好，这里是青阳市公安局 110 报警指挥中心，请问有什么可以帮您？”

“我、我要报警，刚才有个男人闯进我家，杀了我丈夫……”

“您现在在什么地方？能确保自己的安全吗？”

“我、我现在和我女儿躲在卧室里打电话，那个人好像已经走了。”

“您住在哪里？”

“西郊路 118 号 5 楼 503 房。”

“好的，请您继续待在安全的地方不要离开，警察很快就会赶到。”

几分钟后，两名正在西郊路附近巡逻的巡警赶到了现场，在确认报警人所言属实之后，立即把情况报告给了局里。

不大一会儿，刑侦大队大队长范泽天带人赶到了现场。

西郊路已经靠近郊区，118 号是一幢五层高的旧楼。

范泽天走进 503 房，屋里亮着灯，电视机开着，房间里弥漫着一股浓浓的血腥味。

狭窄的客厅中间，一个年轻男人仰面倒在地板上，看上去像是胸口被人刺了一刀，鲜血流了一地。

先前赶到的两名巡警，一个在客厅里看守现场，另一个在后面卧室里陪着一个年轻女人。

女人面容姣好，但此时脸上却写满了惊惧。她怀里抱着一个两岁左右的小女孩，小女孩已经睡着了。

法医老曹上前察看了一下，确认倒地男子已经死亡。他戴着手套，扒开男子的衣服，一边观察死者身上的伤口，一边说："应该是被锐器刺穿心脏，失血过多而死亡。凶器嘛，应该是一把单刃的水果刀。"

范泽天走进卧室，巡警朝他点了一下头，指指那个女人说："就是她报的警，外面的死者是她丈夫。"

那个女人急忙把手里的孩子放到床上，抽泣着站起身。

范泽天问："能告诉我发生了什么事吗？"

女人的身体还在发抖，看来受到了不小的惊吓。她揩着眼泪说："今天晚上，我们刚吃过晚饭，正在家里看电视，忽然有人敲门，我丈夫起身去开门，一个男人走进来，什么话也没有说，就掏出一把水果刀，往我丈夫胸口刺了一刀。我丈夫中刀倒地，我也吓坏了，赶紧带着女儿躲进卧室，关紧了房门。凶手撞了几下门，没有撞开。后来我听到脚步声，知道他走了，才想起打电话报警。"

范泽天的助手、正在一旁作笔录的女警文丽抬头问了一句："你认识那个男人吗？"

"我……"

女人看了一眼外面客厅丈夫的尸体，目光垂了下去，摇头说："不认识……"

范泽天又问了一些情况，知道这女人叫王婕，她丈夫叫秦启明，两人都不是青阳本地人，原籍在贵州省。秦启明在一家酒楼做杂工，王婕无业，在家里带孩子。

晚上 11 点多的时候，现场勘察工作基本结束，没有搜集到什么与凶手有关的重要线索。现场也没有找到作案的凶器，估计是被凶手带走了。

范泽天走出大楼看了一下，这是一栋专门用来出租的旧楼，每一层有四间房。五楼只有王婕他们一个住户，其余三间房都是空着的。

警方问了一下其他楼层的住户，都没有注意到当晚有什么陌生人出入。

王婕的爱情故事

我叫王婕，我出生在贵州省一个贫穷落后的小村庄里，我下面还有一个弟弟和一个妹妹，生活十分贫苦。有道是“贫贱夫妻百事哀”，正是因为家庭情况不好，父亲和母亲经常吵架，自我小时候开始，家里就没有过过一天太平日子。

我十岁那年，爸爸和妈妈终于离婚了。妈妈扔下了弟妹却带着我，改嫁到了外乡一个叫刘景红的光棍儿家里。

妈妈嫁过去后才发现，刘景红其实是一个吃喝嫖赌抽五毒俱全的家伙。妈妈在这个新家的遭遇，比离婚以前更惨。刘景红心狠手毒，几天时间妈妈便被他驯得服服帖帖，在他面前骂不敢还口、打不敢还手，只能逆来顺受，有泪往肚里流。

有一天半夜里，我忽然被隔壁妈妈房里传来的凄厉的惨叫声惊醒。我忙爬下床，来到妈妈的房门前，从门缝里悄悄往里一瞧，只见昏黄的油灯下，刘景红把妈妈绑在床柱上，手里拿着一根皮带，正在一下一下使劲地抽打着妈妈……

我又惊又怒，跑出房间，冲进厨房，猛地抓起一把明晃晃的菜刀。

刘景红被我吓了一跳。

我举起刀颤声道：“我、我就一刀砍死你！”

他吓唬我道：“快把刀放下，砍死人是要坐牢的，你不怕吗？”

“我不怕！砍死你，我再自杀！”

他是个欺软怕硬的角色，一见我挥舞菜刀一副豁出去了的样子，不由得倒抽一口凉气，顿时软了下去，讪讪地走了。

我的泪水无声地流着，为自己，也为我那苦命的妈妈。

从这以后，我每天晚上都要把菜刀拿来放在枕头下面，才能安稳地睡觉。

经过这件事之后，继父老实了许多。但我做梦也没有想到的是，在这看似平静的生活背后，却隐藏着一场看不见的阴谋。

那年夏天，我刚参加完中考回到家，正为自己在考场上超常发挥考出了好成绩而暗自高兴时，继父却忽然对我说："阿婕，快去收拾一下，明天隔壁村的姜麻子要娶你过门儿。"

"什么？"我吓了一大跳，以为自己听错了。

"你明天就要做新娘了，快去收拾收拾。女人家，人家女，养得再大终究是别人家的，读那么多书干什么，终究是个赔钱的货。"

继父说完，打着酒嗝儿又跑去跟人家玩牌赌钱去了。

我一脸莫名其妙，一问母亲才知道，最近继父手气不好，在牌桌上老是输钱，最后输红了眼，把我也输给了邻村光棍儿姜麻子。姜麻子三十多岁了，是这一带有名的二流子，偷鸡摸狗，坑蒙拐骗，好事不做坏事做尽。

我听完，差点昏倒在地上。

妈妈把我紧紧地抱在怀中，泪如雨下："婕，咱娘俩儿的命怎么都这么苦哇……"

我咬牙说："妈，我们不能听任这个恶棍的摆布！我、我要逃出去！我再也不想见他的面了。"

这天晚上，我胡乱收拾了几件换穿的衣服，在妈妈的帮助下，从后门悄悄溜了出来，准备乘夜出走。哪知刚走出后门，就被继父拦住。原来他早已算好我会逃婚，怕我走掉明天姜麻子不会放过他，所以一直暗中守在后门口。这一夜，他把我反锁在房间里，看守得死死的。

第二天一大早，我还来不及吃一口早饭，姜麻子就带领一队人马敲锣打鼓地来迎亲了。我死活不从，但一个手无缚鸡之力的少女又怎是那些五大三粗的男人们的对手？很快，我便被他们架上了一辆破旧的摩托车。

我拼命地踢打挣扎哭喊着，但却没有一个人能帮我，包括我那亲生的妈妈，也只能倚在门框上望着我被他们强行架着越去越远的身影，默默地流着泪……

姜麻子指挥着那一班如狼似虎的朋友把我架到他家，把我反锁在房间里之后，就吆喝着拉着他们喝喜酒去了。这场酒一直喝到深夜十点多才散场。

我待在那间牢固的房子里几乎想尽了各种逃跑的法子，但却都以失败而告终。最后，我完全绝望了。我除了坐在地上无助、绝望地哭泣之外，再也没有其他办法了。

半夜时分，姜麻子打开房门打着酒嗝儿闯进来。看见我，他眯着的两只眼睛睁得大大的，放射着贪婪的淫光。二话不说，就朝我扑过来。我惊叫着闪到一边，他扑个空，“扑通”一声摔倒在地上，哼了几声，忽然不动了。

我吓了一跳，轻轻走过去一看，真是老天有眼，他喝醉酒，已经昏睡过去。我又惊又喜，忙轻轻打开门，闪了出去，然后又把门反锁上，连滚带爬地逃出了姜家。

外面一片漆黑。何去何从？继父那个家是肯定不能回去了。去哪里才好呢？我这才发现，天下之大，竟连我这个小女孩的立足之地也没有。正在为难之时，我忽然想起了父亲，想起了我的亲生父亲。我宛如在无边的黑暗中看到了一线光明，我决定去找他。

我大致辨别一下方向，就急急忙忙上路了。不知跌了多少跤，吃了多少苦，受了多少伤，终于在第二天中午时分，我见到了父亲。

我这个受尽惊吓受尽委屈受尽磨难的孩子，终于松了口气，一把扑在父亲怀中痛快地哭起来。

爸爸颤抖地抱着我，轻轻拭干我的眼泪，问我到底发生了什么事。

我咬着牙流着泪，把继父的所作所为和我的遭遇一五一十地告诉了爸爸。

爸爸听完，红着眼圈抚摩着我的头说：“阿婕，爸没用，让你受苦了。可是，你这样逃出来，他们一定会找到这里来的。”

“那怎么办？”我搂紧爸爸哭喊道，“爸，他们不是人，他们不是人，打死我也不跟他们回去了。爸，我要跟您在一起，跟您在一起！”

爸爸长叹一声，说："你先去你姑姑家避一避，等风头过去之后，再回来吧！"

"嗯！"我含泪点了点头。

就这样，我又连夜逃到了一个远房姑姑家里，一住就是一个多月时间。

8 月底的一天，学校快开学了，我惦记着上学的事，偷偷回了一趟家。

爸爸告诉我，我走后，继父和姜麻子曾带人到我家来过好几次，没有见到我，才悻悻而去。他还掏出一封信，递给我，说是我的班主任亲自送来的。班主任去过继父那个家，是妈妈偷偷叫他来这里找我的。

我拆开信一看，居然是我梦寐以求的县重点高中的录取通知书。我高兴得跳起来。

但是，这时我却发现爸爸正闷坐在门槛上一口一口地抽着旱烟，完了，长叹一声，无奈地对我说："阿婕，咱们家实在太穷了，你弟妹又多，现在你回来，生活就更拮据了，我看这书你就别念了吧。"

我红着眼圈噙着眼泪说："爸，你要不让我上学，我就从独孤崖上跳下去。"

爸爸没再说话，只是又无奈地长叹一声。

过了几天，我揣着爸爸用一头耕牛换来的学费走进了县一中。

在这所高中里，教我们语文的是一位叫康哲的男老师，三十来岁，白净儒雅，学识渊博，讲课时旁征博引，妙语如珠，深受同学们的喜爱。一段日子下来，我发现班里有许多女生都在悄悄谈论着他，暗恋着他。听说有几个城里的女生还偷偷给他写过情书呢，可他就是不为所动。

说老实话，我那时也很仰慕他、喜欢他，总希望他注意到我，但又害怕他注意到我。因为我那时是只丑小鸭，又没钱打扮，根本无法和那些打扮得花枝招展的城里的女同学相比。

我只能远远地看着他，默默地想着他，偶尔得到他不经意地一瞥，也会令我兴奋得好几晚睡不好觉。我那少女羞涩的情窦就这样被这位博学多才风度翩翩的语文老师给撞开了。

为了引起他的注意，我常常"开夜车"，加倍地努力，把各科成绩搞得十分优秀。尤其是语文成绩和作文成绩，几乎每次考试都是满分，我也因此受到了他的多次表扬。

高中二年级那年，一天下午，弟弟突然赶到学校哭着告诉我，父亲在山上伐树不小心摔下山谷，已快不行了。我惊呆了，忙向学校请了假，随弟弟一起搭车赶回家，但父亲却已在我到家的半小时前闭上了眼睛。

等忙完父亲的丧事安排好弟妹们的生活再回到学校时，我的人瘦了一圈，功课已落下一大截，成绩更是一落千丈。父亲的去世、家庭的困境、生活的拮据，早已使我穷于应付、心力交瘁、无心学习。

就在我快要坚持不下去而辍学回家时，康老师把我叫进了他的教员办公室。他让我坐下，又倒了杯热茶给我，然后在我对面坐下来，对我说："你家里的情况我是昨天才从你邻村的同学那儿了解到的。"他轻声责怪我说，"发生这么大的事，你为什么不跟老师讲呢？"

"我……我……"我低头嗫嚅着，却一句话也说不上来。

"老师知道你家里经济情况不好，但你要坚持下去。"他掏出一把饭票塞到我手中，"拿着吧，不够再到老师这儿来拿。老师会帮你申请助学金的。"

看着康老师关切的面孔，我心中百感交集，叫了一声老师，就扑在他宽厚的怀抱中嘤嘤地哭泣起来。

康老师轻轻拭去我脸上的泪花，拍拍我的头，微笑着说："不要这样，阿婕，你的成绩一直很好，只要坚持下去，是一定能够考上大学的。"

我咬着嘴唇，用力地点了点头。

在这之后的很短一段时间内，在康老师加班加点地补习下，我很快把自己曾经落下的功课补了上来，我的成绩又开始在班上遥遥领先了。不久后，康老师又为我争取到了学校的800元助学金，使我原本捉襟见肘的生活有了很大的改善。

更加令我感激的是，康老师见我为了节省开支每顿只吃青菜萝卜，便常叫康师母做些好菜把我叫过去吃。

他家住在学校的一栋教师宿舍楼里，康师母是个贤惠温柔和蔼可亲的女人，原是学校附近某国营单位职工，现在下岗在家。他们有一个五岁的女儿，叫星星，很乖巧，总是亲热地叫我姐姐。

每次去康老师家，看着他那并不宽裕的家庭，想着他每个月都要接济我几十元伙食费，我就有种想要流泪的冲动。我真的很庆幸在失去父亲后，能得到康老师父兄般的关爱。

我不止一次地在心里暗暗发誓：以后有机会一定要好好报答康老师这一片关爱。而现在，我唯一能做的就是拼命学习，争取考出好成绩。

皇天不负苦心人。终于，在那年的高考中，我以全县总分第三名的优异成绩考入了省城大学中文系。当接过由康老师转交给我的大学录取通知书时，我当着众多师生的面，深深地跪在了康老师跟前，泪如泉涌……

在大学里，我一边勤工俭学努力学习，一边与康老师保持着书信来往，常向他汇报学习和生活情况。而从他断断续续的来信中，我也知道了他的一些情况。

在我高中毕业后不久，他就辞职去了位于长江边的经济比较发达的青阳市，先是投奔他一个在那里做生意的同学，后来自己投资，开了一家文化公司，生意十分红火。听说他事业有成，我也替他高兴。

时间过得飞快，转眼我大学毕业，受聘到家乡县城的一家报社做记者，与我一同应聘来的还有一个叫秦启明的小伙子，他毕业于省城大学新闻系，跟我是校友。

不知是由于刚参加工作人地生疏生活孤寂，还是年轻人比较容易沟通，总之，我与阿明很快相恋了。但不妙的是，报社的效益一天比一天差，那点微薄的工资不要说维持家用，就连自己的日常生活也难维持下去。到后来，干脆连这点微薄的工资也发不出了。

康老师得知我的窘况后，给我打了一个电话，叫我去他那儿工作。这年年底，在万家团圆的时刻，我和阿明却一起离开了家离开了亲人，踏上了去往青阳市的火车。

在青阳市，康老师热情地接待了我们。我被安排在他公司的办公室做文员，阿明则当上了后勤部主管，两人的工资都比在报社时高出好几倍。在我暗暗庆幸自己找到了一份好工作的同时，心中又多了一份对康老师的感激之情。

今天被人称为“康总”的康老师，早已不是以前那个清贫如洗的穷教书匠了，他在这里买了别墅，妻子和女儿也接来了。现在，他身穿名牌，出入有车，一副成功商人的派头，唯一没变的是他那份对我父兄般的关怀与爱护。

时间一转便是三个月。3 月间的一天，晚上 8 点多，我仍在办公室的电脑前敲着一份财务报表。这时，康总办公室的门忽然打开了，他一边活动着全身筋骨放松自己一边走出来，看见我他吃了一惊：“咦，阿婕，还在加班？”

我说：“是呀，有份文件今天要打印存档。”

他问：“还有多少没打完？”

我忙说：“马上就打完了，您还有什么吩咐吗？”

他笑笑说：“不是，我想请你一起出去吃宵夜。”

我本想告诉他今晚阿明约了我去看任贤齐的演唱会，但最后我说出来的话却是：“好吧，您稍等！”

他说：“不急，我等你！”他搬来一把凳子坐在我身边，看着我一下一下地打着文件。

我心里一慌，打错了好几个字。

9 点钟，我们来到了新华餐厅。康总泊好车，带我走进去。餐厅经理显然熟识他，远远地就迎住他。

我们坐下，康总叫了几样精致可口的小菜，还有一瓶酒。我俩面对面，默默地吃着。餐厅里流淌着轻松浪漫的音乐，气氛很好。

我虽自念高中起就熟识他了，但像这次这样在这么浪漫的气氛中两人这么靠近却还是第一次。

我抬眼悄悄看他，只见他与当教师时相比，儒雅中又增添了几分成熟与稳重，那双明亮的眼睛依然是那么的有神。想想高中时暗恋他的那份少女情怀，我脸上忽然有种火辣辣的感觉。

这晚，他喝了许多酒。喝着喝着，他忽然放下酒杯，重重地叹了口气。

我一怔，忙问："康总，怎么啦？"

他又仰头喝了一大杯酒："没什么。"

"不，我看得出您有心事。"

他目光一黯，轻叹一声道："我在想自己拼命地工作拼命地赚钱到底是为了什么。"

我有些诧异，不知他怎么会忽然有这种感慨。

他接着说："我拼命地赚来这么大的一份家业，又有什么用呢，连一个继承的人也没有。"我这才明白他是在感叹自己只有一个女儿，却没有一个儿子传宗接代继承他的事业。我记得以前康师母曾经做过手术，已经不能够再生育了。

我安慰他说："康总，您女儿乖巧懂事，长大了照样可以助您一臂之力呀！"

他说："唉，女儿再好，终究是人家的媳妇，又怎能与儿子相提并论呢！"

我心里对他这种思想颇不以为然，正想给他讲一番"女子照样能顶半边天"的大道理，他却摆手道："好了，今天不要提这些不开心的事了，来，咱们干一杯！"

左一杯，右一杯地干下来，待到 11 点多我们吃完时他已是酒气冲天醉意朦胧了。我也喝多了一点，头晕晕的。

我扶着他走出餐厅，他却连停车场的方向也找不到。幸好餐厅的经理跟他熟识，知道他喝醉酒不能驾车，便帮我叫了辆出租车。

20 分钟后，出租车在康总的家门口停下来，我把他扶下车，按了半天门铃却不见康师母出来开门。

康总这才想起来说："她带着女儿回娘家去了。"

他掏出钥匙去开门，插了几次都找不到锁孔，最后还是我动手帮他开了门。

康总住的虽是别墅，但家里依然保持着朴素的本色，并不显得十分奢华。我把东倒西歪的他扶到席梦思床上，又打来热水，替他把脸擦干净，然后帮他脱鞋宽衣，盖好毛毯让他在床上睡觉。就在我做完这一切准备转身离去时，康总忽然捉住了我的手。

“婕，你别走！……我好喜欢你，你不要离开我……”

我脸上一热，回头看他一眼，却见他翻一下身，又鼾声如雷了。我忙趁机挣脱他的手，逃也似的下了楼。

走了好远，我的心还在怦怦地跳着，是惊是喜还是害羞，连我自己也不知道。

第二天上班，康总见了我一切如故，好像什么也不曾发生过似的，倒是我的心却忐忑不安起来，总预感到我和他之间也许会有什么故事发生。

我到底是希望和他发生什么故事，还是害怕和他发生什么故事呢？连我自己也说不清楚。

一个星期后的一天，康总叫我陪他去跟一位日本客户谈一份文化项目推广合同。说是谈合同，其实是陪人家吃喝玩乐。如果人家吃得满意，玩得开心，那这份合同就谈成了，反之，就泡汤了。

我随康总来到帝豪酒楼，在约定的包厢里，已有一个五十来岁、又胖又矮双眼眯成一条缝就像是从电视里走出来的典型的日本鬼子形象的男人，带着一个穿超短裙打扮艳丽助理模样的小姐坐在那里等着我们。

康总给我介绍说这位就是山本先生，省城一家大型广告公司的总经理。出于礼貌，我边微笑着点头说：“山本先生，请多关照！”一边向他伸出了手。

他的眼睛眯得更厉害，伸手在我手心里重重地捏了一下。

双方坐定，山本那淫邪的目光一直放肆地在我身上扫来扫去，令我浑身直起鸡皮疙瘩。一阵觥筹交错，吃好喝好之后，康总把拟好的合同从公文包里拿出来，递到正打着酒嗝儿剔着牙的山本面前：“山本先生，合同我已拟好了，请您过目。”

山本弹掉手里的牙签，操着半生不熟的中国话说：“康老板，你办事我放心，你拟的合同我完全同意。”

“那就请签字吧！”

“要我签字不难，得先答应我一个条件。”

“山本先生有话不妨直说！”

山本那赤裸裸的目光盯着我不怀好意地笑道："只要这位阿婕小姐陪我一晚，明早起床我就签字付款，怎么样？"

我的脸"腾"的一下齐脖根都红了，如果不是康总在场，我早就愤然起身离席了。我什么也没说，扭头看着康总。

此时，康总的脸色难看到了极点，他忽然冷笑一声，拿起桌上那份合同撕了一个粉碎，一扬手，将一把纸片狠狠地扔在山本那张死猪脸上。

"阿婕，我们走！"说完这句话，他再也没看山本一眼，起身就走。

"喂，喂，回来，回来，有事好商量，有事好商量嘛！"这是山本的声音。但康总没理他，径直走出了酒楼。

门外，一片阳光灿烂。坐进车里，康总对我笑笑说："阿婕，我送你回宿舍！今天你不用回公司上班了，我放你一天假！"

我看着故作轻松的他，心中很不是滋味："康总，对不起，我知道这份合同如果谈成了，公司至少可获得几百万的利润。"

康总的一只手从方向盘上移下来，握住我的手在后视镜里看着我说："怎么，傻丫头，难道你以为你在我心里仅仅只值几百万吗？"

我听了，心里一热，几乎落下泪来，不由自主地把头靠在他怀中，久久说不出话来。

车子开回康总家，刚关好门，我还没反应过来，便被他拥入怀中，压在了柔软的席梦思床上。

我轻吟一声，羞涩地闭上眼睛。令我吃惊的是自己居然连一点反抗的意识都没有，甚至内心深处还有一种隐隐的渴望。

第二天早上醒来，我看着雪白的床单上那一团鲜红的落英，眼泪还是止不住地流了下来。我的哭声惊醒了康总，他睁开眼睛看看赤身裸体的自己，又看看我，似乎这时才完全清醒过来。没等他开口，我便一把扑在他怀中，哭得更大声了。

他抱紧我，双手温柔地抚摩着我的脊背，柔声说："婕，别哭了，你放心，我不是一个不负责任的男人，我、我会离婚娶你的！"

“真的？”我仰着一张泪脸问他。

他在我鼻尖上吻了一下：“当然是真的，我什么时候骗过你？我要你为我生一个儿子，生一个像我一样英俊潇洒聪明能干的儿子……好吗？”

“嗯！”我这才破涕为笑，羞涩地点点头。

自从有了那一夜温柔之后，康总便不再让我做那看似轻松体面实则复杂烦琐的文员工作，而是把我调到他的办公室做他秘书。虽说是秘书，但实际上一天到晚无事可做，只是偶尔陪他出去应酬一下。

渐渐地，我发现公司员工看我的目光有些怪怪的了，但我并不在乎，我并不是一个因别人的目光和议论而改变自己的人。只是，每当面对我的男朋友阿明时，我心里总有一种深深的负疚感。我觉得自己最对不起的人就是他了，他毕竟还是我名义上的男友啊！

考虑了整整一个晚上，我最后决定把真相告诉阿明，让他早点从我的阴影中走出来。我知道以他的条件，只要他一开口，公司有一大群漂亮的女孩会去追他。我不能再耽误他了。

于是，这天晚上，我买了两张电影票，约他去看电影。阿明很高兴地答应了。晚上 11 点多钟的时候，电影演完，我们走出电影院。阿明要叫车送我回去，我拦住他说：“今晚月色这么好，我们在街上走走吧。”他点点头，轻轻握住了我的手。

这是一条比较偏僻的街道，街上行人稀少，昏黄的路灯光将我俩的身影拉得老长老长。我俩手牵着手，在窄窄的街道上默默地走了很久。正当我准备打破沉默把实情告诉阿明并向他正式提出分手时，却发生了一件令我意想不到的事——我们被三个喝得醉醺醺的大汉拦住了去路。

“你们想干什么？”阿明忙护在我前面，盯着他们问。

一个大汉打着酒嗝儿说：“小子，不关你的事，把这个美女留下，你快滚吧！”

来者不善，阿明皱皱眉头，回头低声对我说：“我来对付他们，你快报警！”

“好！”

情况紧急，不容多想，我答应一声，一边后退一边掏出手机准备报警。一个醉汉冲过来要抢我的手机，阿明从后面抱住他，对我喊："快跑！"我撒腿就跑，甩开那几个醉汉后，躲在一个拐弯处打通了 110 报警电话。

几分钟后，等我报完警气喘吁吁地跑回来时，那三个醉汉早已扬长而去。静静的街道上，正躺着鼻青脸肿嘴角流血昏迷不醒的阿明。我吓傻了，不知所措地哭起来。

不一会儿，警察来了。在他们的帮助下，我把阿明送进了医院。

我在他的病床前守了一夜，他才从昏迷中清醒过来。

"阿婕，你、你没事吧？"他睁开眼睛后，第一句话就是用虚弱的声音问我的安危。那一刻，我紧紧地握住他的手，眼泪无声地流了下来。此时此刻，那句分手的话我却再也没有勇气说出口。

事后，我流着泪把这件事告诉了康总。他拍拍我的背脊，替我拭干眼角的泪花，说："傻丫头，不要这样。我知道阿明对你很好，他为你付出了很多。你心里对他充满了感激之情。但是你要明白，感激代替不了爱情。你爱的只有我，不是他，是不是？"

我含泪点点头。

康总把我紧拥入怀，安慰我说："婕，你放心，我知道他这次是为你而受伤，我会替你好好报答他的，你相信我。来，笑一个给我看看！"

我羞赧一笑，整个身子都融化在他的怀抱中，融化在了他似火的柔情里……

三个月后的一天，我忽然发现自己每月该来的东西仍旧没有来，心里隐隐有了什么预感，忙跑去医院检查。

医生对我说："恭喜你，太太，你有喜了！"

"真的？！"我又惊又喜，几乎不敢相信自己的耳朵。出了医院，我抑制不住心头的喜悦之情，给康总打了个电话。

康总一听，极为兴奋，忙问我在哪儿。我说在医院门口的一个电话亭。

他忙说："哎哟，宝贝，你现在可不比平常了，现在是孕妇了，可不能到处乱跑，你待在那里千万别动，我马上开车来接你。”

我“扑哧”一笑：“你这么紧张干什么，我还没到寸步难行的地步呢。”

他一本正经地说：“不行，为了你为了我儿子，为了你们母子的安全，我一定得亲自去接你。”

“你与那港商的生意不谈了？”

“港商算老几，有我儿子重要吗？”

挂了电话，斜靠在电话亭的玻璃门上，不知不觉间，我的眼泪又流了下来。

第二天，康总说什么也不让我去上班了。他在公司附近租了一套三室一厅的房子给我住。

后来，他带我去医院做了 B 超检查，给医生塞了一个红包后，医生确定地说我怀的是一个男孩。这下，康总更是把我当心肝宝贝一样供着了。

以前他每星期只有一个晚上跟我在一起，现在他几乎每天晚上都泡在我这里不走，公司的事全部交给了属下的几名经理，家里的老婆孩子也不管了。

案发第二日

秦启明被杀后的第二天上午，文丽忽然推开范泽天办公室的门：“范队，我请求立即拘留王婕。”

范泽天有些意外，抬头看着她问：“为什么？”

文丽喘口气说：“我怀疑她就是杀死她丈夫的凶手。”

“哦？”范泽天站起身来，踱到她跟前，“为什么这么说？”

文丽说：“你还记得王婕昨天说过的话吗？她说凶手闯进她家，先是杀了她丈夫，见她带着女儿躲进卧室，又去撞卧室的门，想要杀她们母女俩。”

范泽天道：“她确实是这样说的，这有什么不对吗？”

“我在想，凶手是个男人，假如奋力撞门的话，就算不能将门撞开，但至少也能令王婕家那张看上去并不十分牢固的卧室门受损。可是今天早上，我特意重回案发现场看了一下，那张卧室门完好无损，看上去根本没有被外力重撞过的痕迹。”

范泽天眉头一扬，看着她道：“所以你认为王婕在说谎？”

“她肯定在说谎。从我们现场勘察和走访的情况来看，根本就没有什么陌生男人闯进她家里行凶，杀死秦启明的，就是她自己。”

“但是我们在现场没有找到凶器。”

“我看过了，他们家住在郊区，那栋楼后面有一条水沟，再过去，就是一片山林。如果我猜想得不错，她肯定是从后面窗户里把凶器扔进水沟里去了。”

“那她的杀人动机是什么？”

“我今天重回案发现场的时候，无意中在她家的一个抽屉里看到了她女儿的体检单，上面写着她女儿的血型是B型，而据我调查，王婕夫妇的血型都是A型。”

“哦？”范泽天皱眉道，“也就是说，那个孩子不是秦启明亲生的？”

“是的。”文丽点头说，“也许他们夫妻间的感情，并不像王婕说的那么好。丈夫发现孩子不是自己亲生的，从而怀疑妻子对自己不忠，最后夫妻反目，闹出人命案来，这样的事咱们也不是头一回遇上了。”

范泽天低头沉思片刻，最后说：“你说的这个情况，确实是个很大的疑点，但这还不能够成为咱们拘捕王婕的理由。现在只能将她列为咱们的重点怀疑对象，你就按你这个思路查下去，如果你的推理能够成立，那么她的杀人凶器应该就扔在楼前屋后不远的地方，你带人在那栋出租楼周围仔细搜一下，看能不能找到凶手作案的凶器。”

文丽说：“好的。”一扭头，看见他办公桌上摊开着一本文稿纸，上面密密麻麻写满了娟秀的字迹，不由得有些奇怪，“这个是什么？”

“这上面写的是王婕的爱情故事。”

范泽天拿起那叠稿纸在手里抖动了一下，说：“有一个杂志社，举办了一个名为‘寻找真爱’的征文活动，王婕写了一篇稿子去参加比赛。这个是小刘在她家里找到的底稿，我问过王婕，稿子是根据她的亲身经历写成的，她读过大学，当过县城小报的记者，文笔很不错的。”

“是吗？”文丽不由得笑了，“等我有空也好好拜读一下，说不定对查案子还有点帮助呢。”

王婕的爱情故事

在那套豪华的封闭式的三室一厅里过了一段足不出户的日子之后，我就像一只被关在笼子里的金丝鸟，忽然向往起外面自由的天空来。

这天下午，我百无聊赖地看了一会儿电视，然后洗个澡，淡淡地化了一下妆，穿着一件白色的无袖连衣裙，便独自一人出来逛街。

大街上热闹非凡，第一次使我有了流连忘返的感觉。我东瞧西看，一直逛到傍晚时分，才开始往回走。经过一个菜市场门口时，我看见一个四十多岁穿着朴素的妇女提着一篮鲜菜领着一个十二三岁的小女孩从菜市场走出来。

我觉得有些眼熟，再一看，忽然想了起来，这不正是康师母和她的女儿星星吗?

我心里有些发慌，忙闪到一边，想躲过她们的视线，不想星星眼尖，一下便看见了我，大叫起来 :“阿婕姐姐，阿婕姐姐……”

我只得硬着头皮走过去。

我已有好几年时间没见过她们母女了，康师母对我热情如故，拉着我的手说 :“阿婕，听星星她爸说，你来青阳很久了，怎么不去我们家玩呀？”

我不自然地笑着说 :“我……我工作太忙了，改天一定去……”

“不用改天了，就今天吧！”康师母笑着说，“今晚星星她爸难得有空在家吃顿饭，我特地为他买了不少好菜，你也过去吃晚饭吧！”

我想推辞，但调皮的星星却不由分说地拉着我就走。

一路上，我脸上火辣辣的，心里忐忑不安，不敢看康师母那双淳朴而又慈祥的眼睛。

来到他们家，康总正坐在沙发上埋头看着一份报纸，见了我，脸上居然没有一丝特殊的表情，对我客客气气地如招待一位平平常常的客人。我悬着的一颗心这才放下来，心中却又为他这种冷漠的态度感到莫名的惆怅。

在这个家庭里，康总对女儿疼爱有加，对妻子温柔体贴，完全是一个合格的父亲，更是一个合格的丈夫。这是一个多么幸福温馨的家庭呀！

可是当我一想到自己，一想到自己正在插足这个家庭破坏这种幸福时，我就觉得自己是一个不可饶恕的罪人。

我已记不清那顿晚餐我是怎样挨过来的。我只记得康师母送我出门，当我走到她家门前的第一个拐角处时，我忍不住捂着脸哭泣起来。

这天晚上，我一个人躺在床上，辗转反侧，心情难以平静……第二天一大早，我给康总留下一封信，告诉他我不想伤害一个善良无辜的女人，不想拆散一个幸福美满的家庭，我唯一的选择是离开他，离开这座城市……然后，我简单地收拾几件衣服，流着恋恋不舍的泪水直奔青阳火车站。

当我买好从青阳回老家的火车票走出售票厅时，忽然有个人在背后拍了拍我的肩膀。

我回头一看，只见身后正站着一个五大三粗满脸麻子的男人。

"姜麻子？"我吃惊地叫起来。

"老婆，算你还有点良心，总算没忘记我姜麻子。"

姜麻子咧开嘴，无耻地笑着，露出满嘴的黄牙。

"请你放尊重点，谁是你老婆？"我瞪了他一眼说。

"老婆，咱们夫妻一场，你怎能说这种绝情的话呢？"

他上下打量我一眼，忽然一把抓住我的手腕，拖着我就走。

"你、你放开！你想干什么？"

我挣扎着想挣脱他的手，但他的手像一把铁钳似的钳着我，我哪有反抗之力？他把我拖出车站，拐了几个弯，来到一间低矮潮湿的出租屋里。

"砰"的一声，他把门关紧了。

“你、你到底想干什么？”我看着他惊恐地发问。

他盯着我不怀好意地笑道：“阿婕，你放心，我从不强人所难。你不想做我老婆，我强迫你也没用，强扭的瓜不甜，是不是？”

“你明白就好。”

“只是，我来青阳几个月了，连份工作也没找到，差不多就要饿死在街头了。”

“关我什么事？”

“话不能这么说。我早就听人说你在青阳市傍了一个姓康的大款。俗话说‘亲不亲，故乡人’，现在老乡有难，想找你借点钱花，总可以吧？”

我愤愤地道：“你找错对象了，我身上根本没带多少钱！”

“我当然知道你身上没有多少钱，但别人身上却有的是钱。”说到这里，他忽然冲上来，一把抱住我。

我惊叫一声，连忙推开他，但口袋里的名片盒却不知何时已到了他手上。

他得意一笑，很快就找到康总的名片，兴奋地放到嘴边吻了吻，朝我眨眨眼睛道：“怎么样，找你这位款爷借二十万小钱花花，不算过分吧？”

我这才明白他的险恶用心，原来是要利用我勒索康总。

我不由得又惊又怒，扑上去想夺回名片，但却已经迟了，他一闪身，便吹着口哨出门打电话去了。临走时，还不忘将房门反锁上。我无计可施，欲哭无泪。

半小时后，他又吹着口哨满面春风地回来了。

他心花怒放地说：“啊，真想不到你这姘头这么好打交道，我打电话对他说阿婕在我手上，你拿二十万来赎人。他居然二话没说就答应了。早知如此，我就应该把价格开高点才是。”

我忍无可忍，一把扑上去，恨不得把他撕碎。但他用力一推，便把我推倒在地，我还没爬起来，他就掏出一根麻绳，把我的双手双脚都绑了起来。我坐在地上，顿时动弹不得。

见我无法逃跑了，姜麻子又出去了一趟，带回两瓶啤酒一袋花生，坐在我前面的地上边饮边等着康总的到来。

下午 3 点多，门口忽然传来一阵敲门声。

“谁？”姜麻子从地上一跃而起，紧张地问。

“你最想见的人！”门口那人冷静地说。

啊，我听出来了，正是康总的声音。

姜麻子将门打开一条缝，确信康总没有带别人来之后，才开门让他进来。

“钱呢？”

康总甩给他一只手提箱：“全在里面。”

姜麻子接过手提箱迫不及待地打开一看，啊，里面果然全是一叠一叠的百元大钞，他顿时欣喜如狂。

康总却连看也不看他一眼，忙冲上来替我解开绳子。

劫后相逢，我心中百感交集，一把扑在他宽厚的怀中大哭起来。

康总抱紧我，拍拍我的背说：“婕，别哭，现在没事了。”

“可是、可是我害得你一下失去了二十万……”

“傻瓜，为了你我连日本客户山本那几百万都没放在眼里，二十万算什么，只要你和肚子里的孩子没事就行了。”

“康总……”我哭得更伤心了，“我、我……对不起……”

“不要这样！你知道我看了你留给我的信有多着急吗？傻丫头，星星母女俩我自会妥善安排，不用你操心，你只要尽心尽力地养好身体替我生个宝贝儿子就行了。”他轻轻托起我的脸，吻干我脸上一颗一颗的泪珠，“答应我，以后无论发生什么事，都不要离开我，给我一点时间，我会跟星星她妈妈把离婚手续办妥。答应我，好吗？”

“嗯！”

“来，笑一个给我看看！”

我破涕为笑，又把头深深地埋在他怀中，久久不愿抬起来。

这时，姜麻子已经阴谋得逞，早已提着那一箱钱不知去向。

康总握住我的手说：“走吧，我的车在外面，我送你去医院检查一下，看看刚才有没有动到胎气。”

我顺从地点点头。

经历了这场有惊无险的变故之后，我便整天待在房子里，再也不敢出门。又过了一段时间，康总准备为他未出世的儿子申报一个青阳户籍。但申报表拿到手，“父亲”一栏怎么填却把他给难住了。

因为他离婚的事还毫无头绪，跟我正式结婚更不是一时三刻能办成的事，这一栏当然不能填他的名字。看着他忧心忡忡的样子、听着他的长吁短叹，我觉得自己是该为他做点什么的时候了。

一天晚上，在一阵缠绵之后，我对康总说：“我想结婚。”

“你该不是想让我犯重婚罪吧？”

“不是和你结婚，是和别的男人结婚。”

他一下从床上跳起来：“阿婕，你不是说真的吧？”

我微微一笑，伏在他宽厚的胸膛上，柔声说：“你别这么敏感好不好？我的意思是说我先找个男人结婚，这样我去做产前检查和申报孩子户籍就方便多了。等孩子出世，你离婚了，我再离婚与你结婚，这不是个好办法吗？”

“可是……”

“放心，除了你之外，我不会让别的男人碰我一根头发的。”

他这才稍稍放心地拥着我睡下。

在我的肚子渐渐大得快要明显的时候，我和阿明闪电般结婚了。就在那套三室一厅的房子里，就在那个无奈的新婚之夜，待亲人和朋友散尽之后，满面红光的阿明搂着我就往床上走去。

他把我轻轻放在床上，激动地脱去我身上的衣裙，然后便热烈地亲吻着我，抚摩我的全身。但我的心里却一丝激情也没有。我轻轻推开他，穿好衣服，然后坐在他跟前，用平静的声音把我和康总的关系以及我们借他这个父亲的名义将来为我们的儿子办理户口的计划向他和盘托出。

听我讲完这一切，阿明呆若木鸡地坐在那里，脸色由红转白，由白转青，怀疑、吃惊、恐惧、失望甚至仇恨的神色在他那双闪烁不定的眼睛里不断变幻着。

我在他跟前跪下来，求他原谅我，原谅我们。他什么话也没说，只是长叹一声，抱着一张毛毯踉踉跄跄走到客厅沙发上睡觉去了。从新婚之夜起，我们这对名义上的夫妻就开始分房睡了。

第二天，康总来看我，我一把扑在他怀中嘤嘤啜泣起来。

康总吓了一跳，忙问我："怎么了，是不是阿明他欺侮你了？"

我摇摇头说："没有，只是我觉得我们太对不起他了。"

他松了口气，拍拍我的头说："没事，我会在其他方面加倍补偿他的。"

不久后，康总提升阿明为部门经理，工资增加了一倍。但我知道，这些优厚的待遇与我给阿明心灵造成的创伤相比，是微不足道的。怀着一种愧疚的心情，除了夜晚的性生活以外，在其他方面，我尽量做到如一个贤淑温柔的好妻子一般照顾着阿明。但我知道他是不领情的，这从每次看到康总来这里在他眼皮底下跟我相会时他眼中流露出的厌恶与仇恨中，我能感觉出来。

但开弓没有回头箭，人生没有回头路，事到如今，我只有照着预定路线一路走下去。

过了一段平静的日子之后，有一天晚上，我的腹中忽然一阵如翻江倒海般的痛。阿明犹豫一下，还是把我送到了医院，医生告知我要临产了。接下来，我被医生推进了产房。

躺在医院雪白的病床上，我的心情既紧张又兴奋，想到儿子出生后的情景，想到我与康总结婚后我们一家三口快快乐乐过日子的情景，我的眼泪便止不住地往下流着。

仿佛经历了一个世纪般长久的撕心裂肺的阵痛，终于，一声清亮的婴啼打破黑暗，迎来了一个崭新的黎明。

但在这黎明里，我来不及睁开眼睛看我的孩子一眼，便晕厥过去。等我醒过来时，天地间又是一片黑暗了。

产房里静悄悄的，只有阿明坐在床前对着贴在医院墙壁上那"禁止吸烟"

的牌子拼命地抽着烟。

我用虚弱的声音问："阿明，他呢？"

"哪个他？"

"就是康总。"

"你还提他？"阿明忽然抬起头来，眼睛里闪动着愤愤不平的光，"你还提他？"

"他、他怎么啦？"

"哼，自从他知道你为他生了一个女儿之后，他就没来看过你一次。他整个人都好像从地球上消失了一般，怎么找也找不着了。"

"什么？我、我生的是女儿？"我再一次昏厥过去。

好不容易熬到出院，我抱着孩子直奔康总的办公室。但却被告知他去了香港。后来我又抱着女儿去找了他几次，要么不在，要么就是被保安挡住不让进去。直到此时此刻我才彻底明白自己被这个无情无义的男人玩弄了。他接近我的目的，只是想借我给他生个传宗接代继承衣钵的儿子。现在适得其反，他当然再也不屑理会我了，也许他现在正对另一位无知女孩说着曾说给我听过的甜言蜜语，正想从她身上圆他的儿子梦呢。

不久后，我因无钱缴房租，被房东从那套房子里赶出来。背井离乡、举目无亲、身无分文还怀抱着嗷嗷待哺的女儿，这下我真的陷入了走投无路的境地，我想回老家去，但却连路费也没有。望着尚在襁褓之中的女儿，我心如刀绞。

这时，已经被康总炒了鱿鱼的阿明忽然无声地出现在我身边。他把我们母女俩接回他的出租屋，然后收藏起他一个大学毕业生的傲气与自尊，以他瘦弱的身躯和坚强的意志去酒店做杂工来养活我们娘儿俩。

从那时起，就在他那间破旧简陋的出租屋里，我们这对曾经名不副实的夫妻，过起了真真正正恩恩爱爱的夫妻生活。这样的日子，我看得出阿明过得很累，但也很幸福。

我也一样，在满世界寻找真爱都毫无所获甚至被伤害得遍体鳞伤的时候，才发现真爱原来就在身边，才发现那个真心实意爱你为你抚平伤口的人，居然就是那个你伤害得最深最痛的人。

案发第三日

案发后的第三天，文丽兴冲冲跑来向范泽天报告："范队，刺死秦启明的凶器，那把水果刀找到了，上面还沾有死者的血迹。我已经请法医老曹鉴定过，可以确定这就是凶手杀人时使用的凶器。"她拿着一个透明的证物袋递给范泽天。

范泽天看了一下，证物袋里装着一把水果刀，不锈钢刀面窄而薄，刀刃长约十厘米，木质的刀柄后面有一个小环孔。刀面沾着一些血迹。

"上面有凶手的指纹吗？"他问。

文丽说："没有，已经被擦拭干净了。"

"在什么地方发现的？"

"在王婕住所后面的那片树林里，具体地点，大约距离案发的大楼有五百米远。"

范泽天把证物袋递回给她，说："这么说来，凶手就不可能是王婕了。她杀人之后，不可能从窗户里把刀扔到五百米以外。"

文丽说："这可不一定。我认为她完全可以在杀人之后跑下楼，把刀扔在五百米以外的树林中，然后再回到家里报警。而且最重要的是，我发现了她真正的杀人动机。"

"哦？"

"我对王婕做过调查，原来她曾经被一个名叫康哲的文化公司老板包养过。这个康老板没有儿子传宗接代，答应她只要她给他生个儿子，就马上离婚跟她结婚。结果王婕给他生了个女儿，那个康哲就立即抛弃了她。她的前男友秦启明这才有机会跟她在一起。"

范泽天“嗯”了一声，说：“这个情况我已经知道了。”

文丽吃了一惊，说：“你已经知道了？”

范泽天笑了笑说：“我看过王婕写的情感自述，所以对她的情感经历比较了解。”

“那好吧，我还有一个情况，你肯定不了解。”

“什么情况？”

“不久前，因为一起人为的医疗事故，市卫生局对市妇幼保健院的一名姓李的医生展开了调查，这个李医生，就是一年多前为王婕接生的那名医生。结果发现，这个家伙是个医林败类，他曾经被人收买，在产房里用一个女婴换走了王婕生下的男孩。但是这位李医生在调查期间逃到了外地，卫生局的人查过，李医生在逃跑前曾经往秦启明的手机里发过一条短信。”

“所以，他们怀疑那个花钱收买李医生将王婕生下的男婴换成女孩的幕后之人，就是秦启明。他怕王婕给康哲生下儿子后，就会跟康哲结婚，所以设计让她生了个女儿，只有这样，他才有机会跟王婕在一起，是吧？”

“是的。卫生局的人并没有掌握实据，一切尚在暗中调查之中。但是有一个情况，是我今天才调查到的。王婕现在家庭收入并不宽裕，夫妻二人一直共用一部手机，因为秦启明上班的酒店有公用电话，所以他上班之后，就会把手机放在家里让妻子使用。”

“你的意思是说，李医生发的那条短信，很可能秦启明没有看到，而是被他的妻子看到了？”

“是的。所以王婕已经知道了秦启明的险恶用心，对他由爱生恨，心生杀意，就是情理之中的事了。”文丽一口气说完，端起范泽天办公桌上的茶杯喝了口水，抹抹嘴巴，“我觉得这应该是目前最合理的推断了。”

范泽天看着她，忽然摇头说：“不，我觉得这是目前最不可能成立的推理。”

文丽睁大眼睛道：“为什么？”

范泽天说：“在王婕居住的那栋大楼对面，有一个银行营业网点，银行门口安装了一个监控摄像头，镜头的一角，刚好能够拍到王婕住的那栋楼房楼的梯口。今天我们调看了银行的监控视频，案发当日，从下午 4 点半，一直到晚上 9 点多我们赶到案发现场，王婕都没有下过楼。所以你说她杀人之后，下楼把凶器扔到后面树林五百米以外，是不能够成立的。她站在楼上，更不可能把一把水果刀从窗户里扔到五百米开外。所以她肯定不会是杀人凶手。”

文丽怔了一下，道 :“这么说来，难道王婕说的是真话，真的有一个陌生男人闯进她家里杀人行凶？对了，你不是说有监控视频吗？凶手从楼梯口上楼的时候，应该能被拍到啊！谁是凶手，一看视频不就知道了？”

范泽天说 :“没那么简单。那栋楼里住了不少外地人，进出的人员很杂，当晚案发前后，进出那栋楼房的男人，就有近二十个，现在小李正在一个一个地排查。”

两人正在讨论案情，刑警小李进来报告，他已将案发当晚所有出入过那栋楼的人员仔细排查了一遍，有的人是租住在楼里的住户，有的是来找老乡玩的，只有一个人，跟大楼里的人不熟悉。

“就是这个家伙。”小李把一张打印的照片递过来。

范泽天接过一看，那是一张视频人像截图，看上去比较模糊，只能大致看清照片上是一个中年男人，国字脸，微胖。

小李说 :“我已经从王婕的人际关系入手，查到了这个家伙的信息。这个男人叫康哲，是一家文化公司的老板。这个男人曾经是王婕的情夫。他于案发当晚 8 点 40 分走进大楼，大约在 8 点 52 分左右离开。下楼时行色匆匆，不住地扭头四下张望，看上去有点慌张。还有，我查过王婕的通话记录，案发当日下午 5 点左右，她曾拨打过康哲的手机。”

范泽天和文丽对望一眼，异口同声地道 :“凶手就是他了！”

王婕把自己生下儿子后被秦启明调包的事，打电话告诉了康哲，康哲一怒之下找上门来。秦启明与他在家中发生争执，康哲杀机顿起，顺手拿起旁边的水果刀，将秦启明刺死，然后匆匆逃走，并将凶器丢弃在人迹罕至的树林里。

而王婕对康哲余情未了，所以报警的时候对警方谎称不认识凶手。

范泽天敲着桌子站起身："立即拘捕康哲！"

康哲被带到公安局时，额头上冒出了细汗，眼神左顾右盼，显得有些紧张，但表面上却又装得十分镇定，故作轻松地说："你们叫我来，到底有什么事？公司还有一大摊事等着我回去处理呢。"

范泽天盯着他足足看了两分钟，才淡淡地问了一句："最近有个叫秦启明的男人被杀，这事你知道吧？"

康哲点头说："知道，我听说了，这两天有人在网上发了消息。"

范泽天说："你跟秦启明的妻子王婕是什么关系？"

康哲的脸红了一下，说："我们以前在一起过，但她跟秦启明在一起后，我们就没有来往了。"

范泽天道："我问你，前天晚上 8 点至 9 点之间，你在哪里？"

"前天晚上啊？"康哲低头想了一下，说，"我在公司加班，一直到很晚才下班……"

"你撒谎！"文丽忍不住敲着桌子说，"秦启明家对面银行门口的摄像头清楚地拍到，前天晚上 8 点 40 分，你进了他们那栋楼，十几分钟后又匆忙走出来。"

康哲一怔，抬眼看看范泽天，又看看文丽，仿佛在说：你们早就知道了，那还问我干什么？

"我们就是要看你到底老不老实。"范泽天说，"根据我们调查，秦启明就是在你上楼的这段时间里被人杀死的。所以我们现在有理由相信，你就是杀死他的凶手。"

"我是凶手？"康哲忽然激动起来，"我怎么会是凶手？你们说，我为什么要杀秦启明？我跟王婕已经分手快两年了，难道我还会为了这个女人去杀人？"

范泽天盯着他冷峻地说："你杀人，不是为了女人，而是为了孩子。王婕为你生了一个儿子，但被秦启明设计调包，因此你对他心怀杀机。"

"不，不，你们搞错了，他不是我杀的。前天晚上，我确实去过他们家，但事情并不是你们想的那样。”康哲大声道，“前天下午，王婕在电话里告诉了我秦启明调包孩子的事，并且约我晚上 9 点到她家里见面，我跟她已经没有任何瓜葛，本不想去，但她威胁我说如果我不去，她就去我的公司跳楼，我只好答应了她。当天晚上，我来到他们家时，敲了几下门，没有人开门，后来发现门没有锁，就推门进去，却看见秦启明已经被人杀死在客厅里，鲜血流了一地，电视机还开着，屋里没有看见其他人。我当时吓坏了，掉头就往楼下跑。本来想打电话报警，可一想到自己与王婕的关系，如果报警只怕会惹火烧身，所以就没有吭声。”

范泽天问 :“你说的是真话？”

“当然是真的，我跟王婕已经分手，怎么可能会为了她去杀人？至于说为了孩子杀人，那就更不可能了。”

“为什么？”

康哲说 :“因为我跟王婕分手后，又找了一个女人，她现在已经给我生了一对双胞胎儿子，我已经很满足了。”

审讯结束后，文丽问范泽天 :“范队，你觉得康哲有没有说实话？”

范泽天沉吟着道 :“他说的是不是实话，咱们还需要调查一下。”

“调查？去哪里调查？”

范泽天看看窗外，院子里种着一株梧桐树，一阵秋风吹来，树叶正扑簌簌往下落。过了半晌，他说 :“咱们去王婕家。”

两人驱车来到西郊路 118 号，范泽天在楼梯口站了一会，这里的街道有点偏僻，大白天路上行人也不多。

他缓步上楼，来到五楼，走到王婕住的 503 房门前。

大门关着，屋里隐隐传出有人走动的声音。

范泽天抬起头，想要敲门，却又没有敲下去，在门口站了片刻，忽然掉头快步往楼下走去。

文丽不知道发生了什么事，急忙跟着他跑下楼。

范泽天来到楼下，看看手表，说 :“刚好 11 分钟。”

“什么 11 分钟？”文丽一时间没有反应过来。

范泽天说：“我刚才上下楼一趟，一共用了 11 分钟。”

文丽这才明白，他是在实地考量在这栋楼里，上下楼一趟，大约需要多少时间。根据视频显示，案发当晚，康哲是 8 点 40 分上楼，52 分下楼，中间一共用了 12 分钟，与范泽天刚才所用的时间大致相近。

根据王婕的讲述，凶手进屋后，先是杀了秦启明，然后又提刀去追她们母女。她带着女儿躲进卧室，凶手撞了几下门，没有撞开，最后不得不悻悻离去。这个过程，最少也得需要 5 分钟。再加上上下楼的时间，应该在 15 至 20 分钟之间。但康哲从上楼至下楼，一共只用了 12 分钟时间。这说明他根本就没有在王婕家里作案的时间。

回到局里，范泽天立即释放了康哲，案情也由此陷入僵局。

经过警方这段时间的排查，重点嫌疑人只有王婕和康哲两人，但现在证实二人均无作案可能。难道存在第三个犯罪嫌疑人？可是从视频监控情况来看，案发前后，除了康哲，再无与王婕及秦启明有关系的人员进出过那栋楼。难道是在排查视频中进出过那栋出租楼的人员时，出现了疏漏？坐在电脑前，范泽天把银行监控探头拍摄到的视频画面重新看了一遍，果然发现了一些问题。

视频显示，案发之前，王婕最后一次下楼，是在当日下午 4 点 18 分，当时她手里提着一个黑色大塑料袋，看起来像是下楼扔垃圾。

十分钟后，她再次走入视频镜头，手里提着一个小小的白色塑料袋，袋子里似乎装着一包什么东西。她走上楼后，再也没有下来。

大约晚上 7 点半，她丈夫秦启明才下班回家。

范泽天把视频定格在王婕上楼的那一瞬间，问负责视频排查的小李：“她下午 4 点 18 分下楼，但十分钟后才上楼，扔个垃圾应该不需要这么久吧？你查过她这十分钟干什么去了吗？”

小李说：“我已经查过了。她把女儿放在家里睡觉，趁下楼扔垃圾的机会，去附近的小超市买了一点东西。还有，她住的那条街有点偏僻，清洁工收垃圾也不那么及时，一般都是两三天才收一次。我在垃圾箱里找到了王婕丢的那袋垃圾，仔细检查过，里面有几个三号电池，不过已经被砸烂，里面的电池芯，也就是碳棒都露了出来，估计是给小孩子的玩具用过，还有一些生活垃圾，看起来并没有什么可疑之处。”

范泽天点点头，眼睛盯着王婕上楼时手里拎着的塑料袋，又问：“她去超市买了什么东西，查过了吗？”

小李说：“我问过那家超市的老板，她当时买的是一盒蚊香。”

“蚊香？”范泽天愣了一下，“现在都已经是深秋，早已没有蚊子出没，她买蚊香干什么？”

小李搔搔后脑勺说：“这个我倒没有问过，也许买回家对付厕所里的蟑螂也说不定。”

“在没有蚊子的季节买蚊香，露出了碳棒的电池？这跟眼前这个案子有关联吗？”范泽天一边自言自语，一边在办公室里踱着步子，浓眉紧皱，陷入了沉思之中。

他思忖半晌，完全没有理出头绪，又回到电脑前，打上“电池碳棒的作用”这几个字，上网搜索。电脑屏幕上很快弹出几个搜索页面。

范泽天点开看了一下，突然眉头一展，从座椅上弹跳起来：“我明白了，原来是这么回事。”他抓起桌上的警帽往头上扣，“走，你们俩跟我去抓人。”

文丽有点莫名其妙，说：“抓谁啊？”

“当然是杀死秦启明的凶手。”范泽天大步走了出去，“就是王婕。”

康哲和秦启明这两个男人，一个抛弃了王婕，一个调包了她的儿子，都是王婕痛恨的男人。她杀死了秦启明，并且把康哲约到家里，嫁祸给他。警方问她认不认识凶手，她说不认识，只是虚晃一枪。她当然知道对面银行的监控探头能拍到她所租住的这栋楼房，她更知道警方迟早都会找到康哲头上。她觉得不说出康哲的名字，比说出他的名字对她更有利，更能让警方相信康哲就是凶手。

警车拉响警笛，在大街上飞驰。

文丽坐在车里，大惑不解地问："王婕到底是用什么方法，在自己没有下楼的情况下，把杀人凶器扔到五百米以外的树林中的呢？"

范泽天微微一笑，卖了个关子，道："这个嘛，等抓到王婕，我自然会揭开谜底。"

十几分钟后，警车停在了西郊路 118 号楼下。范泽天跳下车，抬头看了看，五楼阳台上，有一个人影缩了进去，是王婕。

范泽天吩咐文丽和小李及后面几名刑警："把枪拿出来，小心嫌疑人狗急跳墙。"

文丽和小李顿时紧张起来，急忙把配枪拿在手里，把子弹推上膛。

范泽天带着大家小心翼翼往楼上走去。刚蹬上几级楼梯，就听得身后传来"砰"的一声响，一条人影从五楼跃下，重重地砸在警车前面的水泥地面上，鲜血和脑浆迸射而出。大家定睛一瞧，跳楼者正是王婕。

文丽急忙跑下楼梯，上前查看，王婕头先着地，已经当场死亡。但小李还是掏出手机，打了 120 急救电话。

范泽天看着王婕的尸体，重重地叹了口气，他没有想到这女人性格如此刚烈，竟会以如此惨烈的方式在警察拘捕她之前结束自己的生命。

"她家里还有一个孩子。"文丽忽然想了起来。

从楼上跑下来围观的一个中年妇女说："昨天她已经办好认养手续，把女儿送给别人了。"

文丽不由得一呆。

120 急救车很快就来了，急救医生上前检查一下，摇头说："你们直接叫殡仪馆来拉人吧。"

王婕的尸体被拉走之后，文丽说："范队，你是不是可以给我们揭开谜底了？"

范泽天看了大伙儿一眼，见大家都是一副很期待的样子，也就不再卖关子了，说："王婕杀人之后，要在足不出户的情况下，把凶器扔到大楼后面五百米外的树林里，其实很容易做到，只需要一个足够大的氢气球就行了。

王婕用一个氢气球，将扎紧气球的细线从水果刀刀柄后面的小环孔里穿过，将水果刀吊在氢气球上，然后再在细线上绑上半截点燃的蚊香，从后面窗户放出去。这样氢气球就把水果刀带上了半空，并且越飘越远，到达一定的距离之后，蚊香就会烧断细线，水果刀就从细线上面滑落下来，掉进树林里。因为当时是晚上，风向也是往树林那边吹的，所以她不担心被别人看见。"

原来是这样，文丽和小李这才恍然大悟。

范泽天说："王婕在没有蚊子的季节里急着去买蚊香，还有她的垃圾袋里有电池碳棒，这两点引起了我的怀疑。我上网一查，电池碳棒的作用之一，竟然就是放进盐水中，再通过一些简单的仪器，通上电之后，就能产生氢气。我把氢气、蚊香和水果刀联系起来，就大致明白是怎么回事了。能把水果刀吊起来的氢气球应该不会太小，王婕知道对面有监控探头，不敢直接从街上买个氢气球回家，所以就只有自己动手做了。"

文丽这才明白队长为什么会抓住蚊香和电池碳棒这两个细节不放，原来破案的关键，竟然就藏在这样不起眼的细节里。

案子虽然破了，可是她看着王婕跳楼时留下的一摊血迹，想到这个为情所困的女人，最后竟是这样一个结局，心情也变得沉重起来……

“匿名信”案

刑事侦查卷宗

案件名称：『匿名信』案

犯罪嫌疑人姓名：XXX

立案时间：2013.11.5

结案时间：2013.12.27

立卷单位：青阳市公安局

A47422113920131105

（正卷）

青阳市公安局

决战擂台

1

由于昨晚率领招商局的几个人陪着日本投资商、隆一公司总裁米山隆一一行喝酒娱乐到深夜，青阳市市委副书记顾正平今早起床时，头还有些隐隐生疼。不过一想到米山隆一对这个由他亲自挂帅的接待团高规格的接待还算满意，这个项目已是煮熟的鸭子飞不了了，他就觉得头再疼也值得。

最近几年，青阳市的经济发展速度有所放缓，省领导下来视察工作时重点强调，要加大招商引资力度，以大项目带动大发展。明年换届，市长会升上市委书记的位置，而上面的意思是，几个副书记、副市长中，哪个的招商引资工作做得好，贡献大，就让他来当市长，争取让青阳市的经济发展再上一个台阶。

包括顾正平在内，青阳市委一共有三个副书记，再加上市政府那边还有四个副市长，竞争市长位置的，至少有七个人。

眼瞅着这一年时间就要过去了，其他几个竞争对手都抓到了几个超十亿元的大项目，唯独顾正平还没有什么消息。

眼看这升迁的机会就要让别人抢了去，而且因为年龄关系，顾正平也已到了过了这个村就再也找不着这个店的关键时刻，你说他这心里能不着急吗？

正是年关逼近之际，日本隆一公司从网上看到青阳市的相关资料，主动上门联系顾正平，准备投资十八个亿，在青阳市搞一个国际化的大型化工厂。

这不是天上掉馅饼吗?

只要把这个项目谈妥了，他顾正平就会成为今年全市招商引资的大功臣，他的前途自然也会一片光明。真是喜从天降，可把这位顾副书记给高兴坏了。

米山隆一率领的日方考察团一到，顾正平就推开一切公务，亲自陪同，全程接待，并且承诺，只要隆一公司在此投资，青阳市委将在为投资者提供各种优惠条件的基础上特事特办，推出全程代理一站式服务，帮助他们联系相关部门，办理相关手续，成立用电、基础设施建设、办证等专门服务小组，排出服务时间表，全力确保该项目按时顺利进行。

经过一个星期的详细考察，米山隆一一行对青阳市的投资环境基本满意，眼下已到了拍板定案的阶段……

顾正平敲敲额头，从床头柜里翻出两片可以抑制头疼的阿司匹林塞进嘴里，心中暗暗祈祷：菩萨保佑，在这关键时刻，可千万别出什么岔子。

他刚擦了把脸，前来接他上班的司机就在楼下摁响了喇叭。

2

黑色奥迪将顾正平缓缓送进市委大院。

顾书记走进自己的办公室，刚坐下不久，门卫就送来一大沓今天的报纸和信件。

顾书记往信件堆里看了看，都是一些黄皮纸的公函，也没甚在意，可最底下露出的一截白色信皮却引起了他的注意。

他扒开上面的公函，拿起那白色信封一看，只见上面写着市委大院的地址，并且注明“顾正平副书记亲启”，而寄信人名字一栏，却只填着“一位有良知的市民”几个字。

他心里一紧，立即涌起一种不祥之兆，急忙撕开信封，取出里面的信函，还没读完，他的脸色就变了，恼怒地把信纸往办公桌上一拍，猛然站起，背着手在办公室里踱了几个来回，却又忍不住回转身拿起那封信认真地读了一遍，看着看着，冷汗就从他额头上冒了出来。

“他娘的，真是怕什么来什么。”

他捏着那张普通的16开信纸，翻来覆去地看，似乎要把那个匿名写信的家伙从信纸上揪出来似的，但是字里行间根本找不到能透露写信者身份的半点线索。

他眉头一皱，抓起桌上的电话，直接打到了市公安局副局长彭信义的办公室：“喂，老彭，你马上到我这里来一下。”

放下电话，他看到桌子上的那封匿名信，又觉不妥，急忙拿出打火机，把那张信纸点燃烧掉了，只留下一个信封放在台面上。

十五分钟后，彭信义火急火燎地赶了过来，进门就问：“顾书记，有啥急事？”

彭信义今年已经五十多岁，原本是市公安局刑侦大队政委，是顾正平帮他走通关系，提拔他当了公安局副局长。彭信义也知恩图报，成了他的心腹干将。

顾正平起身关上办公室的门，说：“老彭，日本隆一公司准备在我市投资办厂的事，你晓得吗？”

彭信义一拍大腿说：“能不晓得吗？报纸电视天天跟踪报道，青阳市哪个不知谁人不晓？人家一投资就是十八个亿，这可是天大的好事呀。”

顾正平瞧着他表情严肃地说：“可偏偏有人不这么想，还鬼鬼祟祟写来匿名信，想破坏这件关系到全市人民切身利益的好事。”

彭信义一怔，问：“哦？居然有这样的事？是谁这么大胆，竟敢顶风作案，破坏招商大计？我这就去把他抓起来关他个三年五载。”

顾正平摇头说：“信里没有半点蛛丝马迹，我也不知道是谁在捣乱。信的内容极为敏感，我已经烧掉了，这里有个信封，你拿去看看，看能不能找出点儿线索，然后顺藤摸瓜，找到写信的那个人。”

彭信义接过信封看了看，上面贴的是一张普通邮票，盖的是本埠邮戳。

他忍不住皱眉道："光凭一个信封，要想查明写信人的身份，这……只怕有点困难。"

顾正平把眼一瞪，说："查不到也要查，事关招商大计，绝不能出半点纰漏。这个人敢给我写匿名信，就敢给其他人写信捣乱，这事要是传到日本人耳朵里，咱们辛辛苦苦树立起来的大好形象就会遭到破坏，项目合作的事，便极有可能会功败垂成、功亏一篑，你懂吗？"

彭信义一听他说得这么严重，立时被震住了，忙起身立正，道："请顾书记放心，我一定想办法在事态进一步扩大之前，把那个写匿名信捣乱的家伙揪出来。"

彭信义离开之后，顾正平一直心绪不宁，总感觉会有什么出人意料的事发生。不过他的疑虑很快就被打消了，下午时分，彭信义打来电话，说找到那个写匿名信的家伙了。

原来彭信义拿着那个信封回去后，立即给刑侦大队大队长范泽天打电话，叫他去调查这个给顾书记写匿名信的人。

范泽天平时就有点看不上这个只会拍领导马屁的副局长，而且手里有案子正忙着，就说："不就给副书记写了一封匿名信吗？怎么连这点小事都找到咱们刑侦大队来了？我手里有个案子，正忙着呢，哪有这时间？"

彭信义说："此人写匿名信，意图破坏我市招商大计，这可不是什么小事。"

范泽天无奈，只得说："那好吧，我叫文丽和李鸣去调查一下。"

文丽和李鸣接到任务后，先是去了彭信义的办公室，拿了那个信封。信封上面只写了收信人地址，并没有写寄信人姓名地址，唯一可称得上线索的，就是盖在邮票上的那个邮戳。但邮戳已经很模糊，根本看不清上面的字迹。两人没有办法，只好拿着信封找到邮政局。

邮政局的人仔细看过，最后辨认出这信封上的邮戳，是新城区一个邮政代办点盖的，这个邮政代办点就开设在市一中门口，平时来这里寄信的大多是一中的师生。也就是说，这封信极有可能是一中的老师或是学生寄的。

文丽和李鸣立即驱车赶到一中，拿出信封请校长辨认。校长一眼就看了出来，说这是他们学校一位体育老师的笔迹。文丽从这位体育老师的档案中调出一份由他本人亲笔填写的表格，拿回去让市局的笔迹分析员分析，两相对照，基本可以肯定，这封匿名信就是这位体育老师写的。

两人将这个情况报告给彭信义。彭信义立即带着他俩赶往市一中，并且给顾书记打电话。

他在电话中问："顾书记，我现在就在一中，我们已经控制了这个老师，您说现在该怎么办？真的光凭一个信封就把他抓起来吗？"

顾正平想了想说："写个匿名信也不是啥大事，不过现在是非常时期，为了不让他捅娄子，只好委屈他一下，先将他关几天黑屋子，等把这个项目搞妥了，合同签订了，再放他出来。对了，事关重大，千万不可张扬，如果走漏风声，让那群日本人知道就麻烦了。"

彭信义说："顾书记你放心，我知道该怎么做的。"

顾正平放下电话，顿觉心头轻松不少。

3

下午下班后，顾正平来到米山隆一一行下榻的市府宾馆请他们吃晚饭，双方交谈甚欢。席间，顾正平提出签订项目合作协议的事。

那米山隆一今年正好30岁，身形瘦长，非常精悍，两眼炯炯有神，一副精明外露的样子。他是一个中国通，说得一口流利的汉语。只见他放下筷子说："顾书记，非常感谢您的热情接待。通过这几天时间的考察，鄙公司对贵市的投资环境非常满意，虽然有些基础设施建设还没跟上来，但有了您的努力，相信这种状况会很快得到改善。顾书记您放心，我们已经商量过了，这个项目就落户在贵市了，我们就不再另行考察其他地方了。不过在签订合同之前，鄙人还有一个小小的愿望。"

顾正平说："有什么事隆一先生尽管开口，我们一定尽量满足您的要求。"

米山隆一却不说话，只是看了身边的秘书小姐真子一眼。真子心领神会，急忙站起身，向顾正平解释说："是这样的，顾书记，在来中国投资之前，我们查过青阳市的一些历史资料，知道青阳自古以来民风剽悍，尚武成风，素有'武术之乡'的美称。实不相瞒，咱们隆一先生也是一位武术爱好者，对贵市的武林风尚仰慕之至，所以他想……"

顾正平乐了，说："所以隆一先生想跟我市的武林人士切磋一下武功，是不是？这个没问题，明天我就去体育局找几个武术教练来陪隆一先生好好玩玩……"

"不，不，"米山隆一急忙摇头说，"不是切磋交流，是打擂台，打擂台"。

"打擂台？"

真子说："隆一先生的意思是这样的，他想在你们市体育馆内摆下一座擂台，由他做擂主，欢迎贵地武林高手上台挑战。如果谁能战胜隆一先生，当场奖励现金一百万元，是一百万元人民币，不是日元。"

"什么？这……"顾正平一下子怔住了。

青阳城历来武风炽烈，藏龙卧虎，市里光有牌有照的武馆就有十几家，这些年还出过不少全省全国冠军，武术之乡，威名远播。瞧这位隆一先生，身精体瘦，在武术方面，充其量是一玩票的。这个日本人不知轻重，一时兴起，摆下这么一个擂台向全市武林高手挑战，万一重奖之下真的出了个不识趣的"勇夫"，上台把他给打了，扫了隆一的兴头，折了隆一的面子，隆一恼怒之下，拂袖而去，回了日本，那他岂不是白忙活了一场？想到这里，顾正平不由面露担忧之色。

"顾书记，"真子似乎看穿了他的心思，微微一笑说，"您别担心，咱们隆一先生的祖上乃是行伍出身，隆一先生身怀家传绝技，还在读大学时就曾获得过'全日大学生空手道大赛'冠军，现在是空手道黑带五段。贵地高手虽多，但想击败隆一先生赢得这一百万元的奖金，只怕也不是一件容易的事。"

"原来隆一先生不但是一位卓有远见的投资家，而且还是一位深藏不露的武术家，失敬失敬。”

顾正平对于武术方面虽然是个门外汉，但也知道在日本，只有为空手道发展做出较大贡献或在空手道技击方面确有超人才华的空手道高手才能获得黑带四段以上的段位。米山隆一身负祖传绝技，能跻身黑带五段之列，看来必有其过人之处。

他见米山隆一双目如电，正神情倨傲地盯着自己，不由得心头一凛，知道既然这日本佬提出了这个要求，他想不答应已经是不行了。只要他抱定宁可被他打败，不可把他惹恼的宗旨，见机行事，小心应付，也不会出什么乱子。只要这小日本在擂台上打得顺手，玩得尽兴，那这个超大投资项目就是板上钉钉了。

主意一定，顾正平当即举杯笑道："好，既然隆一先生有兴趣，那咱们就摆一座擂台，来一场‘中日武术友谊赛’吧。"

"多谢顾书记成全。"

米山隆一端起玻璃酒杯与他轻轻一碰，尖利的眼睛里却不经意地闪过一丝阴谲的笑意。

4

日本佬米山隆一悬赏设擂、公开挑战的消息在市电视台播出之后，全市人民都乐了。青阳历来尚武成风，男女老少都会几手拳脚功夫，老百姓个个都不是外行。这小子居然跑到“武术之乡”来撒野，这不是找打吗？那些自诩功夫了得的各路高手更是高兴坏了，小日本拱手送上一百万元巨款，不拿白不拿呀！

一时间，看热闹的和准备上台一搏的都有些等不及了。

三日之后，“中日武术擂台挑战赛”终于鸣锣开赛。比赛地点就设在市体育馆内，由于不收门票免费观赏，入夜时分，青阳城内几乎是万人空巷，男女老少争相涌入，把个体育馆挤得水泄不通。

据老一辈人回忆说，这么轰动全城的擂台赛，除了新中国成立前搞过一次外，青阳市历史上还没出现过第二次。

擂台就摆在篮球场上，两头的篮球架子早已撤走，中间用铁架和厚木板搭起了一座边长八米的正方形标准擂台，台上铺着一层猩红地毯。头顶几十盏大吊灯，把个体育馆照得如同白昼。

擂台中央跪坐一人，约莫三十来岁年纪，瘦削脸膛，身着白色空手道服，腰里束一根黑色带子，双手平放在膝盖上，低眉垂目，一动不动，好似入定老僧一般，对场外闹哄哄的场景视而不见。

有在电视中见过米山隆一的观众在台下指指点点："瞧，他就是擂主米山隆一，听说他要投资十八个亿在咱们这儿办工厂呢。"

另一个笑着说："这小日本有的是钱，赢他一百万不算多，不过千万别把人家惹恼了，要不然人家一拍屁股回日本去了，十八个亿的大工厂就飞了。"

"就是就是。"台下观众纷纷点头，很快达成共识，"咱们既要赢他，又要光明磊落，公平公正，赛出水平，赛出风格，让小日本输得心服口服，无话可说。"

晚上七点半，锣声响起，一位从外地请来的、神态威严的大块头裁判员走上台来，清清嗓子，首先宣读本次大赛的比赛规则：

"一、本次大赛为无级别无限制挑战赛，不分男女老幼，不问体重身高，不辨拳种流派，均可上台挑战；二、本次大赛的参赛者不穿戴任何护具，除下阴以外其余部位均可直接攻击。大赛无时间限制，以一方被击倒或投降认输为止；三、由于擂主米山隆一先生白天事务繁忙，比赛定在每天晚上七时半举行。为避免车轮战，擂主每天只接受三位挑战者的挑战；四、本次大赛设奖金一百万，谁能在台上击败擂主，即可领取……"

裁判的话还没说完，忽听台下一声怒喝，半空中人影一闪，一位身材健硕的年轻小伙子凌空连翻三个跟头，落下之时，双足正好踏在擂台上。

台下观众一见，识得这位便是市体育局武术训练班的教练员、去年省散打比赛冠军龙志刚，顿时震天喝起彩来。

擂主米山隆一听见欢呼声，睁开双目，站起身来，虽然神态傲慢，却还是谨遵比赛礼节，走了过来，在裁判的示意下，向龙志刚鞠躬行礼，龙志刚则回以抱拳之礼，然后双方一齐向裁判员施礼，以示尊重。

大块头裁判用询问的目光看了二人一眼，见二人均轻微点头，表示已经准备好了，当即以手为刀，竖在二人中间，向下用力一挥，喝道："开始！"旋即退开观战。

龙志刚立即后退半步，双手抬起，拉开格斗式，全神戒备，准备迎战对手。

米山隆一瞧了他一眼，轻蔑一笑，仍旧直直地站在那里，没有半点动静。

龙志刚瞧在眼里，不禁心头有气，暗想：你这小日本，也太狂妄了些吧。我大小也是一省级冠军，虽然上台之前顾书记亲口向我交代了，咱上台的目的就是陪你玩玩，哄你开开心，这场比赛咱只能输，不能赢，可你也不能这样目中无人呀。

米山隆一见他不敢动手，忽然撇撇嘴巴，伸出一根手指头向他勾了勾，脸上满是不屑的表情。

龙志刚差点把鼻子都气歪了：老虎不发威，你当我是病猫呀？

当即大喝一声，滑步上前，前手一记刺拳，迎面击向对方眉心。这招看似凶狠快捷，却是一记虚招，只要对方摇身躲闪，全身上下必会露出破绽，他的后手铁拳便会寻隙而上。

拳风袭面，米山隆一紧紧地盯着他的拳头，却并不闪避。

"这可是你自已找打。"龙志刚心头一声冷笑，招式由虚化实，刺拳变成直拳，带着虎虎风声，直奔对方鼻梁。

一般情况下，面对迎面袭来的重拳，对手非得仰头闪避不可。谁知龙志刚的拳面都快碰着对方鼻尖了，米山隆一却还是没有半点动作。

龙志刚心中一惊：哎哟，这小日本不会是吓傻了吧？我这一拳少说也有几百斤力，一家伙打下去，他的鼻子非得开花不可。要是把他打破相了，回头我咋向顾书记交代呀？

心念电转，正欲撤招，米山隆一忽然双目一瞪，双手闪电般抢出，一手拿住他的拳头，一手托住他的手肘，双手猛然发力，只听“咔嚓”一声，龙志刚的右臂顿时折断，软软地垂了下来。

米山隆一“呀”的一声发喊，右膝猛抬，一记上冲膝，正好撞中龙志刚的腹部。

龙志刚惨叫一声，左手捂着肚子，“扑通”一声倒在台上。

大块头裁判立即上前读秒，连数十下，龙志刚早已昏死过去，哪里还站得起来?

裁判举起米山隆一的一只手，宣布第一场比赛由他获胜。到会医生这才上台将龙志刚抬下医治。

台下观众直看得目瞪口呆，一片寂静。

第二位上台挑战的是省武术家协会理事、青阳市武术家协会会长武宗一。武宗一虽然不过四十来岁年纪，却是青阳武术界的泰斗，早年曾三次夺得全国自由搏击大赛冠军，去年又获得全国武术锦标赛套路比赛第一名。但是众多的荣誉并未为他的这次挑战赛带来好运，上台交手不过十余回合，就被米山隆一一记飞踢踹中胸口，肋骨折断，当场吐血。

见省级冠军、全国冠军先后在米山隆一手中重伤落败，本来已经报名登记的第三位挑战者吓得还没上台就弃权了。由此，中日武术擂台挑战赛第一天晚上的比赛，就以米山隆一大获全胜而告终。

擂台上大爆冷门儿，擂台下的观众不由得群情激愤，一片哗然。但一直坐在角落里观看比赛的市委副书记顾正平心里却暗暗高兴。其实今天打头阵的三位挑战者都是他一手安排的，本意是想为台上的米山隆一助助兴，却没料到比赛结果令人大跌眼镜，青阳市的两位顶尖高手竟都身受重伤，铩羽而归。而他也由此看出米山隆一的武功确实不一般，连武宗一都血溅擂台，估计放眼青阳城已没有人是隆一的对手了。

他一颗悬着的心顿时放了下来，以后他再也不必煞费心机地安排人员上台给隆一当陪练了，反正隆一已稳操胜券立于不败之地，等他打遍全市无敌手、心情大爽之时，岂不正是双方签订合同之机?

5

第二天上台挑战米山隆一的是青阳乾坤武馆的赵乾坤赵老拳师和他的开山大弟子马如龙，结果交手不过十余回合，师徒二人便先后败北，重伤吐血，倒地不起，最后被自己武馆的人抬下台去。

有一个小青年叫李虎，刚从嵩山少林寺艺成归来，本没打算出手，只想在台下观摩观摩，此时看见米山隆一态度嚣张，出手狠毒，每战必令对手非死即伤，不由得血气上涌，虎目圆睁，一声怒吼，也顾不上向大赛组委会报名登记，就一个虎步跃上台来，使出一套虎虎生风的罗汉伏虎拳，二话不说便打向米山隆一。

米山隆一猝不及防，竟被迫得一阵手忙脚乱，不住向后退却，眼见就要被李虎逼下擂台。

台下观众大感快慰，一齐为李虎呐喊助威。

米山隆一退到台边，马上意识到情况不妙，眼中杀机一闪，忽然一声暴喝，双手正拳一齐击出，一上一下，分击对方眉心和胸口。

李虎练过少林神功金钟罩和铁布衫，浑身上下肌肉坚硬如铁，根本不惧对方的肉拳，钢牙一咬，挺起胸膛便想硬接对方双拳。

谁知米山隆一忽然变招，右手拳倏地张开，伸出中、食二指，像一把尖刀，直插对方胸窝，这一招叫“二指贯手突”，其原理与中国的“二指禅”差不多。因为杀伤力极强，在常规空手道比赛中是禁用的。

李虎识得厉害，据他师父少林武僧告诫，这“二指禅”是专破金钟罩和铁布衫的玄功，不敢大意，急忙侧身闪避。便在这时，米山隆一左手五指齐伸，握成一束，弯曲成鸟嘴状，猛然“啄”向对方右眼。这种技击方法就如同用鸟嘴敲打啄击东西一样，所以在空手道技击中，这一招就叫作“鹫手打”。

李虎防着下面却没防到上面，只听“叭”一声，眼睛已被对方“啄”到，顿时眼珠迸裂，鲜血涌流。

台下观众都看得明白，知道这小青年的一只眼睛算是废了，不由得群情激愤，纷纷怒斥米山隆一出手太过狠毒。

米山隆一却满不在乎，用不屑的眼神往台下一扫，伸出右手大拇指，缓缓翻转过来，大拇指朝下一指。

这可把台下观众给气坏了，中国人都是有血性的汉子，立时便有三条大汉飞身跃上擂台，要向米山隆一挑战，却被大块头裁判拦住，说今天隆一先生已连战三场，要打擂台先报名登记，明晚再来。

这三条汉子是亲兄弟，姓杜，据说是自然门杜心武的后人。三人在青阳市各开一间武馆，都是性情刚烈的汉子，平日里为了争抢“自然门正宗传人”的称号闹得不可开交，三兄弟形同陌路已经多年，但面对米山隆一的嚣张气焰，三兄弟却摒弃前嫌，出人意料地站到了一起。

翌日晚上，杜氏三兄弟早早地便来到了赛场，先由杜老三登台打擂，结果被米山隆一一记下砸肘砸中胸口，身受内伤，连喷三口鲜血，倒地昏迷。

毕竟兄弟连心，杜老大和杜老二一见，也顾不上什么比赛规则，急忙双双抢上，来斗米山隆一。米山隆一以一敌二，却也不惧。三人拳来脚往，战成一团。

自然门由孙中山的保镖杜心武所创，讲求心态平和，打法自然，“吞身如鹤缩，吐手若奔蛇”，杜家两兄弟一见弟弟受伤，心中发急，咬牙切齿，恨不得将对方一拳击倒，心浮气躁，正好犯了自然门的大忌。苦撑二十几个回合，二人终于被米山隆一神出鬼没的腿法踢倒在地，一个双膝关节脱臼，一个小腿胫骨粉碎性骨折，三兄弟一齐被人抬下台去。

就在杜家三兄弟被人抬出赛场的那一刻，整个沸腾的赛场忽然安静下来，所有的人都把拳头捏得紧紧的，默默地目送伤者黯然离去。不知是哪家的女人，忽然低声抽泣起来。

从比赛的第四天开始，尽管仍然不断有不服气的武师上台挑战，但台下的观众却在锐减。比赛进行到一个星期的时候，米山隆一已在擂台上接受了近二十名高手的挑战，结果无一败绩。在他凶猛凌厉、残忍狠毒、毫不留情的攻击下，对手轻则伤筋断骨终身残废，重则当场吐血，倒地昏迷，生死未卜。

青阳人民咬牙切齿，义愤填膺，恨不得大伙齐心协力三更半夜冲进市府宾馆把这狗日的日本佬揍个半死。可人家是准备在青阳市投资十八个亿的大老板，市公安局副局长彭信义亲自领着一队警察二十四小时守护在宾馆四周，闲杂人等根本连大门也进不去。

到了比赛的第八天，体育馆内忽然出现了冷场，既没一个人上台挑战，也没一个观众在台下观看，看来米山隆一的嚣张气焰真的把青阳人民和青阳城的武林人士给镇住了。一连三天，皆是冷场。但米山隆一却一点也不在意，仍旧天天晚上七点半准时出场，老僧入定一般坐在擂台上闭目养神，好像是在专心致志地等待一位约好了不见不散的老朋友似的。

6

顾正平见到这种情况，心中暗自高兴。米山隆一征服了全城高手，大获全胜，皆大欢喜，既然再也无人上台挑战，米山隆一总不能在台上一个人唱独角戏，等再过一两天他没了兴致，估计就会宣布结束比赛。比赛一结束，他就可以趁着米山隆一心情高兴，一门心思地跟他谈合同的事了。

但是一连过去了四五天，虽然再也无人上台挑战，米山隆一却照样天天上台等候，一点也没有要宣布结束比赛的意思。

顾正平有些着急，众怒难犯，因为米山隆一出手太重，青阳城内已是群情激愤，充满着浓浓的火药味，稍有一点火星就会爆炸，若再拖延下去，事情只怕会起变化。为免夜长梦多，顾正平不得不在一天吃饭时把真子拉到一边，催问隆一先生悬赏摆擂的事是不是可以结束了。

谁知真子把头摇得跟拨浪鼓似的，连声说：“不可以，绝对不可以。”

顾正平一怔，问："为什么？隆一先生已经把青阳城叫得出名的武林高手都打败了，为什么还不能结束比赛？"

真子看了他一眼，意味深长地说："这些人算什么高手，在隆一先生眼里，他们都只是陪衬，隆一先生真正要等的人还没有出现。只要这个人一天不上台打擂，隆一先生就一天不会宣布结束比赛。"

顾正平满脸疑惑，问："隆一先生真正要等的人？是谁？"

真子见他一副打破砂锅问到底的样子，只得找了个地方坐下来，用她那一口不太标准的汉语，将米山隆一之所以要在青阳市设台打擂的真正原因告诉了他。

原来时间往前推进几十年，1945 年的 5 月，日本的"中国派遣军"独立步兵第七旅团渡过长江，打到了长江南岸，侵占了不少城市。其中占领青阳城的是该旅团中佐米山靖正所率领的第三步兵大队。

青阳素有"武术之乡"的称号，民风刚烈，不甘奴役，便有不少民间武师奋起反抗，常有三三两两的日军横死路边。

米山靖正大为光火，略一调查，便明白是怎么回事了，三番五次派出大队人马"剿匪"，结果毫无所获，反而惹得民愤更激，日军所受的骚扰和打击也更加频繁。

无奈之下，米山靖正想出了一个办法。

原来米山靖正在日本国内也是一位有名的空手道高手，他知道青阳百姓崇尚武艺，便想以武术来征服全城百姓。

他在当时的市政府门口搭起一座擂台，宣布自己在擂台上亲自接受青阳武术界人士的挑战，三日之内，若有人能战胜他，他就马上带领日军撤出青阳城，若无人能打败他，则要青阳百姓从此以后安分守己，一切行动听从日军命令，不得再骚扰日军。

勇敢的青阳人民欣然接受挑战，但是让人没有想到的是，这小鬼子还真有两下子，头两天便连下重手击败了十几位青阳城有名的拳师，一时间把青阳城所有练武的人给镇住了，再也无人敢上台挑战。

眼看着三天时间即将过去，青阳人民从此要成为日本人的奴隶，全城百姓急得捶胸顿足，却又无可奈何。

第三天傍晚，正在米山靖正扬扬得意，正要宣布自己的胜利的时候，忽然有一个左足残疾、身材精瘦的中年汉子跃上台来挑战。

台下观众一见，都认得这汉子姓岳，家住城北角子楼旁，以卖豆腐为生，因天生残疾，大伙都叫他“岳跛子”。

据说这岳跛子是岳飞的后人，习过少林拳、戳脚、北派潭腿和太极拳，当然最拿手的还是祖传的岳家拳。

青阳懂拳脚功夫的人数都数不过来，平时也没看出他有什么特别厉害的地方，今天怎么就敢上台挑战呢？大伙儿心里既纳闷儿，又暗暗为他捏了把冷汗。

米山靖正瞧他是个跛子，根本没放在眼里，双拳连击，满以为不出三招就可把这精瘦汉子打下擂台。谁知岳跛子虽然是个跛子，但他最厉害的神功绝技偏偏就是他的腿法。

外人不知，岳跛子的腿跛得与众不同，极有特色，左腿齐踝以下卷成一团，向内弯曲，正好形成一个铁钩形状，进可以踢，收可以钩，再加上那时没有鞋穿，这条跛足长年累月在地上拖行，足踝以下的皮肉早已磨得老茧丛生，坚硬如铁，有一回他老婆切菜不小心把菜刀掉到他脚上，硬是没砍进去半分半毫。这腿要是踢在人身上，真比铁锤还重。

两人战有数十回合，米山靖正眼看太阳就要下山，心头一急，脚下就有些虚浮，岳跛子抓住机会，中宫抢进，一招岳家拳中的“珠帘倒卷”，跛足从一个让人意想不到的方位踢出，正好踹中米山靖正胸口。

米山靖正拳势一缓，当时并未觉出有什么不妥，等他猛吸一口气，冲上来还欲接着再战之时，忽觉胸口一阵剧痛，“哇”的一声，喷出一大口鲜血，手捂胸口，仰天倒下，好久才在卫兵的搀扶下站起来，用生硬的中国话吐出三个字：“你赢了。”

此时中国的抗日局势已发生重大扭转，由防御阶段转入了全面反攻阶段，军队势如破竹，一路打到长江沿岸，先后解放了许多城市和地区。

米山靖正迫于内外压力，不得不于三日后黯然率部撤出青阳城。

不久后，日本投降、战争结束，米山靖正回到日本，内伤发作，每日里呕血不止，迁延日久，生不如死，数年之后，郁郁而终。

他儿子米山吉幸目睹了父亲回国之后痛苦万分生不如死的惨状，发誓要学好武术，为父报仇。最后他虽然成为了日本一代空手道大师，但在有生之年却始终无法涉足中国，引为毕生憾事。临死之前他又嘱咐自己的儿子，一定要学好武术，有朝一日去到中国，为祖父报仇雪恨，完成他毕生夙愿。

后来他儿子谨遵父命，念念不忘为先祖报仇之事，不但刻苦练功，成为日本空手道界青年一辈中出类拔萃的高手，而且还涉足商界，凭自己精明的生意头脑，赚了不少钱。

听真子说到这里，顾正平恍然大悟，终于明白过来，问："真子小姐，你说的这个发誓要为祖父报仇的人，就是米山隆一对吧？"

真子点点头说："不错，这个人就是隆一先生。隆一先生之所以要选择在青阳市投资，原因有三：其一，青阳市的投资环境确实不错，基本符合咱们的要求；其二，隆一先生的祖父曾经征服过这座城市，隆一先生对这块土地也有感情；其三，隆一先生想借这次机会完成先父先祖遗愿。在来青阳之前，我们就已调查得一清二楚，当年将隆一先生的祖父打成内伤的跛子姓岳，他有一个孙子叫岳光霁，今年二十七岁，一直生活在青阳。这个岳光霁不但身怀祖传绝技，而且还在体育学院待过，擅长各类传统功夫和现代技击术。隆一先生之所以要在此大肆张扬悬赏打擂，首先是想继承其先祖遗志，以日本武术征服'武术之乡'，但最主要的目的还是想引岳光霁出来，在擂台上，在大庭广众之下，在电视直播之中，与之公平一战，让世人看看到底是米山家族的空手道厉害，还是岳家的岳家拳厉害。谁知这个岳光霁竟是个缩头乌龟，眼看着隆一先生将无数青阳市的武林高手一个个打成重伤，他居然还藏头缩尾不肯上台一战。顾书记，我实话告诉你，在这姓岳的未上台认输之前，隆一先生是绝不会罢休的。隆一先生不打败岳跛子的后代为先祖报仇雪恨，那个十八亿元的投资合同你也别想签了。”

真子说完，丢下目瞪口呆的顾正平，扬长而去。

7

顾正平立即来到史志办，找到史志办主任老刘，让他找出 1945 年的档案，查一下有没有一个叫米山靖正的日本人在市政府门口设擂比武。

老刘戴上老花镜一查，还真有一段这样的记载：

五月初八，日军步兵大队长米山靖正设擂于市政府大门前，三天连挫数十名拳师，后败于一残疾人之手。十四日，日军撤出小城。

顾正平问：“有没有提到打败米山靖正的人是谁？”

老刘边找边念：“……此人姓岳名定，传为岳飞后人，擅长岳家拳，左腿残疾，家住城北角子楼旁，以卖豆腐为生。日军撤走前夜，有人发现……”

顾正平追问：“发现什么？”

老刘叹了口气，继续念道：“有人发现岳定倒毙江边，背部中弹，乡人疑为日寇所为……”

顾正平皱眉道：“米山靖正到底没有放过他。他儿子米山吉幸不知父亲已暗算岳跛子，所以一直嚷着要为父亲报仇雪恨。”

他又问：“快看看，岳定有无后人活在世上？”

老刘又埋头查看半天，才说：“据市志记载，岳定死后，留下寡妻王氏和四岁的儿子岳安生。岳安生 1965 年参加工作，在市机械厂上班，颇善拳术，于 1990 年病逝。”

“岳安生有没有留下后人？”

老刘又翻了一阵市志，摇头说：“不知道，这上面没有记载。”

他想了想，忽然道，“哦，对了，上次我们下去搞调查，曾经借阅过《岳氏宗谱》，看到上面记载岳安生中年得子，育有一个儿子，名叫岳光霁，听说在市一中教书。”

顾正平一拍桌子说：“还真有岳光霁这么一号人。”

走出史志办，他又给一中校长打电话，问他们学校有没有一位叫岳光霁的老师。

校长怔了一下，在电话里嗫嚅着说：“有倒是有一位叫岳光霁的老师，不过……”

顾正平不快地说：“有就有，没有就没有，不过什么？”

校长说：“我们学校确实有个叫岳光霁的老师，是教体育的，不过自打上次公安局的彭副局长来找过他之后，他就、他就神秘失踪了，我们也正在到处找他呢。”

顾正平一愣，忽然明白过来：难怪米山隆一在擂台上等不到岳跛子的后人，原来他就是给自己写匿名信的那个家伙。回头又给彭信义打电话，问：“老彭，上次你们抓的那个给我写匿名信的老师是不是姓岳？”

彭信义大大咧咧地说：“好像是吧，我哪记得清楚。”

顾正平火了，说：“荒唐，人是你抓的，连人家姓什么叫什么你都不知道吗？快去给我问清楚。”

彭信义一听顾书记发火了，急忙问过文丽后说：“对，没错，那家伙是姓岳，叫岳光霁。”

顾正平点点头，又问：“他现在咋样了？你们没为难他吧？”

彭信义忙说：“哪能呀，他又不是什么罪犯，当然要区别对待。他现在待在咱们局条件最好的羁押室，有吃有喝还有电视看，除了没有自由啥都不缺。哎，对了，这家伙在一中教体育，听说是个练家子，咱们局里几个民警跟他切磋，四个打他一个，愣是没打赢。”

顾正平不耐烦地打断他的话说：“我没工夫听你闲扯，你们没虐待他就好，你赶紧给我把他带过来，我在办公室等着。”

十来分钟后，大街上忽然乌拉乌拉响起一阵鬼叫似的警笛声。

顾正平眉头一皱，暗骂：这个彭信义，就是喜欢穷显摆，屁大个事也要拉警报，要是被那群日本人知道了，还以为青阳市的治安有多差呢。

果不其然，几分钟后，彭信义和两个民警带着一个年轻人走了进来。

顾正平抬头一看，只见那年轻小伙子约有一米七五的个头，身材不胖不瘦，脸庞棱角分明，双眼炯炯有神，理着平头，腰杆挺直，往那儿一站，比身旁三个警察精神多了。

顾正平暗自点头，问："你就是一中的岳光霁岳老师？"

对方不卑不亢，点头答道："是的，顾书记。"

顾正平咳嗽一声，让同来的两个民警在门外候着。他关上房门，忽然变得客气起来，让岳光霁在沙发上坐下，亲手给他泡了杯茶，然后问："岳老师，日本人米山隆一在体育馆悬赏摆擂、挑战青阳武术界人士的事，你知道吗？"

岳光霁点头说："知道，我在电视上看了直播。"

顾正平问："你知道他为什么要摆下这座擂台吗？"

岳光霁双目中精光一闪，咬牙道："他的底细我早已了解得一清二楚，他这么做的目的我当然知道，他是想激我出手，他是想为他爷爷米山靖正这个战争罪犯报仇雪恨。我爷爷死得不明不白，就算他不来找我，我也会去找他。"

"好！"顾正平拍拍他的肩膀，赞道，"有骨气，有血性，不愧是条中国汉子。不过，米山隆一的拳脚功夫你在电视上也看到了，你有把握打败他吗？"

岳光霁神情坚定地说："事在人为，我就不信偌大的青阳城竟没有一个人能对付得了这小日本。要不是我被、被……"他看了彭信义一眼，"我早就上台揍这王八蛋去了。"

顾正平盯着他看着，脸色渐渐沉下来，忽然话锋一转，神情严肃地问："米山隆一先生要在咱们市投资十八亿元人民币兴办实业的事你知道吗？"

岳光霁说："我知道。"

"那你知道他这十八个亿投资在咱们这儿，能解决多少下岗职工的就业问题、能给咱们市财政带来多少税收、能给咱们市的老百姓带来多少实实在在的经济利益吗？"

"知道，可是他办的工厂……"

“这些都不用说了。”

顾正平挥手打断他的话，“关键是眼下就能给咱们老百姓带来实惠，这才是最重要的。”说到最后，顾书记的声音越来越大，神情也越来越严肃，“你想过没有，你为了私人恩怨逞一时之快将米山隆一打败，他一怒之下撤资回了日本，这个项目搞不成了，咱们青阳市要蒙受多大的经济损失，有多少老百姓会在背后骂你？这些，你想过没有？”

岳光霁被市委书记义正词严的气势给镇住了，目光渐渐暗下去，半晌才低声说：“这、这个……我倒没想过。”

顾正平瞧见他脸上神色的变化，对自己的劝说效果非常满意。

他继续说：“没想过不要紧，现在想也还来得及。”

坐在一旁的彭信义是个急性子，一时之间没能领会领导的意思，站起身愤愤地说：“顾书记，那你说该怎么办，难道这擂台咱不打了？”

顾正平瞪了他一眼，说：“不打也不行，米山隆一就是冲着人家岳老师来的，岳老师一天不上擂台，米山隆一就一天不收兵，他一天不宣布结束比赛，他那个十八亿元的大项目就一天定不下来。”

岳光霁瞧瞧满脸通红的彭信义，又瞧瞧一脸严肃的市委书记，渐渐明白过来，小心地问顾正平道：“顾书记，那您说我该怎么办？”

顾正平哧哧地喝了口水，换上一副深思熟虑的样子，说：“我的意思是，这个擂台还得由你来打，在打擂的过程中，只要你有本事，把米山隆一打出点伤来也不要紧，关键是比赛的结果，不管你打不打得过人家，你都得让他赢，而且还要让他赢得自然，赢得开心，不能让他看出是你有意相让。人家打赢了，心里一高兴，这个十八亿元的大项目不就敲定了吗？”

岳光霁一愣，说：“您这不是让我打假拳吗？”

“不管是打真拳，还是打假拳，只要你按我的要求去做了，我绝对不会亏待你。你给我写匿名信破坏招商大局的事就不用说了，一笔勾销。你不是搞教育工作的吗，回头我就把你调到教育局去，我保证在我的任期内让你坐上副局长的位置。你结婚了吗？还没有，有女朋友吗？在哪儿工作？没工作，那好，税务局正缺一个女税收员，我打个电话，马上就可以把她办进去。”

“真的？”

“都什么时候了，我能跟你开玩笑吗？怎么样，只要你答应按我的话去做，我立马安排你上台打擂。要是你不答应，那你就继续去黑屋子待着，我宁愿不让你上台，也不要你搅了我市招商引资的大局。”

岳光霁被市委书记软硬兼施的态度唬住了，皱眉想了想，最后把牙一咬，抬起头来说：“好，顾书记，我答应你，不过事成之后你可要遵守承诺。”

顾正平哈哈一笑，说：“你放心，假如这次招商成功，我给你记大功一件，给你的好处只怕还不止这些。”

岳光霁像是下定了最后决心似的，把拳头狠狠往玻璃茶几上一砸，大声道：“好，顾书记，我知道该怎么做了，你就等着看我的好戏吧。”

8

为了造势，第二天顾正平特地让市电视台二十四小时滚动播出了日本空手道高手米山隆一先生今晚将在擂台上一展身手，迎战最后一位挑战者的消息。

果不其然，也许是电视广告起了作用，也许是“最后一战”这四个字吸引了人们的眼球，这天晚上，体育馆里再次座无虚席，人满为患。

7 点 30 分，米山隆一准时上台，大块头裁判照例在每晚开赛之前宣读大赛规则。

等他宣读完毕，忽然“嗖”的一声，从台下跳上来一位年轻小伙子，二十七八岁年纪，身着一套黑色功夫装，双目神光湛然，精神抖擞，冲着裁判一抱拳，朗声道：“且慢，裁判员，你刚才宣读的是日本人拟定的规则。咱们中国人也有中国人的规矩，还请裁判员转告擂主隆一先生，请他遵守。”

米山隆一闻言睁开双眼，缓缓站起身，上下打量他一眼，忽地瞳孔一缩，双目中杀机毕现，声音像刀锋一般冷冽，问："你就是岳跛子的后人岳光霁？我已等你好久，你终于不再做缩头乌龟了。"

岳光霁不想与他作无谓的口舌之争，微微一笑，说："我就是你要找的岳光霁。"

米山隆一双手抱胸，冷冷地问："你有什么规则要提出？"

岳光霁双目如电，直视着他，道："我的规则是，假若今天你打输了，不但要兑现你赛前许下的一百万奖金的承诺，而且还要请你带着你的日本投资考察团马上离开青阳城，离开中国，咱们中国永远不欢迎你这种肮脏的、别有用心的投资者。"

米山隆一脸色一变，盯着他说："好小子，你有种。好，我答应你。如果输的那个人是你呢？"

岳光霁道："你想要我怎样？"

米山隆一说："我要你以岳跛子后人的身份登报声明：几十年前，我爷爷米山靖正与你爷爷岳跛子的那一战，是因为你爷爷违反规则使用了不正当的手段才赢得比赛的。你要向我们米山家族公开赔礼道歉，并在当年打擂的遗址上为我爷爷树碑立传。"

岳光霁气得浑身发抖，双拳紧握，咬牙说："好，如果我输了，一切都听你的。"

台下上了年纪的老人家听到这里，都明白过来：原来这日本人就是当年日军大队长米山靖正的孙子，而这个一身正气的年轻人，正是岳跛子的后人。

但是一直坐在角落里观战的顾正平却暗自皱眉：岳光霁这小子这是唱的哪一出呀，在他的策划中可没这一段台词呀。不过仔细一想，这样也好，这不显得更真实吗？假戏也得真演呀。

就在台下观众一愣神的当儿，擂台上的两位主角早已战在一起。

米山隆一受祖父和父亲的影响，再加上这些天久候对手不至，早就憋足了一肚子气，此时仇人相见，真是分外眼红，摆了一个"猫足立"的架势，一声大喝，右手打出一记引拳做掩护，左足悄然离地，中段直进，猛然踢向岳光霁腹部，恨不得一招之间就将对手踢翻在地。

岳光霁略略侧身面对对手，弓背、低颏、前肩稍抬，双手轻握拳头护住胸、喉等处，双目直盯对方眼睛，凝神以待。

眼见对方前足踢来，他猛吸一口气，吞胸吸腹，肚子向里凹进三寸。米山隆一一脚踢空，岳光霁右肩前送，右手直拳，“呼”地击出。

米山隆一冷声笑道：“这是岳家散手中的‘气吞山河’，也不过如此。”摇身闪过，脚底下毫不放松，使出绝命十二腿，双足快如幻影，连环踢出十二次。

岳光霁左躲右闪，被逼得连退十二个大步，已是站到擂台边沿。

交手第一个回合，米山隆一攻势快捷凌厉，凶猛异常，大占上风，台下观众都不由得为岳光霁担心起来。

米山隆一见对手已无路可退，心中大喜，右腿上段扫踢，旋风般扫向岳光霁头部，使足十成力气，大有毕其功于一役，要一脚将对方踢下擂台的气势。

岳光霁听见风响，闪避不及，只得耸肩抬臂，护住头部。米山隆一这一脚力逾千钧，小腿坚硬如铁的胫骨扫中他左肩。岳光霁立足不稳，身形一晃，侧身向台下倒去。

观众一声惊呼，眼见岳光霁就要被打下擂台，忽见他临危不乱，侧倒之时，右手用力往台沿一撑，整个人像个皮球似的，忽然又弹了起来，左手一招“流星赶月”，拳似流星，破空而至，“砰”的一声，正好击中对方鼻梁。

米山隆一急忙双拳齐出，仍想将他逼下台去。

岳光霁身形一晃，跳跃而起，身子在半空中翻了一个筋斗，从对方头顶一掠而过，落下之时，正好站在擂台中央。

台下观众猛然回过神来，喝起彩来。

米山隆一双拳击空，眼前失去对手踪影，急忙转身，调整步伐，忽听台下观众发出一阵哄笑，怔了一下，用手往脸上一摸，才知道刚才对方一拳已把他鼻梁打塌了，鲜血流得满脸皆是。自他与人交手以来，还从没吃过这么大的亏，顿时恼羞成怒，双目圆瞪，拳如雨点，腿似旋风，猛然扑向岳光霁。

岳光霁连消带打，边战边退，很快又被对方逼入死角。

米山隆一精神大振，正要乘胜追击，发出致命一击，将他打下擂台，谁知岳光霁身形一晃，一个“老树穿花”，又神不知鬼不觉地绕到米山隆一身后。

一连数次，他被米山隆一狂风暴雨般的攻势逼到擂台边沿或死角，却总能在关键时刻化险为夷，败中求胜。他虽处在下风，守多攻少，但偶尔一次反击，却总是恰到时机，迫得对方手忙脚乱。如此数次，看看已战到中场，米山隆一体力消耗过大，气喘吁吁，浑身湿透，出拳踢腿速度和力度都已大不如前。

等他隐隐觉出不妙之时，却已迟了，岳光霁一声断喝，已经开始反击。只见他将身一矮，猛然欺近，一招少林罗汉拳中的“双抢手”，击中米山隆一胯骨，米山隆一疼得龇牙咧嘴，身形一晃，差点摔倒。

台下观众精神振奋，大声喝彩。

米山隆一大怒，满脸鲜血，面目狰狞，正要使出自己最擅长的铲踢技法，将对方从近身处逼开，谁知他刚一抬足，岳光霁的脚尖忽然贴地伸出，“叭”一声踏住了他的膝盖。

米山隆一一连变换三种踢法，皆被对方截住，膝盖也被踩得隐隐生疼。他不由得脸色一变，惊道：“这是截拳道中的‘截击’腿法。”

截拳道始创于李小龙，“截击术”是截拳道中最难对付的防御战术，它总是在对手要加速或要进攻之前进行拦截和阻击。李小龙曾经说过，如果熟练地掌握了这一种技法，则几乎可以阻止任何形式的进攻，唯一的要求是，你的速度必须比对手更快。

米山隆一攻势受阻，拳脚施展不开，再加上体力不支，战局顿时逆转，岳光霁稳打稳扎，渐已占到上风。米山隆一稍一不慎，背上连中两拳。情急之下，竟不顾大赛规则，使出一招撩阴腿，偷偷踢击对方裆部。岳光霁不曾防备，差点吃亏，饶是闪避得快，大腿内侧还是被对方脚尖扫中，一阵火辣辣的痛。

他脸色一变，咬牙骂道：“好不要脸。”出手更不留情，叉开中食二指，一招“双龙戏珠”，插向对方眼球。

米山隆一大惊失色，急忙仰头闪避，谁知岳光霁这是一记虚招，底下飞起一脚，踢向对方胸口。米山隆一瞧得分明，双手齐出，一手擒住他的脚踝，一手托住他的小腿，眼中闪过一抹杀机，就要双手一齐用力，扭断他的腿骨。

可不待他发力，岳光霁的另一条腿忽地弹跳而起，腾空踢出，正中米山隆一腹部。

米山隆一惨叫一声，只觉腹中一阵翻江倒海般的剧痛，喉头发甜，张嘴吐出一口鲜血。噔噔噔，后退三个大步，一屁股坐在地上。

裁判立即上前读秒，米山隆一想要强撑站起，但胸口气血翻涌，已受到极深的内伤，身子一动，又吐出一口鲜血。他瘫坐在擂台上，仰头望着对手极不甘心地问："这、这是什么腿法？"

岳光霁盯视着他，一字一顿地告诉他："这是岳家拳中的绝招，这一招叫作'珠帘倒卷'。"

米山隆一顿时面如死灰，发出一声绝望的叹息。他清楚地记得，当年他爷爷米山靖正就是败在岳跛子这招"珠帘倒卷"之下。

9

裁判上前，举起岳光霁的手臂，正要宣布他获胜，忽听台下观众一阵惊呼，岳光霁猛觉肩头一阵刺痛，暗叫一声："不好。"

他急忙闪到一边，回头看时，却是不甘认输的米山隆一从地上强行站起，拿出偷偷藏在身上的一根数寸长的钢针，暗下杀手，刺中了他的肩头，鲜血顿时涌流而出。

裁判大惊，边打手势边大声叫停。

米山隆一双目通红，状若疯虎，哪里理会他，狂吼一声，挥舞钢针，直朝岳光霁扑来。只听"哧哧"声响，岳光霁身上的衣服已被划开数条口子，情势十分危急。

“米山隆一，你真给你们日本武士丢脸。”岳光霁浓眉一皱，空手入白刃，使出少林擒拿手，一招“金丝缠腕”，已擒住对方手腕，再一招“冷月折梅”，只听“咔嚓”一声，米山隆一痛声惨叫，钢针掉落下来。米山隆一腕骨折断，人也再次倒地，无力站起。

裁判再次上前，擎起岳光霁的右手，大声宣布本场比赛由他获胜。台下观众顿觉扬眉吐气，掌声雷动，欢呼不止。

不用医生动手，岳光霁从衣服上撕下一条布片，就在擂台上自己动手包扎好了肩头伤口，然后转身，看着手捂腹部，面如死灰的米山隆一，说：“隆一先生，希望你能遵守自己的诺言，第一，兑现一百万元奖金，被你打伤打残的那些人还等着这笔钱去救助呢；第二，带上你的日本投资考察团马上回日本去，中国人民欢迎日本友好人士来华投资，但永远不欢迎你这种赚昧心钱的黑心商人。”

“不行不行，”顾正平再也顾不得自己的身份和尊严，气急败坏地爬上台来，狠狠地瞪了岳光霁一眼，小声说：“回头再跟你算账。”然后又立即换上一副谦卑的笑脸，对米山隆一说，“隆一先生，您千万不要听信某些别有用心的人挑拨离间，打擂台归打擂台，投资归投资，这两件事怎么能混为一谈呢？有些人公报私仇，为了给死了几十年的亲人报仇，竟然置我市招商大局于不顾，想要把您赶出青阳以泄私愤，他将要为自己的言行负责。其实咱们青阳人民是非常欢迎您在这儿投资的。乡亲们，你们说是不是？”

台下的观众渐渐从胜利的狂热中冷静下来，觉得顾书记说得在情在理，米山隆一虽然在擂台上打输了，但在商场上他是个成功者。他要是能留下来，投资十八亿元在青阳办工厂，那得解决多少人的就业问题，那得给青阳百姓带来多大的实惠呀。

“隆一先生，您别走，我们还等着到您的工厂去上班呢。”不知谁喊这么了一句，大伙儿你一言我一语，吵吵闹闹地挽留起米山隆一来了。

米山隆一看了群情激动的观众一眼，脸上忽然浮起一丝得意的微笑。

“且慢。”岳光霁中气十足，大声说，“乡亲们，你们先别激动，你们知道米山隆一要在咱们这儿办什么工厂吗？是办一家专门生产‘邻氯苯酚’等毒性产品的大型化工厂。因为祖辈之间的恩怨，我注意米山隆一已经很久了。我通过登录几家日本政府网站了解到，米山隆一在日本开了三家同样类型的化工厂，结果因为受到严重化工污染，这三家化工厂周围十几里以内的村庄，都成了远近闻名的‘癌症村’。日本政府责令他关闭工厂。米山隆一在日本没有立足之地，却把目光盯住了咱们中国，盯住了他爷爷米山靖正当年侵占过的青阳市……”

说到这里，他扭过头去，用锐利如锥的目光盯了顾正平一眼，接着说，“我曾经把这些情况写信向市委某些领导反映过，只可惜未能引起重视，反而因为破坏招商大计的罪名被抓起来关进了黑屋子，若不是我假意答应这位领导打假拳故意输给米山隆一的要求，只怕我此时还待在公安局，也许永远也没有机会站出来揭穿米山隆一的险恶用心。乡亲们，我说的都是实话，我有曝光米山隆一的工厂污染环境的日本政府网站的网址，会电脑和懂日文的朋友可以即刻上网查实。乡亲们，你们说这样为了追求利益不惜污染环境不顾老百姓死活的投资者，咱们能欢迎他吗？”

“不欢迎，不欢迎！”

“米山隆一，滚回日本去，滚回日本去！”

……

全场观众愤怒了，手握拳头，异口同声地喊叫起来。

在观众一浪高过一浪的怒吼声中，米山隆一垂头丧气，满脸绝望，在两个同伴的搀扶下，走下擂台。

“等一等，隆一先生，等一等……”顾正平跟着追下擂台，但米山隆一哪里还有脸面留下来？低垂着头，灰溜溜地离开了。

“完了，完了。”顾正平哭丧着脸，跺脚道，“升官发财，这最后一趟车是赶不上了。”

他看见彭信义还愣愣地站在那里，不由得气急败坏地大叫，“你还愣着干什么，岳光霁破坏咱们市的招商大计，还不赶快把他给我抓起来，抓起来！”

彭信义道声“是”，挥挥手，带着几个警察就要跳上台去抓人，忽听有人高喊了一声：“且慢！”

他跟顾正平回头一看，却是文丽和李鸣大步走了过来，他俩身后还跟着几个表情严肃的男人。顾正平认识，那是反贪局的人。

文丽盯着顾正平说：“我们在调查岳光霁写匿名信干扰招商引资工作的过程中，发现这个十八亿元的外资项目有些问题，污染如此严重的化工企业居然能顺利通过有关部门的环评，这可真是个奇迹。后来我们详细调查了一下，发现有市领导在收受投资方的好处费之后，暗中干扰了环评工作，所以这个项目才能顺利通过环评。我们立即把这条线索反映给市反贪局，现在反贪局已经调查出来了，那个收受贿赂为污染项目大开绿灯的市领导，就是你。”

“顾书记，请你跟我们走一趟吧！”两名反贪局的工作人员靠近了顾正平。

顾正平身子一晃，差点摔倒在地……

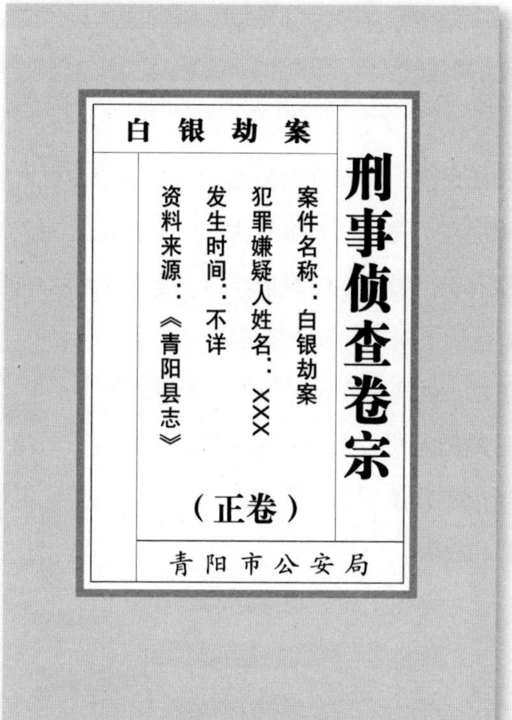
白银劫案

刑事侦查卷宗

案件名称：白银劫案

犯罪嫌疑人姓名：XXX

发生时间：不详

资料来源：《青阳县志》

（正卷）

青阳市公安局

帝京风云

青阳城位于长江之滨，水陆交通发达，市井繁荣，历来便是商贾云集藏勋纳贵的繁华之地。在历史上，曾经有那么一个混乱时期，某位流亡的皇帝在此建都，并将青阳城改名为帝京，军事实力一度扩张到两湖两广及川贵一带，皇朝在江南大地上延续了四代共数十年光阴。

据说当时的皇宫，就建在今天青阳市朝天口一带，那个雄伟的古建筑群，我曾在一张民国时期的老照片上看到过。可惜后来毁于一场大火。今天我所能看到的，只有遗址上几条用石头雕刻的巨龙，以及县志上记载的发生在帝京的一些惊心动魄的故事。

1

夏日炎炎，热浪逼人。一匹白马顶着骄阳向帝京飞奔而来。

马上坐着一位青年，身着白色长衫，头戴一顶竹笠，挂满汗珠的脸庞线条分明，有棱有角，透着一股逼人的英武之气。

此刻，他浓眉紧皱，神色焦虑，左手提着缰绳，右手握着一柄三尺长剑，不住地磕打着马屁股。那白马也仿佛明白主人的心情，脚下生风，越奔越快。

来到城门口，只见把守城门的守卫比平时多了一倍，而且个个怒目而视，刀出鞘，箭上弦，空气紧张得好像有一点火星就会立刻爆炸似的。

城门口还有两个人手提兵刃，拿着一张画像，对进城的人一个一个地仔细核对，确认与画像无任何相似之处才放行，稍有怀疑的，则叫到一旁问话。

白衣青年微微一怔，犹豫一下，跃下马，向身旁一位虬髯大汉打听道："敢问兄台，今日进入帝京为何盘查得这般严苛？"

虬髯大汉回头看他一眼，哈哈一笑道："近日发生了一件惊天大案，兄台难道不曾耳闻？"

白衣青年双手抱拳，冲他行了一礼道："在下脚步匆忙，不曾留心打听，正要向兄台请教。"

虬髯大汉是个极爽快的人，见他确实不知，便开口告诉他道："事情的起因是这样的，前段时间长江发大水，下游的江州决堤，十万灾民无家可归，当今圣上体恤民情，从国库拨出白银五十万两，全力赈灾，并指派朝廷重臣定海侯全权负责处理此事。定海侯接旨后，即刻委托帝京第一大镖局风云镖局的总镖头段天涯亲自将赈灾银两押运到江州府。谁知江州府接到赈灾银两开箱验收时，却发现箱子里的五十万两银子竟变成了一堆石头。江州府衙情知有变，即刻采取行动，一面飞马上报朝廷，一面下令捕杀风云镖局的镖师，所有镖师当场被乱箭射杀，只有总镖头段天涯一人浴血而逃，下落不明。此事传出，朝野震惊，皇上龙颜大怒，下旨通缉惊天大盗段天涯，并指令定海侯和帝京六扇门合力追查此案。"

白衣青年抬头看看城门口那两个手持画像盘查行人的人，皱眉头道："那两个人似乎就是定海侯府上的人吧？"

虬髯大汉点头道："不错，他们两个就是定海侯手下最厉害的高手。那个道士打扮的叫清风子，善使一把青锋剑，外号'迎风一剑'。他原本是武当派掌门人长风道长的师弟，后来犯了色戒，被逐出武当，投奔了定海侯，所以也有江湖人士戏称他为'淫风一剑'。他现在是侯爷府的副总管。"

白衣青年点了点头，又问道："那另一名衣着斑斓脸色阴沉的中年汉子难道就是侯爷府的总管梅花路？"

虬髯大汉点点头，道："正是此人。侯爷府的两大高手亲自出马，自然是为搜捕惊天大盗段天涯而来。"

两人谈得投机，不知不觉已到城门下。

白衣青年牵着白马，将长剑交到左手，又向下拉了拉竹笠，低着头，缓步向城门里边走去。

"站住！"

"迎风一剑"清风子忽然叫住他，用剑尖托起他的下巴看看他的脸，又看看手中画像，再仔细瞧瞧他的打扮，忽然间脸色一变。

白衣青年双唇一抿，右手轻轻按住剑柄。

正在此时，侯爷府总管梅花路忽然拍了一下清风子的肩膀，大声吆喝道："别看了，没问题，放行！下一个！"

白衣青年这才松口气，牵着白马缓缓朝帝京里面走去。刚走几步，听见后面又传来几声吆喝，回头一看，原来是刚才同他搭话的那虬髯大汉被梅花路拦住了，不准进城。虬髯大汉感到十分为难。

白衣青年犹豫一下，忽然折回身来，走到梅花路跟前，低声说："大爷，这位是在下的朋友，第一次进帝京，不懂规矩，请大爷多包涵。"说话的同时，已将一锭金子悄悄塞到他手中。

梅花路眼睛一亮，不动声色道："那好吧，既然是你的朋友，那就进去吧。天子脚下不比别处，以后不要在街上乱跑，以免遭殃。"

虬髯大汉感激地看了白衣青年一眼，牵着马进了城。

看着他们两人渐去渐远的背影，清风子忙道："梅总管，刚才那白衣小子分明就是朝廷通缉要犯段天涯，你怎么放他进城了？"

梅花路虽然年纪比他小，但口气却高傲得多，看着他在鼻子里哼了一声道："副总管，段天涯是江湖年轻一辈中最杰出的高手，一柄天涯明月剑至今罕逢敌手，你有把握在此将他一举擒获吗？"

"嘿嘿……"清风子悻悻地干笑两声，说不出话来。

梅花路道："我们在此动手，抓住了他固然是好，若抓他不着，反而打草惊蛇，令他不敢进京，以后想要抓他就更难了。咱们把他放进城去，他一定会回风云镖局，咱们多带些人手预先埋伏在镖局内，他一出现，立即围捕，谅他插翅难飞。就算是逮不住他，他一时三刻也无法逃出帝京，始终在咱们的掌握之中。"

清风子装出一副茅塞顿开的样子，连声道："梅总管此举实在高明，实在高明！"顿了一顿，又皱眉说，"不过，我瞧着后面那个虬髯大汉总觉得有几分眼熟，好像在哪儿见过似的。"

梅花路挥挥手，不耐烦地道："别理什么虬髯大汉，捉拿段天涯要紧，咱们快回侯爷府调配人手，可别让这姓段的小子跑了。"

那进京的白衣青年的确是风云镖局的总镖头段天涯。

风云镖局号称帝京第一大镖局，不但在帝京，就是在江湖上，也是赫赫有名的。镖局的创始人是段天涯的父亲，"风云一棍"段风云。

三年前，段老爷子在走镖途中被江南独脚大盗一枝梅所害。段天涯为父报仇，十招之内将一枝梅刺于剑下。从此，一战成名。

他接掌风云镖局三年多来，南来北往没失过一趟镖，水路陆路没有出过半点差错，却没有想到这次为朝廷押送赈灾银两，却在江州出了事。

出事之后，他首先想到的就是怕朝廷对风云镖局不利，所以明知帝京已为他布下天罗地网，还是马不停蹄地赶了回来。

段天涯与那虬髯大汉一同进城之后，虬髯大汉向他抱拳感谢道："多谢段兄援手，要不在下今天只怕是进不了帝京了。"

段天涯一怔，问道："你怎么知道我姓段？"

虬髯大汉哈哈一笑，道："如果在下连这点眼力也没有，那岂不是在江湖上白混了这么多年。"

段天涯见这大汉浓眉大眼，言语豪爽，也不隐瞒，道："在下正是风云镖局段天涯，还没请教仁兄高姓大名？"

虬髯大汉脸色一红，道："段兄，实不相瞒，在下此次进京，原是有件大事要办，若将来历相告，只怕日后会连累段兄。若随口杜撰一个假名，又对不住段兄一片真诚。真的叫在下好生为难。”

段天涯见他额头上竟急出汗来，知他所言非虚，便笑道：“既然如此，那在下也不勉强，就等下次有缘相见时你再相告，如何？”

虬髯大汉松了口气，大声道：“好，下次相见，一定请段兄大浮一白。”

段天涯抱拳道：“告辞。”

虬髯大汉也抱拳道：“帝京危机四伏，段兄保重！”

两人上马，调转马头，快马一鞭，分道扬镳。

段天涯原本打算找个地方暂避一下，等到天黑再回镖局，可一想到家中年迈的老母亲此时一定在为他担心和焦虑，便再也顾不了许多，打马直奔风云镖局。

回到镖局门口，远远的就见两扇大门紧闭，门上贴着官府的封条，还有不少官兵把守着。他大吃一惊，不敢停留，立即调转马头，绕到镖局后门口，见四下无人，遂从马背上轻轻一跃，纵上墙头，再凌空一个翻身，跳进镖局后院。

院子里静悄悄的，微风轻吹，一股浓浊的血腥味扑鼻而来，他心头立即涌起一种不祥之兆，不由得加快脚步，急忙向母亲房中跑去。

母亲房中一片狼藉，母亲供奉的那尊玉观音也跌在地上，碎了一地，但却不见母亲的身影。

他大叫道：“娘，娘，你在哪里？”却无人应他。他又跑去其他人的房间看了看，皆不见人影。难道母亲已经……他不敢往下想，一股寒意从脚底升起，忍不住打了一个寒战，又急急向前院寻去。

一到前院，他整个人都惊呆了。院子中央被人挖了一个大坑，坑里的尸体堆得高高的，空气中弥散着一股令人作呕的血腥味。他再仔细一看，母亲也躺在这里。不但他母亲，风云镖局上下五十余口的尸体全都躺在这里。

“娘！”他悲呼一声，扑过去一把抱住母亲的尸体。尸体早已冰冷僵硬，但却双目未瞑。

“娘，儿子不孝，儿子来迟了！”他仰天悲呼，泪如雨下。

就在这时，一柄梅花枪忽然如毒蛇一般从尸体堆中钻出，带着一道寒光，直刺段天涯的咽喉。

痛苦往往能使一个人的感觉变得迟钝，等到悲痛中的段天涯感觉到有利器袭来时，冰冷的枪尖距他的咽喉不过三寸远。情急之中，他将身体硬生生向后仰躺下去。

梅花枪贴着他的脖子刺过去。却没有料到枪尖还带有一个倒钩，对方收枪之时，锋利无比的倒钩顺势在他肩上轻轻挂了一下。虽然只是轻轻一下，却已被钩去一大块皮肉，伤口又辣又麻，鲜血顿时染红半个肩膀。

段天涯大吃一惊，身形一晃，已掠出一丈开外，同时“哐啷”一声，手中的天涯明月剑已出鞘。

偷袭者手握梅花枪站在一边，看着他冷笑不已。

段天涯微微一惊，失声道：“梅花路？”

原来偷袭他的人正是定海侯爷府的总管梅花路。与此同时，侯爷府的副总管清风子也带着十名劲装汉子从假山上跃下，抢占了他周围所有的有利位置。

段天涯眼角余光一扫，只见这十名劲装汉子中，有几个他是认识的。四个使鬼头大刀的号称长江四杰，原是长江帮的四大护法，不知何时已投靠了定海侯。持镔铁齐眉棍的大汉叫雷老七，原是丐帮七袋长老，也许是受不了丐帮清苦的生活，竟也成了定海侯手下的鹰爪，而他手中的打狗棒不知何时也换成了镔铁齐眉棍。

这些都是江湖上一等一的高手，段天涯不禁暗暗佩服定海侯，不知他使了什么手段，竟能使这一大帮江湖高手为他卖命。但面对强敌，他面无惧色，一脸悲愤，长剑一指，冷声道：“梅花路，你好无耻，连毫无反抗之力的老人家也不放过。冤有头，债有主，有本事就来杀我，为什么要害死这么多无辜之人？”

梅花路看看旁边的尸体，冷笑道：“这些人不是我杀的。”

段天涯问：“那是谁杀的？”

清风子道：“是皇上，是皇上下旨将风云镖局满门抄斩，不留一个活口。”

梅花路盯着他道："你若交出那五十万两银子，我们或许可以饶你一命。"

段天涯道："我没有拿那些银子。"

清风子问："那是谁拿了？"

段天涯道："我不知道，但我知道绝不是风云镖局的人拿了。"

梅花路看着他忽然冷笑起来，道："你以为我们会相信你吗？"

段天涯道："我知道你们不会相信。"

清风子道："那你为什么还要说？"

段天涯道："信不信是你们的事，说不说却是我自己的事。"

梅花路忽然大喝道："废话少说，段天涯，今天你插翅难飞，若不束手就擒，就别怪我们不客气。"他话音未落，长江四杰已经大喝一声，挥舞着手中的鬼头刀向段天涯扑过去。

段天涯长剑一扬，不退反进。但见一道白影从长江四杰中间穿过，众人只觉眼前一花，长江四杰已仰躺在地上，眉心已多了一道剑痕。

众人不禁目瞪口呆，只觉一股寒气从自己眉心扩散开来。好快的身法，好快的剑。再看段天涯，却站在原地，依旧白衣飘飘，神情冷峻，如果不是剑尖沾着一丝血迹，简直没人会相信他刚才在瞬息之间，已连毙四名高手。

剩下的六名劲装大汉虽然没有后退，却也不敢再度逼近，脸上虽然没有惧色，但眼神中却流露出丝丝怯意。

清风子自忖对付长江四杰也不见得能一招取胜，不禁暗暗心惊。

梅花路却忽然狡黠一笑，道："大家不要害怕，他刚才中了我的梅花钩，钩上淬有五毒散，不出半个时辰，他就会功力尽失，气血逆行，吐血而亡。"

段天涯忙暗暗提一口气，却真的发现体内真气分散，力不从心，功力已丧失四成。不禁大吃一惊，难怪刚才伤口又麻又辣，原来是为毒器所伤。

清风子瞧见他神色有异，知道梅花路所言不假，想抢头功，当下便跃上来，挺起青锋剑向他刺去。

段天涯不敢大意，格挡之后，顺手还了一剑，却是力弱剑缓，毫无攻击力度。

清风子知他毒气攻心，已是强弩之末，不禁心下大喜，遂放开手脚，全心进攻。

段天涯连退七八个大步，几乎难以招架。

清风子求胜心切，想速战速决，也好显显他副总管的威风，便一变剑招，使出生平绝学“迎风一剑”，全力一击。

就在他自认胜券在握之时，段天涯忽然精神一振，身如狸猫，剑似闪电，避过他的剑锋后，手腕一翻，反削他的脑袋。

清风子大吃一惊，自知中计，回剑自救不及，只好一缩脖子，天涯明月剑贴着头皮划过，将他头顶高绾的道士发髻削落在地。

他不禁惊出一身冷汗，想挥剑再战，又怕自己吃亏，想就此罢手，又怕众人笑话，一时之间怔在那里进退两难。幸好这时，梅花路已挺枪向段天涯刺去，他便借机跃出圈外。

梅花路的梅花枪长约七尺，粗如鸡蛋，力猛枪沉。段天涯不明底细，顺势格挡一下，只听“叮当”一声，火星一闪，虎口发麻，长剑差点震得脱手飞出，喉咙发甜，一摸嘴角，已涌出一丝血迹。他吸口气，硬生生地把一口鲜血咽了下去。他知道毒气攻心，自己已无力再战，便边战边退，想伺机脱身。

梅花路已看出他的心意，冷笑一声，枪尖如公鸡啄米似的，枪枪不离他的眉心、咽喉和心窝。清风子也带领六名劲装大汉围攻过来。

段天涯一个不留神，背上挨了雷老七一棍，心中血气翻涌，“哇”的一声，一口鲜血飞喷而出，站在他对面的清风子猝不及防，被喷得满头满脸都是血迹，不由得大怒，挥剑猛攻，恨不得一剑将段天涯刺于剑下。

段天涯勉强接了几招，忽然一口真气续不上，只觉眼前一黑，竟一头栽倒在地。

清风子疑心有诈，一时之间却不敢上前。

梅花路大喝道：“他已经昏死过去，还不快动手将他绑了更待何时。”

清风子这才小心翼翼地走上前去，刚欲动手，忽听身后传来一声娇叱：“看打！”两颗花生大小的霹雳弹直向他和梅花路的眉心疾射而来。

两人大吃一惊，急忙闪避。霹雳弹落地，“砰砰”两声，发出两团强烈的火焰。众人只觉双目一阵刺痛，都不由自主地闭上眼睛，再睁眼看时，眼前已失却段天涯的踪迹。

梅花路脸色一变，急道："快追！"众人分头追出十数里路远，哪里见得着段天涯的人影。

2

仿佛一尊沉睡千年的古佛，段天涯终于有了感觉。他感觉小鸟在窗外歌唱，阳光在脸上跳舞。他轻轻睁开眼睛，发现自己躺在一间小屋里。屋子里收拾得整整齐齐，干干净净，却见不到一个人影。

他一惊，忙一摸床头，自己的天涯明月剑还在枕边，这才略为松口气，起身下床。

一个姑娘听见声音忙从外面走进来。这姑娘约莫二十岁，脸色白净，俊俏动人，一双明亮的大眼睛恰似一江春水，清澈透明，身上穿着一条碎花裙子，脚上系着两只小铃铛，走起路来叮当作响，十分悦耳。看见他已经起床，那姑娘忙倒了杯茶，端给他，高兴地说："段大哥，你可醒来了！你知不知道，你已经昏睡两天两夜了呢。"

段天涯接过茶端在手中，看着她疑惑地说："姑娘，这是什么地方？我怎么会在这儿？"

姑娘浅浅一笑，说："段大哥，你放心，这里是悦来客栈，是帝京最偏僻最安全的一家客栈，定海侯和六扇门的人是绝对找不到这里来的。你中了梅花路的五毒散，我给你服了云南奇药不死草，你已经没事了。"

段天涯将信将疑，暗暗试着提一口真气，果然发现自己精力充沛，内力有增无减，不由得大喜，急忙向她抱拳道："多谢姑娘救命之恩，还没请教姑娘芳名？"

那姑娘脸色微微一红，想抬眼看他，却又低眉低眼不敢抬起头来，半晌才轻轻地说："如果你是风云镖局的段天涯，那我就是你的未婚妻。我姓万，名字叫万事如意，江湖上赫赫有名的云南万古千秋堂的万事如意大小姐就是我。"

段天涯怔住了，看她一眼，忽然脸色微红，半晌说不出话来。

江湖上谁都知道，风云镖局的创始人段风云段老爷子与帝京南天门五柳山庄庄主柳五爷、云南万古千秋堂堂主万古千秋是生死结义的兄弟。只是后来段老爷子上了年纪，加上帝京离云南又实在太远，便与万老爷子少了走动，虽偶通书信，也只是报个平安，问候一声。因为风云镖局与五柳山庄同在帝京，所以两家的来往走动倒是十分密切。

段天涯的确曾听父亲说过他曾与云南万古千秋堂的万事如意大小姐指腹为婚，两人尚在娘胎时便已定下姻缘。不过他出生之后，从未到过云南，更没见过万古千秋堂的万大小姐，所以时间一久，他也就把这件事忘记了。却未曾料到自己的"未婚妻"竟会忽然出现在眼前，而且还成了他的救命恩人。

万大小姐见他沉默无语，以为他不相信自己的身份，急忙掏出一块玉佩道："段大哥，你忘记了，小时候我们双方父母还为我们交换过定情信物呢。这块玉佩就是风云镖局段老爷子当年送给我爹的，上面还刻着你的生辰八字呢，不信你看！"

段天涯看了一眼，只见那块晶莹剔透的玉佩上果真刻着自己的生辰八字。

万大小姐问道："段大哥，我没有骗你吧？"

段天涯不敢看她纯真多情的双眼，轻轻点头，说："你说的是真的，我相信你。"

"你相信就好了，也不枉人家从云南大老远地跑到帝京来找你。"万大小姐粉脸含羞，嘟嘴一笑，清纯中透着一丝迷人的风情，不禁令一直忙于镖局生意而从未接触过男女私情的段天涯一阵心旌摇荡。

他做梦也没有想到在自己身陷绝境之时，竟还会有一段如此美好的恋情悄然而来，冰冷绝望的心不禁感到一阵说不出来的温暖。良久，他忽然目光一黯，轻叹一声说："如意，只可惜你来得不是时候。"

万大小姐轻轻挽住他的胳膊，温柔地说："风云镖局的事我都已经听说了，我认为我来得正是时候，因为此时此刻是你最需要朋友，最需要帮助的时候，更是你最需要温暖与理解的时候。"

段天涯低头看她一眼，感动得半晌无语。

万大小姐仰起头来，问道："段大哥，现在你有什么打算呢？"

"我知道那五十万两银子绝对不是我们风云镖局的人拿了。我感觉有人在我周围设计了一个看不见的圈套，而我却朝陷阱一步一步走去。但我不害怕，我知道离陷阱的中心越近，就离事情的真相越近。我一定要查明真相，为风云镖局无辜枉死的人报仇。我要重振风云镖局！"

段天涯说这些话时，坚毅的目光望向窗外，望向远方的山，远方的水……他的目光看得很远，但他的心却想得更远，更远。

如果说悦来客栈是帝京最偏僻的客栈，那么红娘子酒馆就是帝京里最热闹的地方。

段天涯抬头看一眼红娘子酒馆的红字招牌，把头上的竹笠往下拉了拉，对身后的万事如意大小姐说："咱们进去吧！"

万大小姐探头朝酒馆里看一眼，说："这里好像有很多人。"

段天涯说："人多嘴杂，人多的地方才好打听消息。"

说话间，两人已跨入酒馆，老板娘立即带着一脸笑容和一路香风迎上来，热情地道："两位客官，里边请。请问喝茶还是饮酒？"

段天涯选定一张桌子坐下，头也不抬地说："喝酒误事，饮茶醒脑。给我们来壶茶吧。"

"好咧，马上就来！"老板娘向着店小二吆喝一声，离去时那丰满的屁股还不忘在段天涯身边轻轻擦了一下。

万大小姐忍不住笑道："段大哥，看到没有，她在勾引你呢。"

段天涯笑了笑，却说不出话来。

酒馆里喝酒的人很多，说话的声音也很大。有人说这酒真够劲，也有人说这里的老板娘更够劲，还有人说胭脂楼的红胭脂比老板娘还要够劲，不信今天晚上去试一试。

段天涯一边喝茶一边静静地听着，过了一会儿，忽然听见旁边桌上的一名大汉大声对邻桌的几个人说："风云镖局盗走朝廷五十万赈灾银两的事，大伙都听说了吧？"

邻桌的人纷纷点头说："听说了，听说了。"

那汉子仰头干了一杯酒，忽然把酒杯往地上一摔，打着酒嗝儿说："我说风云镖局段天涯那帮人真他妈不是人，你劫什么银子都可以，那是你有本事，可你干吗要劫朝廷的赈灾银子呢？那可是多少人的救命钱呀！要是段天涯在这里，老子一定要将这龟儿子砍成十八块。"

万大小姐脸色一变，忍不住一下站起来。

段天涯看她一眼，轻声道："坐下，咱们可不是来打架的。"

万大小姐无奈，只得重重地坐下来，继续听那边的人说话。

一个人说："我说刘三，人家风云镖局劫了朝廷的银子，关你屁事，你在这里发什么酒疯？"

"不关我的事，不关我的事！"那个叫刘三的汉子低声自语两句，忽然抱起桌上的酒壶大口大口地喝起来，喝完，他蹲在地上抱着头呜呜大哭。边哭边道，"怎么不关我的事？我的老家就在江州，爹妈老婆孩子全在那里，大水冲垮了房子，要钱没钱，要粮没粮，全都活活饿死了。你说关不关我的事？"

一个五大三粗的汉子，忽然像个娘们儿似的伤心大哭，原本是一件十分滑稽可笑的事。但这个时候，酒馆里却没有一个人能笑得出来。

万大小姐抬眼看着段天涯，竹笠遮住了他的脸，她看不到他脸上的表情，但却能看见他的手。她看见他的手微微颤抖一下，几点滚烫的茶水溅出来，洒在他手上，但他似乎一点感觉也没有。

她伸过手去，怜爱地握住他的手，握住了那双强敌当前也不曾有过半点颤抖的手。他的手很冷。她想，也许他的心更冷吧！等到松开手的时候，两人却发现本来热闹非凡的酒馆里忽然变得安静下来，抬头一看，不知为什么，刚刚还在这里划拳斗酒的客人竟然一下子全走光了，只剩下四个人，四个手持雪亮兵刃、脸色阴沉、满身杀气的不像客人的客人。

四个人中，有两个年纪稍大，看上去已有五十来岁，身体精瘦，颧骨高耸，目露精光，手持一柄开山斧，坐在靠窗的桌子上，端着酒杯，却不喝酒，目光似利箭一般，直直地朝段天涯这边射过来。

另外两人却坐在大门边的一张小桌上，年长的约三十多岁，腰里插着一对判官笔，脸色白净，面无表情，虽然只是默默地坐在那里喝酒，但那股无形的杀气却还是使人忍不住打了一个寒战；他对面的年轻人却只有二十来岁，面前横着一柄短剑。年轻人一边喝酒一边四下张望，显得十分悠闲。

万大小姐皱眉道："段大哥，这四个人有些古怪，好像是冲着咱们来的。"

段天涯呷了口茶，微微一笑，说："不是'好像'，而是本来就是冲着咱们来的。窗口坐的那两个精瘦汉子，一个叫江钱塘，一个叫唐江钱。他们还有一个大哥，叫钱塘江。"

万大小姐恍然大悟，道："原来是江湖上恶名远播的江洋大盗钱塘三虎。我听说他们三兄弟行事一向都是秤不离砣，砣不离秤，怎么今天少了老大钱塘江呢？"

段天涯道："钱塘江来不了了，因为他已经死了。风云镖局这次为朝廷押运五十万两银子去江州府，一出帝京就被江湖黑白两道的人盯住了。钱塘三虎在出帝京不足三百里路远的一个小镇上设下陷阱，企图劫镖，结果被我杀了钱老大，他们两个却逃走了。"

万大小姐朝门口望了一眼，说："难道门口那两人是他们请来报仇的高手？"

段天涯看了门口那两人一眼，点点头说："想必如此。那白脸汉子叫高梦枕，是江湖第一大魔教天魔教三大护法之首，据说武功高不可测;那个年轻人，如果我没看错，应该是天魔教教主上官惊云的儿子上官敏。只是不知道他俩为什么会跟钱塘三虎搅在一起，真是奇怪得很。"

万大小姐再也坐不住，一拍桌子站起身说："咱们这就过去给他们一点颜色瞧瞧。”

段天涯拉住她说：“是他们要找我们的麻烦，咱们坐在这里等着，他们自然会过来。”

果然，一杯茶还没喝完，江钱塘和唐江钱就再也坐不住，一拍桌子，一齐向段天涯走过来，但又怕不是他的对手，故而隔着两张桌子停住脚步，嘴里却不甘示弱，骂骂咧咧地道：“段天涯，你这个乌龟王八蛋，看你长得倒像个正派人士，做事却连我们钱塘三虎还不如。咱们打那五十万两银子的主意，是明人不做暗事，划出道儿来明争明抢，输了也不算丢脸。你他妈却用下三烂的手段暗中独吞。早知你心肠这么黑，当初我们兄弟三个就不该手下留情，在长江大堤上放你一马。”

万大小姐斜眼看看他俩，忍不住笑道：“你们两个的脸皮可真厚，明明被人家打得落花流水屁滚尿流，是人家高抬贵手放你们一马，留了你们两条狗命，却偏偏不思感激，反而还往自己脸上拼命贴金。这种不知羞耻的本事，实在令本大小姐佩服之至。”

江钱塘和唐江钱兄弟二人被她抢白一顿，不由得十分恼火，怒喝一声：“哪里来的臭丫头？”双双跃过桌子，五指如钩，向她脸上抓去。

万大小姐毫无惧意，嘻嘻一笑，手指轻轻一弹，两颗霹雳弹从手指间疾射而出。

两人闪避不及，被击中胸口，却感觉不到疼痛，心中一喜，暗想到底是个女流之辈，没有多少力气。

谁知两颗霹雳弹撞在身上，却“砰砰”两声，冒出一团火焰，不但把他俩的衣襟烧出一个大洞，还把江钱塘的胡子也连根烧掉了，痛得他手舞足蹈，连声怪叫。

两人没料到这不起眼的丫头片子出手竟如此之快，如此之狠，当下再也不敢小瞧她了。

这时，坐在门口的高梦枕终于喝完壶里最后一杯酒，站起身缓缓踱过来，踱到段天涯的桌前，看着他问道：“阁下就是段天涯？”

段天涯道："正是在下。"

高梦枕道："你杀了钱老大，现在他的两个兄弟请我出面为他们报仇，你说怎么办？"

段天涯道："除了让你杀了我，我想不出更好的法子。"

高梦枕脸上忽然露出一丝笑容，道："其实你并非非死不可，只要你交出那五十万两银子，我就可以放你一马。另外，我还可以推荐你加入我们天魔教，并且保证职位绝对在分堂堂主之上。只要你加入我教，除教主之外，没有人敢杀你，连皇帝老子也不能。"

段天涯抬头看他一眼，似乎想了一想，忽然道："在下听说高护法与贵教主之间有些矛盾，早存取而代之之心，只是苦无招兵买马扩充势力的资本，所以一直未能付诸行动。如果在下把这五十万两银子交给你，那岂不是一件十分危险的事？"

高梦枕脸色微微一变，看看身边的上官敏，忽然哈哈大笑道："江湖谣传，不足为信，某些别有用心的人造谣生事，只不过是见高某与敝教教主关系亲如兄弟情同手足，想离间我们的关系罢了。你若信不过高某，将银子交给我们少主人也是一样的。"

上官敏点点头，扫了这里的每个人一眼，道："从现在开始，如果谁还说出挑拨我爹和高叔叔关系的话，我就一剑杀了他。"他猛地一挥手，一把寒光闪闪的短剑已经插在桌子上，而他的话，却像利剑一样插进了每个人的心窝。

高梦枕看着段天涯，微笑着说："所以说，你的性命现在并不是掌握在我的手中，而是掌握在你自己手中。"

钱塘二虎急了，忙道："高护法，这小子杀了我大哥，总不能就这么轻易算了。"

高梦枕脸一沉，瞪了他俩一眼，眼中闪过一线杀机。钱塘二虎忍不住打了一个寒战，再也不敢多说半个字。

段天涯缓缓站起身，将头上的竹笠取下，轻轻放在桌上，抬起头看着他，一字一顿地问："你看在下像是一个坐拥五十万两银子的人吗？"

高梦枕哈哈一笑，道："如果你不像，这里就没有人像了。"

段天涯冷冷地道："就算我真有五十万两银子，也不会交给你。"

高梦枕脸色微变，问："为什么？"

"因为没有人会把银子交给一个死人！"

话一出口，段天涯的右手便闪电般朝桌上的长剑移去。但他的速度快，高梦枕的速度却比他更快。他刚一出手，高梦枕的左手判官笔便已点到他的手背上。如果他一定要拿剑，那这条手臂就保不住了。

他不敢硬拼，只好缩手，并顺势用右手小臂架住高梦枕的左手手腕，左手快速出击，一招"二龙抢珠"，直戳对方双眼。

高梦枕只得偏头，闪避。

段天涯不待左手招式使老，忽然变指为爪，再次向桌上的长剑抓去。

高梦枕早已料到他有此一招，右手判官笔已在半路等着他。段天涯连续两次出手，也没将桌上的兵刃拿到手中，不由得暗叫不妙。高手相搏，连拔剑的机会也没有，那不但危险，而且还是一件十分悲哀的事情。

段天涯临危生智，一掌将桌子劈翻在地，桌子如一道屏风隔在两人之间。右脚一蹬，桌子便向高梦枕直撞而去。同时手一伸，接住从桌上震落下来的长剑。

但来不及拔剑，桌子已被对方倒踢回来，隐挟风雷之声，向他飞来。他脸色微变，急退一步，抬起脚想阻住桌子的攻势。但就在他的脚板刚触及桌面的那一刹那，身子忽然晃了两晃，竟站立不稳，如醉汉般跌坐在凳子上。

刚才被踢来踢去的桌子上留下了一个笔管大小的空洞。原来，刚才高梦枕的判官笔已刺穿桌面，点在了他脚掌心的涌泉穴上。

段天涯大吃一惊，长剑拄地，想站起身来，却半身麻木，再也无法站起。冷汗不由自主地从额头上冒出来。

万大小姐脸色早已变了，急忙飞步来救。上官敏却斜插过来，挡住了她。她手指一弹，射出一颗霹雳弹。上官敏用脚背轻轻一拨，霹雳弹便折回头，向着她自已打去。

她大吃一惊，急忙凌空一个翻身，躲闪过去。霹雳弹击在身后的墙壁上，火花四溅，虽然没烧着她，却也令她胆战心惊，狼狈不堪。

高梦枕看着段天涯，脸上还是没有任何表情，但他的声音却冷得像一把剑，道："你现在改变主意还来得及。"

段天涯看看他，又看看手持短剑站在他身后的上官敏，脸上忽然露出一丝古怪的笑容，道："也许已经来不及了。"

高梦枕脸色一变，变得满布寒霜，十分可怖，手中的判官笔闪电般向段天涯的咽喉点去。

万大小姐不由得失声惊叫起来。

但是，高梦枕的判官笔却在离段天涯咽喉三寸远的地方忽然停顿下来。

一柄锋利的短剑已悄无声息地从背后刺入高梦枕的心脏，胸口钻出半截剑尖，鲜血从剑尖一点一滴往下滴落。酒馆里的空气忽然凝固了一般，变得异常安静，连鲜血滴落在地上的叭嗒声，也清晰入耳。

高梦枕如身在梦境一般，艰难地转过身来，却看见上官敏正站在他身后。他睁大眼睛，叹口气道："敏儿，怎么是你？你怎么能相信段天涯的话，傻孩子，唉！"最后一声轻轻的叹息，竟似包含无数的遗憾与凄凉。

上官敏冷冷地道："我不是相信他，而是相信我自己。你在教内结党营私，早存异心，我和我爹早有清理门户之心，现在，终于有了让我出手的机会。"他又看看坐在凳子上失去了反抗能力的段天涯，得意地笑道，"再说，还可以赚到五十万两银子。我若还不出手，那岂不是一个傻子？"

"好！好！好！"高梦枕连说三个"好"字，身形一晃，重重地倒在地上，却死不瞑目，双目暴瞪，脸上带着一种怪异而恐怖的笑容。

上官敏小心翼翼地走上前，踢了他两脚，见无动静，这才放下心来，得意一笑，伸手去拔自己那柄心爱的短剑。

就在这时，一道青光从高梦枕的衣袖中闪出，上官敏惨叫一声，一屁股跌坐在地。一条青色的小蛇从他脚边快速地溜到墙角，钻入壁缝，不见踪影。

"八步断肠蛇？"上官敏大惊失色，低头一看，只见自己右手手背有一个黄豆大小的黑点，眨眼之间，整个手背竟都变成了乌黑色，而且乌黑的颜色还在向手臂上端蔓延，速度之快，令人咋舌。

高梦枕双眼一合，这才终于死去，但脸上却还保留着那种阴冷的笑容。

上官敏坐在地上，左手快速封住全身各处大穴，以减缓血流速度，拖延毒气随着体内血液循环进入心脏的时间，同时对钱塘二虎道："快，我口袋里有解药，快拿给我吃！"

江钱塘一怔，盯着他的左手道："你的左手不可以动吗？"

上官敏道："我一动，血流就会加快。若毒气攻心，有解药也救不了我。"

唐江钱道："好，我来救你！"跳将上来，手起斧落，竟一斧头将他的脑袋砍了下来。鲜血飞溅，满屋血腥。

万大小姐脸色苍白，不忍再看。

"做得好，三弟！"江钱塘不由得喝彩起来。

唐江钱抹抹脸上的血迹，看看坐在凳子上一动也不能动的段天涯，忽然哈哈大笑道："段天涯呀段天涯，你做梦也没有想到还会有落到咱们兄弟手中的一天吧？"

段天涯神情沮丧地道："我的确没有想到。不过，也许我们可以做一笔交易。"

"什么交易？"

"如果我愿意用五十万两银子换我这条命，不知你们同意不同意？"

"同意，同意！"钱塘二虎喜出望外，连声回答。

"那你们快过来，我告诉你们那些银子藏在什么地方。"

钱塘二虎喜形于色，急忙快步向他走去，走了几步，却又同时停住，一齐看着对方。两人同时想到了一个问题：如果对方在我背后给我一斧头怎么办？所以两人同时驻足观望，不敢走在最前面。

"白酒红人面，黄金黑世心"，这话一点也不假。刚刚还是亲密无间的兄弟，眨眼之间，却就在心中将另一个视作了"对方"。人心变化之快，实是难以预料。

段天涯将这一切尽收眼底，甚觉滑稽，不由得哈哈大笑起来。突然站起身，凛然喝道："钱塘二虎，你俩恶贯满盈，段某今天饶你俩不得！"

钱塘二虎蓦然见他行动自如，完全不像一个被封住死穴的人，不由得大吃一惊："你、你怎么……"

段天涯走到他俩面前，淡淡地道："高梦枕确实点到了我脚底涌泉穴的位置上，不过我已将穴道的位置移开了一点，所以他点了一个空。"

钱塘二虎忽然失声道："莫非你会传说中的'移经换穴大法'？"

段天涯微微一笑，道："不巧得很，在下刚巧练过这套功夫。"

钱塘二虎的脸上已经没有血色，指着地上高梦枕和上官敏的尸体颤声道："难道、难道他们……"

段天涯看着地上的尸体，轻叹一声道："也许我的武功不如他们，但我知道他们最致命的弱点在哪里。所以，这一切都早已在我的预料之中。"

钱塘二虎脸如死灰，全身都忍不住颤抖起来。良久，两人对视一眼，忽然异口同声地咬牙道："段天涯，我跟你拼了！"话音未落，却一齐调头向窗口蹿去。

谁知刚到窗口，段天涯便用脚尖钩起旁边桌上的一只酒壶掷了过去。

江钱塘忙挥掌一击，酒壶裂了，但酒水却溅得两人满身皆是。两人顾不了许多，双双跃出窗子，屁股上却各自中了一颗万大小姐的霹雳弹，顿时浑身火起，烫得两人嗷嗷大叫，一边手忙脚乱地扑打着，一边狼狈而逃。

万大小姐忍俊不禁，拍手大笑起来。

3

回到悦来客栈，天色已晚。

段天涯和万事如意大小姐吃罢晚饭，两人都感觉有些累了。

段天涯道："如意，天色不早了，我送你回房休息吧。"

回到万大小姐的客房，她却挽住段天涯的手臂，依恋地道："段大哥，你能留在这里多陪我一会儿吗？”

段天涯低头看着她，她的杏仁小脸清秀而羞涩，白里透红，惹人怜爱。他心旌一荡，欣然点头道：“好吧！”

“段大哥，你待我真好！”万大小姐粉面含羞，轻轻扑在他怀中，耳朵贴在他的胸口，聆听着他的心跳声。她听见他的心跳越来越快，越来越重。

他不由自主地张开双臂，抱住她，紧紧地抱住她。就在这时，忽听房顶上传来一阵窸窸窣窣的声音。

段天涯一惊，急忙按住剑柄，再侧耳仔细辨听一阵之后，轻轻舒口气，放下剑道：“有人在暗中窥探我们，不过现在已经走了。”

万事如意大小姐顿时紧张起来，道：“没错，刚才回客栈的路上我就感觉到有人跟踪我们，而且绝对不止一个人。”

段天涯苦笑道：“我也发觉了。如果江湖上人人都知道你最近发了一笔五十万两银子的横财，你想不被人跟踪都不行。”

万大小姐柳眉一皱，道：“江湖上的人能找到这里，梅花路和六扇门的人也能找到这里。这里原本是帝京里最安全的地方，但现在，这里也许马上就要变成最危险的地方了。”

这时，段天涯忽然抽一下鼻子，诧异地道：“奇怪，我好像闻到了什么味道。”

万大小姐也用力吸一下鼻子，道：“好像是烟味。”

“糟了！”段天涯忽然脸色一变，“客栈起火了！”一把拉起万大小姐，冲破屋顶，飞身而出。又怕附近有人伏击，不敢久留，狂奔一阵，才敢放缓脚步。回头一看，悦来客栈已经变成一片火海，火光映红了半边天空。

万大小姐恨恨地跺脚道：“我们连唯一的落脚点也没有了。如果知道是谁放的火，我一定要将他碎尸万段。”

段天涯看着在大火中坍塌的悦来客栈，忍不住黯然长叹道：“这场火灾完全是因我们而起，如果我们不住在这里，悦来客栈一定可以安然无事。”

万大小姐道：“段大哥，现在帝京危机四伏，已无我们容身之地，不如我们先出京去避一避风头再作打算吧。”

段天涯目视远方，神色坚定地道：“不，越危险的地方离真相就越近，我一定要留在帝京，把镖银的事查个水落石出，还风云镖局一个清白，给无辜枉死的人一个公道。再说如今是非常时期，帝京四门都有重兵把守，更有定海侯和六扇门的高手暗中盘查，我们若想混出帝京，也非易事。”

万大小姐不无担心地道：“可是现在帝京之大，却无我们落脚之地，我们又该怎么办呢？”

段天涯沉默半晌，忽然道：“也许我们还有一个地方可以去。就算天底下所有的地方都将我们拒之门外，这个地方却一定会欢迎我们。”

万大小姐问：“那是什么地方？”

段天涯一字一句地道：“五柳山庄。”

万大小姐拍手笑道：“不错不错，以风云镖局、万古千秋堂和五柳山庄的交情，柳五伯一定会收留我们的。”

段天涯叹口气说：“我就是因为知道柳五伯一定会收留我们，所以一直不敢去找他。我连累的人已经太多了，如果再把柳五伯和五柳山庄也牵连进来，那我这一辈子都不会安心。”

万大小姐轻轻挽住他的胳膊说：“我早就听我爹说起过柳五伯，他说柳五伯是个德高望重、古道热肠之人，风云镖局出了这么大的事，你如果不去麻烦他，他老人家说不定也会一辈子都不安心。”

段天涯点头道：“也许你说得有道理。好，咱们这就去五柳山庄。”

五柳山庄坐落在帝京南天门，依山傍水，雄伟典雅。以两人的轻功脚力，在黑夜中奔走约半个时辰，便到了。

柳五爷有着一张古铜色的脸，脸上透着和善，花白的胡须又长又多，一直飘到胸前。段天涯小的时候，经常攀着这把胡子荡秋千，结果是他累得满头大汗，而柳五爷却依旧笑呵呵的，一根胡子也没掉下来。

如今的柳五爷已年过花甲，但看上去却比二三十岁的小伙子还有精神。据说前段日子与新科武状元在万花楼饮酒喝茶，兴之所至，切磋武技，结果人家武状元还输了两招呢。

夜深人静，当段天涯和万大小姐带着一身风尘与疲惫来到五柳山庄时，这位敦厚慈祥的老者握着他俩的手，只说了一句话："好，好孩子，真是难为你们了！"便老泪纵横，再也说不下去。

坐定之后，柳五爷才渐渐平静下来，看着他俩说："好孩子，风云镖局的事我都听说了，我正为你们担心着呢。你们来了就好，尽管放心在我这儿住，如果还有人想来找你们的麻烦，我老头子一定先找他的麻烦。"

段天涯和万大小姐相视一笑，道："多谢柳五伯！"

这时，忽有一个家丁慌里慌张地跑进屋道："五爷，大事不好了，外面来了很多官府的人，说是要进来抓什么朝廷通缉犯。还给了一张帖子，叫小的交给您。"

柳五爷皱皱眉头，接过帖子看一眼，向段天涯和万大小姐道："是定海侯爷府上的两位总管，他们的鼻子倒是挺灵的，我出去会会他们。看你俩风尘仆仆的样子，一定很累了，先下去好好洗个热水澡，然后咱爷儿仨再喝酒叙旧。"

家丁听到吩咐，便掌着灯，带着段天涯和万大小姐出了客厅，穿过院子，向后院澡堂走去。

正走着，忽然传来一声马匹嘶鸣，声音沙哑凄凉，十分刺耳。

段天涯忍不住发问道："这是什么马在叫？声音如此凄切。"

家丁回道："是五爷的坐骑。前些日子五爷骑着它出了一趟远门，回来时这马不知怎么受了伤。已经请兽医治了好些日子，还是不见好转，伤口已经溃烂，因为伤痛，所以彻夜悲嘶，叫人心寒。"

"哦，"段天涯若有所思地点点头，道，"能带我过去看看吗？"

家丁感到好奇，看着他道："难道段公子也会医马？"

段天涯微微一笑，说："实不相瞒，我以前的确曾看过几部医书，对医术也略通一二，也许可以派得上用场。"

家丁将信将疑地带着他俩来到马厩。

马厩里拴着一匹枣红马，骨架高大，四腿纤长，一看便知是一匹难得的骏马。在马的臀部，有一条刺目的伤口，长约五寸，深可见骨，伤口四周已经溃烂，流下脓水。因受创伤折磨已久，所以它已是瘦骨嶙峋，了无生气。

段天涯暗叫可惜，借过家丁手上的灯笼，想走近些看，那马却忽然双耳竖立，纵鬃扬尾，仰天长嘶一声，甩开蹄子猛地跳将起来，一脚踢向段天涯。幸亏他躲闪得快，才没被踢到。

段天涯忍不住皱皱眉头，把灯笼交给家丁，道："这马似乎不欢迎我，咱们走吧。"三人便向澡堂走去。

有人说，疲倦就像附着在人身上的污垢，用热水一冲，便荡然无存。所以，当段天涯和万大小姐洗了个热水澡出来之后，人也变得精神多了。

柳五爷已经在客厅摆好筵席等着他们。酒已入樽，菜已上桌。酒是难得一尝的陈年女儿红，菜是帝京名厨的杰作，样样精致可口。

入席坐定之后，柳五爷举起面前的酒杯道："两位贤侄贤侄女，这些日子受苦了。来，老夫这第一杯酒为你们洗尘接风。"说罢，一仰脖子，先干了一杯。

"多谢柳五伯！"

万大小姐高兴地举起酒杯，刚喝入口中，腰上却被什么东西轻轻点一下，奇痒难忍，她忍俊不禁，笑出声来，结果口一张，"扑哧"一声，将喝进嘴里的酒水全喷了出来。

段天涯看她一眼，抢过她的酒杯道："既然你不会喝酒，那这杯酒就由我代喝了吧。"

柳五爷呵呵笑道："也好也好，女孩儿家，能喝酒终究不是一件好事。"

万大小姐看了段天涯一眼，红着脸，害羞地低下了头。

段天涯将她那杯酒喝完之后，又将自己面前的那杯酒一干而尽，咂咂嘴巴道："好酒！好酒！"

柳五爷见他喝得如此爽快，心下十分高兴，一边不住地点头赞道："年轻人，好酒量，好酒量！"一边亲自动手再为他倒酒。

段天涯吃了一口菜，问道："五伯，刚才定海侯爷府的人没有为难您吧？"

柳五爷哈哈一笑，道："没事儿，你放心，梅花路和清风子那两个兔崽子，我两句话就打发走了。他们若敢再来，我就不会对他们这么客气了。"

段天涯举杯感激地道："小侄给您添麻烦了，这一杯酒，小侄借花献佛，敬您一杯！"

"好！好！"

柳五爷气概豪爽，哈哈一笑，一饮而尽。

这时，段天涯手中的酒杯却忽然"砰"的一声，掉在地上。

他整个人也猛然抽搐一下，从酒桌上摔下来，倒在地上，双手紧紧捂着腹部，全身蜷曲，脸上的肌肉痛苦地抽搐着，头冒冷汗，嘴角渗出一丝血迹。

万事如意大小姐大吃一惊，正想来扶他，坐在酒桌对面的柳五爷忽然抓起桌上的一双筷子，疾如闪电，朝她点去。

万大小姐猝不及防，被点中肩井穴和曲池穴，顿时全身一麻，僵坐在椅子上动弹不得。

"柳五伯，你、你……"段天涯看着柳五爷的脸。柳五爷脸上露出一丝古怪的笑容。段天涯忽然心有所悟，挣扎着喘息着，却说不出话来。

柳五爷看着他哈哈一笑，道："段天涯，我在第一杯酒里下了蚀骨散，无论谁喝了这杯酒都会五内如焚，全身功力瞬间化解得无影无踪，然后便手软脚麻，全身绵软，只有任人宰割的份儿。这酒我原本为你和这个臭丫头一人准备了一杯，你偏偏要逞能，把两杯酒全都喝了。是你自己找死，怨不得别人。"

段天涯将信将疑，以长剑拄地，想挣扎着站立起来，无奈全身上下软得像一团棉花，竟使不出半分力气，连试三次，也是徒劳，只能像一摊稀泥似的软瘫在地上。

他脸如死灰，汗如雨下，看着柳五爷无力地问道："风云镖局与五柳山庄情如一家，无仇无怨，你、你为什么要这么做？"

柳五爷冷冷一笑，道："你放心，老夫对你不感兴趣，老夫感兴趣的是你那五十万两镖银。要不然老夫也不会费这么大周折把你们'请'到五柳山庄来了。"

一旁的万大小姐虽然穴道被点，动弹不得，但嘴巴却还能讲话。她忽然大叫道："悦来客栈的那场大火一定是你搞的鬼。"

柳五爷看她一眼道："贤侄女果然冰雪聪明，老夫若不放那一场火，你们又怎么会自投罗网，来到老夫这五柳山庄呢？"

段天涯咬牙道："你想怎么样？"

柳五爷道："老夫的要求很简单，告诉老夫你那五十万两镖银藏在哪里。老夫马上派人去找，一旦证实你说的是真话，老夫立刻放了你们两个，保证绝不会让你们在五柳山庄受到一丝一毫的损伤。"

段天涯看他一眼，那张慈祥善良的脸此时已变得那么贪婪阴险和可怖。他咬着牙，一字一句地问："如果我不答应呢？"

柳五爷阴冷一笑，道："你不答应，老夫也不会杀你，因为你的命根本不值五十万两银子。老夫会慢慢地折磨你，直到你答应为止。老夫收集了二百四十八种折磨人的法子，如果这些法子全部用尽了，你还是不肯说，那老夫就慢慢地折磨这位贤侄女。因为老夫知道，看着自己心爱的女人受折磨，对于一个男人来说，有时比折磨他自己更令他痛苦，更令他难受。"

万大小姐虽然吓得脸无血色，但嘴巴却硬得很，大骂道："姓柳的老匹夫，你要敢动本大小姐一根毫毛，我爹和万古千秋堂绝不会放过你。"

"傻丫头，帝京与云南何止相隔万里，老夫敢保证，你爹绝不会知道他的宝贝女儿竟会死在他的结拜兄弟手中。"

柳五爷说罢，一步步朝她走过去。

万大小姐惊道："你、你想干什么？"

柳五爷不怀好意地笑道："老夫在想，你剥光衣服的样子一定很好看。"手一伸，便将她身上的外衣扯下来。

万大小姐惊叫一声，全身都忍不住颤抖起来。

段天涯蜷缩在地上，眼睛里几乎冒出火来。最后，终于无奈地道："好吧，我答应你。你过来，我告诉你那些银子藏在什么地方。"

柳五爷哈哈大笑道："段天涯，老夫没有看错你，你果然是一个聪明人。"

他走到段天涯面前，就像拎一只死鸡一样，将他从地上拎起来，拎到自己面前，咬着牙一字一句地道："快说，那五十万两银子到底藏在哪里？"

段天涯缓缓抬起头来，睁大眼睛看着他，看了许久，忽然张开嘴巴，一股白色的液体箭一般喷射出来，喷在柳五爷的脸上。

柳五爷还没反应过来，便觉全身一震，段天涯的天涯明月剑不知何时已悄然出鞘，刺入他的胸口。

柳五爷睁大眼睛看着他，就像看见鬼似的，脸上露出难以置信的表情，但更多的却是吃惊与恐怖，喉结上下滚动着，却说不出一句话来。

段天涯缓缓从地上站起来，站直身子，看着他道："我知道你想说什么，你一定很奇怪我明明喝下了两杯毒酒，为什么却还能安然无恙，是不是？"

他微微一笑，道，"没错，我的确喝了那两杯酒，但却没有吞下去，而是用体内的真气把它凝成一团，深藏在喉咙底部，所以只要我一张嘴，便可以把它们一滴不剩地吐出来。"

柳五爷浑身像筛糠似的颤抖着，喃喃地道："不可能！不可能！蚀骨散溶在酒中，无色无味，你绝不可能看出酒里有毒。"

段天涯道："我的确看不出来，但你的马却告诉了我一切。"

"我的马？"

"不错，就是你拴在马厩里的那匹受伤的枣红马。就在风云镖局押送那五十万两银子来到距江州府不足百里远的秦王岭时，我们遇上了此行的最后一拨劫匪。劫匪共有十余骑，全部青巾蒙面。为首一人骑着一匹高大的枣红马，武功十分了得。我与他斗了三十多招，才冒险进攻，在他的马屁股上刺了一剑。那马受惊，带着那人落荒而逃。其余马贼，也被镖队奋力杀退。"

柳五爷听到这里，脸上已经没有一丝血色。

段天涯看了他一眼，接着道："今晚我在五柳山庄后院的马厩里也看见了一匹枣红马。说实话，此马骨瘦如柴，我并没有把它认出来，甚至连它屁股上的伤口因已发炎腐烂，我也不敢肯定是我刺的。但这匹马却认出我是它的仇人，仇人相见分外眼红，幸亏我躲闪得快，要不然定然要吃它几脚。"

柳五爷的头垂了下去，声音也低了下去，道："所以你当时就已猜到我是那个马贼，所以从那个时候开始，你就开始对我有了戒心，是不是？"

“是的。”

“那你又是怎么知道我在酒里下了毒呢？”

“很简单。我和万大小姐坐上酒桌时，酒已经斟好在杯子里。但我提了一下酒壶，却发现里面大概只斟出了一杯酒，而桌上却有满满的三杯酒。由此可以断定，桌上有两杯酒不是从这个酒壶里倒出来的。”

万大小姐忍不住插嘴道：“到了这个时候，你就是一个傻瓜也知道面前这一杯酒有问题了，是不是？所以你就在我喝酒的时候在我腰上点了一下，让我把喝进嘴里的酒喷了出来，是不是？”

段天涯走过去，一边帮她解开穴道披上外衣一边道：“你好像变得越来越聪明了。”

万大小姐柳眉倒竖，怒气冲冲地来到柳五爷跟前，狠狠踢他两脚，还不解恨，竟拔出插在他身上的天涯明月剑，准备再刺他几剑。

段天涯拦住了她，对一脸痛苦全身痉挛的柳五爷道：“五爷，你用不着害怕，我出手有分寸，保证这一剑没有刺到你的心脏。如果能马上找到帝京最好的大夫，也许还可以捡回一条命。但你以后的日子，恐怕只能躺在床上度过了。”

他拭尽剑上的血迹，长剑入鞘，然后拉着万大小姐的手，说：“咱们走吧。”

走了几步，他忽又回过头来道：“对了，五爷，刚才在后院洗澡时，我抽空到你的金库里转了一圈，顺手拿了几锭金子，准备托人带给悦来客栈的老板，算是给他的一点点赔偿吧。”

柳五爷闻言，半晌说不出话，一张嘴，一口鲜血喷涌而出……

4

时间已至午夜，星月无光，万籁俱寂，天地间漆黑一片。段天涯带着万事如意大小姐大步朝五柳山庄的后门走去。

他料定梅花路和清风子既已探知他进了五柳山庄，一定不会轻易离开，可能还带人守在五柳山庄的大门口。所以，他决定从五柳山庄的后门走出去。

后门已被锁上，但却难不倒他们。两人轻轻一纵，便从墙头跃了过去，凌空一个翻身，落在外面的草地上。脚一着地，却感觉草地软绵绵的。心中一个念头还没闪过，身子已直直地向下坠去。原来草地上被人挖了一个陷阱，上面铺着杂草，即便是大白天也无法看出异样，就更别说这样漆黑的夜晚。

段天涯暗叫不妙，忙将长剑往坑壁上一点，借着这一点之力，身体猛然向上一翻，便从陷阱中跃了出来。正暗自松口气，却感觉身上似乎碰着了什么东西，伸手一摸，却是一张网。原来陷阱的出口已经被人悄无声息地盖上了一张大网。

大网一收，段天涯便像一条被拖上岸的大鱼，被紧紧地困在网中。他奋力挣扎一下，却发现那网是用金丝软线所织，即便是削铁如泥的利剑，也无法刺破。

他正自心惊，忽然四周灯火大作，亮如白昼，梅花路和清风子带着一群劲装汉子从黑暗中闪出来。

梅花路哈哈大笑道："段天涯，这次你可是插翅难逃了吧？"

段天涯怒目而视，咬牙道："暗箭伤人，算什么本事。"

清风子上次吃了他不少亏，所以对他恨得咬牙切齿，走上来狠狠踢他两脚，骂道："妈的，你是朝廷通缉犯，对付你这种人，难道还要讲什么江湖道义？如果不是侯爷有令要留活口，老子早就一剑要了你的狗命。"

段天涯看看他，又看看梅花路，目光一黯，叹口气道："段某今天认栽了。但我实在不明白，你们怎么知道我会从五柳山庄的后门出来呢？"

梅花路道："今天晚上，你一到五柳山庄，我们就马上赶了过来，要进去抓人，但柳五爷却将我们挡在了门外。柳五爷是帝京武林名宿，我们再有本事也得给他三分面子，不便硬闯进去抓人。但就在他转身离去之时，却又回头告诉我们说，你们要抓捕段天涯，守在五柳山庄后门口绝对要比守在前门的机会大得多。"

段天涯忽然明白过来。柳五爷这只老狐狸，原来他早已算计好了，如果他的计划万一失败，被段天涯逃脱此劫，段天涯一定会从五柳山庄的后门走出去。所以叫梅花路预伏在这里，就算段天涯运气好能活着走出五柳山庄，也一定难以走出梅花路的陷阱。

这时，一名劲装大汉向梅花路禀报道："大总管，陷阱里面好像还有一个人，要不要一起抓回去？"

梅花路拿着火把往陷阱下面照了照，皱眉道："算了，我们要抓的是朝廷重犯段天涯，不关其他人的事，休要节外生枝，免生意外。"

清风子问："那我们现在怎么办？"

梅花路看看像包粽子一样被死死捆在网中的段天涯，道："把他放到马背上，回侯爷府向侯爷复命。"

两名劲装汉子答应一声，把段天涯扔到了马背上。马蹄得得，一行十余骑，在黑暗中飞驰而去。出了南天门，直奔定海侯爷府。

此时，时间已过午夜，人们正在酣睡之中，黑暗的帝京街道上显得静悄悄的。杂沓的马蹄声由远而近，打破了夜的宁静。

梅花路一行正兴致勃勃地讨论着这回抓住了钦命要犯，不知侯爷会给他们什么赏赐，忽听前面走得最急的一匹快马发出一声嘶鸣，马上的一名劲装汉子"扑通"一声掉下马，再也没有爬起来。

众人大吃一惊，急忙勒住惊马。

梅花路手提梅花枪，纵马上前一看，只见当街站着一人拦住去路。

来人黑衣黑裤黑巾蒙面，背负大刀，身材魁梧，剽悍强健，双目之中透着逼人的杀气。

梅花路暗暗心惊，稳了稳跨下坐骑，梅花枪一指，喝道："你是什么人？竟敢拦住本大爷的去路，你可知本大爷的来头？"

黑衣蒙面人看他一眼，道："我不想知道你是谁，我只想知道被绑在马背上的白衣公子是不是风云镖局的段天涯？"

清风子也纵马上前，道："是又怎样，不是又如何？"

黑衣蒙面人道："如果不是，即刻放你们过去；如果是他，就请把他留下来。"

“你是什么人？凭什么要将他留下来？”

黑衣蒙面人道:“我是他的朋友。就凭‘朋友’两个字，我就要将他留下。”

梅花路冷哼一声，道：“如果我们不肯呢？”

黑衣蒙面人指着最先跌倒在地的劲装汉子道：“如果敢说半个不字，这个人便是你们的下场。”

“哪儿来的狂徒，好大的口气，先吃本大爷一剑！”梅花路身后一名劲装汉子按捺不住，催马扬剑，就向黑衣蒙面人冲杀过来。

蒙面大汉突然迎头而上，冲到他的马下，一拳击在马脖子上。那马“扑通”一声，当即倒地毙命。

马上的汉子大惊失色，虚晃一剑，急忙后撤。但为时已晚，黑衣蒙面人从背上抽出一把金背砍山刀，刀光一闪，劲装大汉顿成两截。

蒙面大汉一出手便连毙一人一马，干净利索，不但梅花路倒吸一口凉气，连段天涯也看呆了。

梅花路大手一挥，身后又有四骑冲出。

蒙面大汉不退反进，连挥四刀，顿时血光冲天，四马四人全被从上至下劈为两半。梅花路脸色一变，再挥手，身后几名劲装汉子却再也无人敢出马。

梅花路面沉如水，与清风子对望一眼，两人同时从马上飞身而下，一枪一剑，剑在上，枪在下，一人攻向蒙面大汉上三路，一人却直击他的下盘。

黑衣蒙面人虽然力沉刀猛，但勇猛有余，灵巧不足，连退七八个大步，才稳住阵脚。

梅花路使出一套地躺枪法，身体贴地而行，枪如白蛇吐信，快打快收，枪枪不离黑衣蒙面人的脚踝、膝盖和裆部。

蒙面大汉跳闪腾挪，不出数招，便已步法大乱，疲于应付。

清风子腾空跃起，身形飘忽，剑走轻灵，剑剑不离他的眉心、双目与咽喉，招招致命。趁他大刀下沉，去格挡脚下的梅花枪之际，他忽然凌空一剑，幻化出三朵剑花，分刺他的太阳穴、四白穴和百会穴三处大穴。

蒙面大汉只觉满目皆是剑花，不由得大吃一惊，回刀自救不及，忙乱之中，身子向后一仰，清风子一剑刺空，并不回剑，却将手腕一翻，反削他的鼻尖。

蒙面大汉忙一缩脖颈，剑锋贴着鼻尖掠过，蒙面的黑布被削下来，顿时露出一张粗犷结实、威武黧黑的脸膛。

梅花路和清风子满脸失色，脱口叫道："反贼司马纵横？"

蒙面大汉哈哈大笑道："没错，正是你司马爷爷。如果害怕，就赶紧跪地求饶；如果不服，那就重新打过。"

段天涯看着此人，觉得有几分眼熟，再仔细一看，原来却是那天与他一同进京的虬髯大汉，只是今天脸上没有胡子，所以一时之间竟没有认出来。他没有料到此人竟是天下闻名的江南义军头领司马纵横，不由得暗叫惭愧。

梅花路和清风子对望一眼，忽然哈哈大笑起来。

司马纵横奇道："要打就打，有什么好笑的？"

梅花路道："我是笑自己今天实在是走运得很，不但抓住了钦命要犯段天涯，现在又有一个反贼送上门来。如果把你的人头摘下来交给皇上，不知皇上会封个什么大官儿给我做呢。"

司马纵横也哈哈大笑道："我看你印堂发黑，双目无光，官一定做不成，鬼倒是做定了。"

清风子大怒道："梅总管，休要与他多费唇舌，先杀了他再说！"说罢，挺剑朝司马纵横刺去。

司马纵横急忙把金背砍山刀往外一封，谁知清风子忽然变招，剑走偏锋，剑尖贴着他的刀背划过，直刺他的手背。

司马纵横手臂急忙回缩，但为时太晚，手背被对方的剑尖挑了一下，虽然伤势不重，但却鲜血淋漓，触目惊心。

段天涯看得真切，既佩服他的勇敢又为他担心。他知道司马纵横刀沉力猛，但下盘不稳，只宜在马上冲锋陷阵，如果在地面与梅花路和清风子过招，时间一久，定然要吃亏，不由得心下大急，叫道："司马头领，你的情意段某已心领。你快走吧，不要枉送性命！"

司马纵横哇哇大叫道："段兄何出此言？我司马纵横纵横天下，若连朋友也救不了，日后还有何面目面对江南十万义军兄弟！”说话分心，左肩又挨了清风子重重一剑。由于刺得太深，清风子抽了一下，竟没将剑拔出来。

司马纵横心头火起，左手忽然抓住对方手腕，大刀用力挥出，鲜血喷溅，竟硬生生地将清风子握剑的右手齐肩砍下。清风子滚翻在地，惨号不已。

梅花路一见司马纵横浑身是血双目如电恍若天兵神将，心下顿时生出几分怯意，心想升官发财固然重要，但保住性命却更为重要。此念一闪，便斗志全无，虚晃一枪，翻身上马，调转马头，正欲逃命，司马纵横大喝一声，吼声如雷贯耳，同时将手中的大刀全力掷出，但见半空中一道刀光闪过，梅花路已身首异处。那马受了惊，驮着他的无头尸体飞奔而去。

清风子心下大惧，也急忙抢过一匹快马，亡命而逃。其他劲装汉子却是早已逃得无影无踪。

司马纵横杀得兴起，拾起大刀，还想追杀。忽然想起段天涯还被捆在马上，只得回头，先将他从马背上放下来，再打开巨网，把他放了出来。

鸡声三唱，微风拂煦，天色微明，天地间一片祥和与宁静。

在一座破败的古庙中，段天涯一边撕下长衫给司马纵横包扎伤口，一边感激地道:“段某今日遭人暗算，若非司马头领仗义援手，只怕难以活到天明。”

司马纵横拍拍他的肩膀，道：“是好汉子，就不要这么婆婆妈妈。如果没有你帮忙，我只怕连帝京也进不了呢。”

段天涯道：“我记得司马头领那天进京时曾说有件大事要办，不知如今办得如何了？”

司马纵横朗朗一笑道：“实不相瞒，我此次进京确实是要办一件大事，一件惊天动地的大事，这件大事就是刺杀当今这个狗皇帝，动手的时间就定在今晚——”

他抬头看看天色，笑着说，“哦，不，现在应该说是昨晚了。但却在前往皇宫大院的路上遇见了梅花路他们，刚巧看见你被他们捆在马背上，所以就立马横刀，杀了个痛快。”

段天涯看着他，忽然大叫道："可惜！可惜！"

司马纵横一怔，忍不住问："可惜什么？"

段天涯大笑道："可惜时间尚早，全帝京的酒店都还没有开门，要不然我一定要与你大浮一白，谁先醉倒谁就是王八。"

"好，这个王八你做定了！"

司马纵横忽然牵过身边一匹快马，翻身上马，快马一鞭，绝尘而去。

不过半盏茶的工夫，他又折了回来，手中却多了两坛美酒。

段天涯又惊又喜，道："酒馆尚未开门，司马兄哪里买来的好酒？"

司马纵横笑道："我骑着马沿着这条路一路奔走，看见一家酒馆，叫了几声无人开门，便一拳打烂窗子闯进屋去，丢下一锭金子，抱走了两坛好酒。"

段天涯忍不住笑弯了腰，道："一锭金子换两坛酒，如果多几个你这样买酒的人，那天底下卖酒的老板可就发大财了。"

司马纵横道："金子遍地都是，知己一世难求。来，喝酒！"说罢，扔给段天涯一坛酒，自己拍开另一坛酒的泥封，仰头咕咕大喝起来。

喝到一半，他抬头看看天色，天已快大亮。忽然道："糟了，看来今天我这个王八是做定了。"

段天涯问："为什么？"

司马纵横道："因为我要走了。现在我的身份已经彻底暴露，狗皇帝是杀不成了，江南的义军兄弟还等着我回去共谋大业，所以我天明之前一定要出京，否则天一亮，出京就难了。"

段天涯长叹一声，道："是我误了司马兄的大事。"

司马纵横纵情一笑，道："这样的狗皇帝就像喂肥了的年猪，我不杀，自然会有别人去杀，今年不杀，明年还可以杀。狗皇帝没杀成，但是结识了一位好朋友、好汉子，也算不枉此行。"

他仰头喝下剩下的半坛酒，将酒坛"砰"地一声摔在地上，忽然纵身跃上马背，冲着段天涯抱拳道："段兄保重！"说罢，调转马头，迎着晨风，打马而去。

段天涯凝望着他渐去渐远的背影，心潮起伏，久久难以平静。

5

等到段天涯平静下来的时候，他却忽然对着破庙里的那尊菩萨说了一句话。

他说："难道你想在那里站一辈子吗？"

更令人奇怪的是他的话刚说完，菩萨居然真的动了一下，一下从神龛上倒下来。

菩萨当然不会动，但躲藏在菩萨后面的人却会动。这个人居然还是一个女人，这个人居然就是云南万古千秋堂的万事如意大小姐。

万大小姐从菩萨后面跳出来，笑嘻嘻地说："唉，我好不容易才从那个陷阱里爬出来，正准备赶去救你，却发现你已经被人救了。不过这样也好，省了我不少事。"

段天涯看着她，看了许久，忽然说："你不是来救我的，你是来抓我的吧？"

万大小姐差点跳了起来，瞪着他道："你这是什么意思？就算我没有本事救你，你也没有必要用这样的语气、这样的话来挖苦我。"

段天涯还是冷冷地看着她，冷冷地道："我的意思是说，你根本不是云南万古千秋堂的人，你是帝京六扇门的人；你不是万事如意大小姐，你的名字叫碧玉虹，六扇门的总捕头、当今皇上的义妹——碧玉虹。你费尽心机潜伏在我身边，就是为了抓我。"

万大小姐的一双眼睛睁得比牛铃还大，满脸莫名其妙地道："你说什么？你说的话我一个字也听不明白。"

段天涯冷冷地道："你明白，你当然明白，这个世界上没有人比你更明白。"

万大小姐看着他，怔了许久，忽然叹口气说："看来你已经什么都明白了，现在，我想说不明白都不行了，是不是？”

段天涯道：“现在你还有什么话说？”

“我只有一个问题不明白。”

“什么问题？”

“在你身边待了这么久，我自问没有出过什么差错，我实在不明白你是怎么看出我的真实身份的。”

段天涯道：“首先，在我二十岁的时候，我爹曾经告诉我说我与云南万古千秋堂的万事如意大小姐并没有婚约。我爹说，由于家境显赫，我少年时便有三姑六婆上门说媒，不胜其烦。我爹怕我为此分心，耽误了学业，所以为了杜绝媒婆上门，就编造了我已与万大小姐指腹为婚的谎言，谁知此事在江湖上不胫而走，江湖上人人都信以为真。”

万大小姐——碧玉虹叹口气说：“所以我一说我是你指腹为婚的未婚妻万大小姐，你就已经知道我是冒牌货了，是不是？”

段天涯道：“不错。而且你还拿出了刻有我生辰八字的玉佩为证，但这只能适得其反，更加证明你并非真正的万事如意大小姐。但当时我却还不知道你的真实身份与意图，所以并没有当即揭穿你。”

碧玉虹一扬眉毛，问道：“那你后来又是怎么知道的呢？”

“后来，我发现每次与你出门，前后左右总会出现几个六扇门的人。我是钦命要犯，有六扇门的人暗中跟踪我，这并没有什么值得大惊小怪的。但令我感到奇怪的是，这些人一发现你在我的身边，虽然没有说什么，但脸上却立即现出敬畏的神色。由此可以断定，你的身份一定跟六扇门有关。在六扇门里，身份不低，而且又是一个女流之辈，据我所知，这样的人只有一个，那就是六扇门的总捕头、当今皇上的义妹碧玉虹。”

碧玉虹看着他，脸上已经没有笑容，道：“我不得不承认，你是一个非常聪明的人。无论谁做你的对手，都是一件十分可怕的事情。”

段天涯接着说：“而后来，在五柳山庄后门口，你掉进陷阱，一向残忍多疑的梅花路居然只看你一眼就轻易放过你，这就更加证明我的猜测是正确的。”

碧玉虹叹了口气，说："你说得一点也不错。自从五十万两赈灾银两被劫之后，皇兄非常震怒，不但下令将风云镖局满门抄斩，而且还下旨令六扇门与定海侯共同侦查此案，务必将惊天大盗段天涯捉拿归案。定海侯接旨后，即令手下最厉害的两名高手、正副主管梅花路和清风子全力缉拿你。而我却怀疑劫匪另有其人，因为风云镖局的段天涯再蠢也不会蠢到用石头调包了那五十万两银子之后却还押着那一堆石头去江州府送死的地步。"

"所以你就在梅花路和清风子合力抓捕我之时，用霹雳弹炫花了他们的眼睛，出手救了我。并且冒充我的未婚妻在我身边留下来，意图进一步查明真相。"

"不错。"

"那么你侦查的结果如何呢？"

"更加进一步证明了我最初的想法是正确的。如果你有五十万两银子，早就出了帝京抱着那堆银子享清福去了，绝不会还冒着无穷的风险留在帝京等着官府的人来抓你，等着江湖上见钱眼红的人来杀你。我知道你绝不是那个惊天大盗，但到底谁是惊天大盗，我却暂时还没有办法查出来。但有一件事我却比谁都明白，那就是皇兄给我侦破此案的期限已经到了。"

段天涯明白她的意思，淡淡一笑，说："所以你明明知道我是无辜的，但还是要抓我回去向你皇兄交差，是不是？"

"人在公门，身不由己。但我可以向你保证，在案情还没有水落石出，真相还没有大白于天下之前，我会恳求皇兄暂时不定你的罪。"

段天涯看着她，看了半晌，忽然道："你以为你能抓得住我吗？"

"没有试过的事，我从不轻易放弃。"碧玉虹微微一笑，脸上竟现出几分妩媚的神色，双眸凝视着他，显出无尽的温柔，似乎她面对的并非是一个武功高强屡战屡胜的对手，而是自己初恋的情人。微笑之间，她手腕轻轻一抖，手中已多了一把刀，一把长一尺五寸、宽二寸的短刀，刀柄两边各嵌着一枚碧玉，刀身略弯，像天上的彩虹，像夜空的新月，更像情人的柳眉。

段天涯忍不住眼睛一亮，脱口赞道："好刀！"

碧玉虹微微一笑，道："我的名字叫碧玉虹，我的刀就叫碧玉刀。"

段天涯长剑缓缓出鞘，凝神道：“我们开始吧！”

“好！”话一出口，碧玉虹手中的弯刀已闪电般挥出，以最简单的招式，从最直接的路线、最方便的角度砍向段天涯，砍向他的咽喉。

长刀利于刺，弯刀利于砍；长刀凶猛，短刀凶险。

段天涯早明其意，右臂一抬，提剑格挡。就在这时，只听“叮当”一声，碧玉刀砍在他的长剑上，他的天涯明月剑竟然立时断为两截。

碧玉刀余势未衰，仍闪电般袭向他的脖颈。

段天涯只觉脖子一凉，碧玉虹冰凉的弯刀已经架在了他的脖子上。

段天涯几乎惊呆了，半晌才喃喃地道：“不可能，不可能！”

碧玉虹淡然一笑，道：“如果你知道我从四岁开始练刀，而且每天只练这一招弯刀斩喉的动作，你也许就不会这么说了。也许这一招确实过于简单直接了些，但越简单越直接的招式往往越有效。我认为，掌握一门技法，并不是越多越复杂越好，那些深奥的技巧往往存在于最直接最简单最司空见惯的技法中，训练就是使平凡的招式产生不平凡的效果。”

段天涯脸色苍白，目光黯然，长叹一声，道：“我承认我输了！”他看看自己的断剑，又看看她的碧玉刀，道，“但你也必须承认，我有一半是输在兵器上。”

碧玉虹收刀点头道：“不错，我这把碧玉刀乃西域奇矿玄明铁所制，能裂石断金。我承认，若无此利器，我未必是你的对手。”

日上三竿，阳光普照。

碧玉虹觉得自己的心情跟今天的天气一样好，无论谁抓住了一个像段天涯这么重要的钦命要犯，他的心情都一定会好。

她给段天涯戴上一副枷锁，然后牵过两匹马，一匹给他，一匹自己骑了上去。

段天涯一边上马一边问道：“你想带我去哪里？”

碧玉虹道：“当然是押你去见我皇兄。虽然你不是真正的劫匪，但至少我也可以向皇兄有个交代。”

段天涯转过头来看着她，忽然笑了笑，道：“如果我告诉你我已经知道谁是真正的劫匪，你会不会相信？”

碧玉虹揶揄一笑，道：“我不相信。因为这些天我一直跟你在一起，没有理由你查到了谁是劫匪，我却一无所知。”

段天涯狡黠一笑，道：“你都已经说过了，我是一个绝顶聪明的人，也许有些事我想到了你却还没有想到。”

碧玉虹道：“除非你现在就将真相告诉我，否则你说什么我也不会相信。”

段天涯想了想，道：“碧捕头，我们来做笔交易好不好？”

碧玉虹忍不住笑道：“你该不是想说只要我放了你，你就给我五十万两银子吧？”

“当然不是，此计已用过一次，怎可再用。”段天涯也笑了，道，“只要你带我去见一个人，我就可以告诉你那五十万两银子究竟是被谁拿走了。”

“你想要我带你去见谁？”

段天涯一字一句地道：“定海侯。”

6

定海侯是一个什么样的人？

有人说他位居一人之下万人之上，是皇上身边最红的人；有人说他府上养有死士三千藏龙卧虎，是帝京里最有势力的人；也有人说他手下高手如云，却没有一个人敌得过他自创的“无敌双剑”，他是帝京里武功最高的人。

无论怎样众说纷纭，但有一点却是所有的人都公认的，那就是定海侯绝对不是一个平凡的人。

定海侯爷府不是皇宫，但它的豪华与气派绝对不会比皇宫差多少，门口的守卫也绝不会比皇宫里少。这些守卫的武功绝不会比大内侍卫低。所以，无论谁想进入侯爷府都不是一件容易的事。

但是，段天涯因为有六扇门的总捕头、当今皇上的义妹碧玉虹带路，所以一路上并没有受到什么阻拦。

他终于见到了定海侯。

几乎每个人想象中的定海侯都与别人想象中的不一样，但无论谁见到他，都绝对不会感到失望。

他脸色红润，腰板挺直，精神矫健，声音洪亮，尤其是那种仿佛与生俱来的高贵潇洒卓尔不凡的气质，使每个人站在他的面前都会感到渺小卑微，自惭形秽。

他看见碧玉虹，朗声大笑道："碧捕头，今天是什么风把你吹到本侯这小小的侯爷府来了？"

碧玉虹莞尔一笑道:"侯爷，我给您带来了一个人，一个您最想见到的人。"

定海侯的目光落在披枷戴锁的段天涯身上，嘴里却道："哦？是什么人？难道就是这一位？"

碧玉虹道："正是他。侯爷也许没有见过他，但他的大名却一定听过。因为他就是段天涯。"

"哦！"定海侯眉毛一扬，忽然哈哈大笑道，"本侯损兵折将也未能将他擒获，碧捕头却手到擒来，果然是好本事。碧捕头带他到侯爷府，该不是向本侯炫耀功劳而来吧？"

碧玉虹微微一笑，道："侯爷多虑了。是这位段公子想见一见侯爷。"

"哦？"定海侯显得有些意外，背着双手踱到段天涯跟前，看着他道，"段公子要见本侯有何见教？"

段天涯缓缓抬起头来看着他，忽然双目一瞪，杀机陡现，咬牙道："你这奸贼，段某今天为杀你而来！"

话音未落,他身上的枷锁突然"咔嚓"一声,断裂开来,只听"唰"的一声，自他腰间弹出一把软剑，寒光一闪，直刺定海侯的心窝。"扑哧"一声，软剑穿过定海侯的心脏，从他背后刺了出来。

事发突然，不但定海侯、碧玉虹惊呆了，就连段天涯自己也惊呆了。他怔怔地看着毫无反抗一剑穿心的定海侯，颤声道："原来你不会武功？这、这怎么可能？你的'无敌双剑'呢？你不是打败过无数江湖高手吗？"

定海侯苦笑道："你想错了，我根本就不会武功。我的确有无敌双剑，一把是权，一把是钱，那些江湖高手就是败在我这两把无敌剑下，才为我卖命的。"

他低头看着插在自己胸口的软剑，又看看段天涯，脸上显出难以言述的恐怖表情，颤声道，"我实在不明白，你为什么要杀我？"

段天涯瞪着他，双拳紧握，恨不得冲上去再给他几拳。他咬牙道："我当然要杀你，因为你就是害死风云镖局上下五十余口的幕后真凶，因为你就是真正劫走那五十万两银子的人！"

碧玉虹实在忍不住了，跳起来道："段天涯，你胡说些什么？侯爷怎么可能是那个惊天大盗？"

段天涯看了她一眼，道："碧捕头休要着急，我自会把真相慢慢说出来。"

碧玉虹忽然抽出寒光闪闪的碧玉刀，指着他道："如果你不能自圆其说，我就一刀杀了你。"

段天涯苍凉一笑，转过身去，连看也没有看她的刀一眼，道："一个多月前，风云镖局一接过那趟五十万两的镖银，我即命令所有镖师，无论白天夜晚，镖车十步之内，禁止任何人靠近，否则格杀勿论。镖车从帝京走到江州府，历时近一个月。这途中，总共只有三拨人靠近过镖车十步之内，也就是说镖银被盗，一定是其中一拨人所为。"

碧玉虹忍不住插嘴问道："到底是哪三拨人呢？"

"第一拨是钱塘三虎，他们是为劫镖而来，结果一死两伤，落荒而逃。我回京之后，钱塘二虎阴魂不散，又找上了我，既想报仇，又想再次从我手中抢夺那五十万两镖银。这就说明，那五十万两银子并没有在他们手上。"

碧玉虹点头道："有道理，如果他们早已得手，当然绝不会再次找上门来。"

段天涯道："在路上，我们遇上的人马最多、武功最高最难对付的是第三拨人。这是一伙蒙面马贼，我根本没有机会看清楚他们的脸。我们伤了好几个兄弟，但最后我还是砍伤了对方头领的坐骑，杀退了他们的袭击。"

碧玉虹忽然想了起来，道："这个马贼头领就是五柳山庄的柳五爷，对不对？"

段天涯点头道："正是。但后来柳五爷又煞费心机设计害我，意图逼我交出那五十万两镖银。这说明，那五十万两镖银同样也不在他手中。"

"那么第二拨人呢？照你这么说，难道真正的劫匪是第二拨人？"

"我原本也是这么想的。可是第二拨人是一伙江洋大盗，虽然凶残成性，但武功却实在不敢恭维，所以一行七人，都做了镖师们的刀下亡魂。他们比另外两拨人更没有机会得到那笔镖银。"

碧玉虹忍不住皱了皱眉头，道："这么说来，这三伙人都不是真正的劫匪，线索岂不是到这里就断了？"

"这条线索是断了，但另一条线索却接上了。既然这三伙人都没有盗走镖银，那也就是说镖队在押镖的路上并没出问题，镖银并不是在风云镖局手里丢掉的。"

"你的意思是说……"

段天涯目光一转，锐利如锥的目光忽然利箭般射向定海侯，咬着牙，一字一顿地道："我的意思是说，这些银子在交付到风云镖局之前，就已经被人调包成了石头。因为银子早已被官府一箱一箱用封条封好，我们根本没有机会验看真假。这个人老谋深算，就是抓住这一点，调包了五十万两镖银，在把一堆石头托付给风云镖局的同时，也把一切罪责推给了风云镖局。"

定海侯忍不住打了一个寒战，脸白如纸，汗如雨下，喘着气道："你、你说的那个人究竟是、是谁？"

"这个人，就是你这个狗官！"话音未落，段天涯突然出手，拔出插在他胸口的软剑，又是一剑刺出。剑尖刺入他的咽喉，鲜血狂喷而出。

定海侯脸上现出一种吃惊、怀疑与恐怖交织在一起的复杂而奇异的表情，忽然他手指苍天，用尽最后一丝力气，艰难地吐出了四个字："皇上，你好……"便砰然倒地。

段天涯脸上的神色忽然变得异常平静，拭尽软剑上的血迹，把它缓缓插进腰带中，然后转过身来，看着碧玉虹道："碧捕头，你现在终于可以回去向你皇兄交差了。"

碧玉虹看着定海侯的尸体，叹口气说："我做梦也没有想到真正的强盗竟会是他。"

段天涯道："不只有你，全天下所有的人都不会想到。"

碧玉虹忽然看着他道："如此看来，你是故意输给我，让我带你来见定海侯的，是不是？"

段天涯点点头道："定海侯爷府戒备森严，高手如云，如果没有你带路，我根本没有办法进来。还有，我的天涯明月剑也是西域奇矿所制，我如果不想它断，你就是砍一百刀也不一定能砍得断，你信不信？"

碧玉虹看着他，看了许久，才叹口气说："我相信。我早就说过了，无论谁做你的敌人，都是一件非常可怕的事情。"

段天涯淡淡地道："我同意这句话。因为要对付可怕的敌人，你唯一的机会，就是比他更可怕。"

碧玉虹看着他，忽然莞尔一笑，道："那你说我是你的敌人，还是你的朋友呢？"

段天涯看了她一眼，冷冷地道："都不是。"

"那是什么人？"

"陌生人。"说出这三个字，段天涯转过身，大步走了出去……

三日之后，皇上下旨抄了定海侯的家，并布告天下：

朝廷五十万两赈灾银两被盗一案，经由六扇门大力侦缉，现已告破。经审，确认为定海侯勾结江南反贼司马纵横所为。定海侯因武力拒捕，当场被杀。

现从定海侯府中搜出白银一千万两，黄金二百余万两，珠宝无数，并龙袍一件，与江南反贼司马纵横来往书信三封。证据确凿，罪大恶极，现将其尸悬于午门，鞭尸三日，所有家眷发配边关，永世不得回京……

7

皇宫。御花园，繁花似锦，歌舞升平。

皇上一边与碧玉虹喝酒赏花，一边笑意吟吟地道："御妹，你这次侦破奇案，为朕立了大功，朕可得好好赏赐你。"

碧玉虹淡然一笑，道："这是小妹分内之事，小妹不敢领赏。风云镖局的段天涯为侦破此案也出了不少力，皇上要赏就赏他吧。还有，风云镖局无辜受到牵连，皇上若不为其平反，只怕有失公允。"

皇上道："御妹放心，朕早已下旨，拨款重建风云镖局。"

皇上看着这满园的繁花，忽然问道："御妹，还记得你与朕是如何相遇相识的吗？"

碧玉虹微微一笑，说："当然记得。那还是五年以前，云南苗人叛乱，皇上率兵御驾亲征。有一次皇上中了苗人奸计，被苗人围困在一个山谷之中。恰巧小妹狩猎经过，略施小计，引开苗人，替皇上解了围。皇上非常高兴，平息叛乱班师回朝之时，把我也带回了帝京，封我为皇妹，让我当了六扇门的总捕头，而且还亲笔御赐了皇妹一个'碧玉虹'的好名字。"

皇上眯着眼睛看着她，觉得她似乎比面前那一朵朵鲜艳的玫瑰花还妩媚，还迷人。忍不住轻轻握住她的纤手，道："御妹，你难道没有感觉到，其实自从朕在云南看见你的第一眼起，就暗暗喜欢上了你。你那迷人的笑靥，你那飒爽的英姿，令朕刻骨铭心，相思入骨。只是朕一直没有机会向你表白心意。现在，朕终于再也忍受不了相思的煎熬，向你说出了心里话。御妹，答应朕，做朕的妃子，好吗？"

碧玉虹听着皇上这番"爱情表白"，看着这位刚过而立之年却已老态毕现的风流皇上，心中暗暗好笑。她把手从皇上手中抽出来，走开两步，道："皇上，御妹自小与人指腹为婚，早已有了婚约。”

皇上哈哈一笑道：“这个太简单了。试问普天之下，谁敢与朕争女人呢？为了向你表示朕的诚意，朕特地花了五十万两银子，准备在云南建一座行宫，预计不出半年即可完工。到那时朕与你便可以……”

碧玉虹怔了一下，忍不住道：“五十万两银子？皇上不是曾下旨说现在国力衰退、国库空虚，朝中王公大臣一律不准大兴土木，耗费国家财力吗？怎么……”

皇上狡黠一笑，道：“御妹放心，这五十万两银子并不是直接从国库中调拨出来的，而是朕略施小计赚来的。”

碧玉虹忽然想起定海侯临死前那种恐怖的表情，还有他手指苍天说的那四个字。她心中一动，忽然明白过来，脱口道：“皇上，原来你才是真正的强……调包那五十万两银子的人？”

皇上走过来，重新握住她的手，轻轻抚摩着，道：“御妹，你也不是外人，朕将这一切告诉你也无妨。其实朕早已知道定海侯暗中招兵买马，扩充势力，结党营私，怀有反叛之心，朕早就想彻底除去这块心病，只是一直没有找到合适的借口和适当的机会。这次长江水灾，终于给了朕一个一石三鸟的绝好机会。”

碧玉虹睁大眼睛，一脸茫然地道：“何谓一石三鸟？”

“其实，那五十万两银子刚一调出国库，朕即秘密命人暗中掉了包，朕交给定海侯的就是一堆在箱子上封了封条的石头。这样朕既轻而易举地赚了五十万两银子，终于可以了却在云南兴建行宫与你双栖双飞的夙愿，又可以在江州府发现银子被调包之时将责任推到定海侯身上。如此一来，朕想铲除定海侯岂不易如反掌？”

“这也只能说是一箭双雕呀。”

皇上神秘一笑，道：“你还记得从定海侯的书房里搜出的那三封与江南反贼司马纵横来往的书信吗？那其实是朕密令大内高手暗中放进去的。”

碧玉虹眉头一皱，道：“哦？这又是为什么呢？”

皇上背着双手，得意一笑道："朕的计谋高妙就高妙在这一环了。近日反贼司马纵横纠集一帮刁民造反，声势日渐壮大，据说人数已逾十万之众，已成为了令朕寝食难安的心头大患。朕多次派兵围剿，均损兵折将，无功而返。朕分析了一下司马反贼屡战屡胜的原因，那就是他用花言巧语赢得了民心，每次交战，老百姓都会暗中帮助他。所以朕又心生一计，令人将三封书信偷偷藏在定海侯的书房内，用以证明定海侯与司马反贼相互勾结，狼狈为奸，为了自己的利益，不顾长江下游十万灾民死活，暗中盗窃赈灾银两，天怒人怨，人神共愤。如此一来，司马反贼在老百姓面前必定威信扫地。另外，朕又派人到长江下游煽动十万灾民去找司马反贼兴师问罪，讨还公道。如此一来，司马反贼必大失民心手忙脚乱，难以应付。此时朕再以迅雷不及掩耳之势出兵与他倾力一战，岂不是稳操胜券？"皇上说完，十分得意，忍不住仰天哈哈大笑起来。

碧玉虹怔在那里，忽然觉得自己似乎掉进了一个深不见底的陷阱，全身都变得冰凉起来……

8

当皇上御笔亲书的金字招牌挂到修缮一新重新开业的风云镖局大门口时，段天涯却怎么也高兴不起来。房子坏了可以再修，招牌没了可以再写，可是人呢？昔日风云镖局那一张张熟悉亲切的面孔不见了，又能去哪里找寻回来呢？他看着母亲的灵位，心里涌起一种无名的悲痛。

正在这时，一个新来的家丁慌慌张张跑进来，哆嗦着道："公子，大、大事不好了！门口来了一位老人家，我问她是谁，她说、说……"

段天涯皱皱眉头道："她说什么？"

家丁哆嗦得更厉害，道："她、她说她是你娘。"

第二天早上，段天涯光着上身，背着荆条，一步一步地来到六扇门总堂。

原来，昨天来的那位老人真是他的母亲。而那天他看到的母亲的尸体，却是他奶妈张婶易容而成的。他的母亲则在皇上下旨抄家的前一天晚上被碧玉虹救走了。

段妈妈还告诉他说：“其实碧玉虹就是万大小姐，万大小姐就是碧玉虹。你与万大小姐的确是指腹为婚，从小便定下了婚约。只是后来万大小姐不知怎么成了皇上的义妹，而且还是六扇门总捕头，你爹讲骨气，怕江湖朋友笑话他攀龙附凤，巴结官府，所以便单方面毁了婚约。”

段天涯刚踏上六扇门总堂的台阶，门口的衙役就将他拦住了。

段天涯说：“烦请通报你们碧总捕头一声，就说有一个叫段天涯的人，向她负荆请罪来了。”

那衙役摇摇头说：“段总镖头，你来得真不巧，我们的总捕头昨天已经离开六扇门，离开了帝京，皇上也在派人四处找她呢。”

段天涯大吃一惊，道：“她、她走了？她去了哪里？”

“我要是知道她去了哪里，早就向皇上领赏去了。”

段天涯顿觉一盆凉水兜头而下，一下便浇灭了他心头刚刚燃起的希望之火。她为什么要走？为什么要离开帝京？难道是他伤了她的心吗？他走下台阶，心中一片茫然。半晌，他下定决心道：“如意，无论你去了哪里，我都要找到你，一定要找到你！”

可是，天下之大，人海茫茫，他能找得到她，能找回那段失落的情感吗？

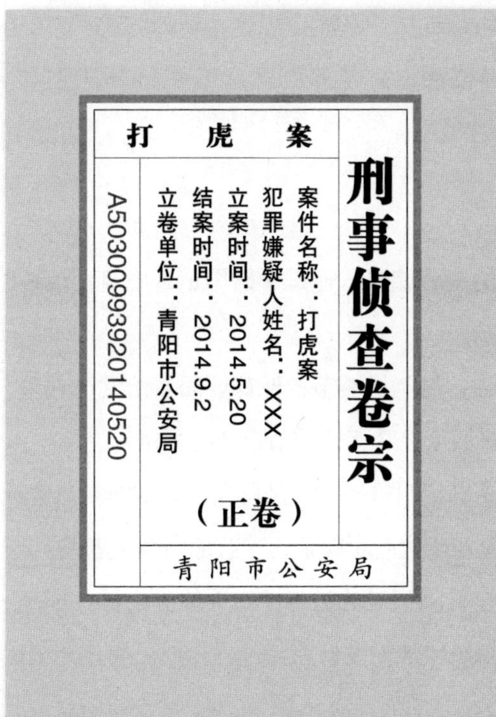

打　虎　案
刑事侦查卷宗
案件名称：打虎案
犯罪嫌疑人姓名：XXX
立案时间：2014.5.20
结案时间：2014.9.2
立卷单位：青阳市公安局
（正卷）
A50300993920140520
青阳市公安局

真假老虎

1

周权是省报社的副总编辑，他是干摄影记者出身，现在已经是全国著名的摄影家。

周权是青阳市人，每年清明节，他都要回乡给父母扫墓，顺便带上相机拍几张家乡的照片带回来。今年清明节自然也不例外。

青阳市新任市委书记叫鲁一虎，是周权的大学同学。他听说老同学回乡，非要拉着这位摄影家在市里吃了顿饭，才放他回乡下老家。

周权的老家，在青阳市最北边怒虎山下的虎山村。那是一个十分偏僻的小山村，只有一条坑坑洼洼的泥石路与外界相通。周权开车走了近三个小时，才回到老家。

他父母十几年前相继过世，就埋在村后的怒虎山。他到父母坟前烧了纸钱，祭拜过后，就拿着相机，一边在山林中缓步穿行，一边拍摄家乡风景。

不知不觉间，他竟然走到了大山深处，看看时间不早了，正打算往回走，忽然山林中刮起一阵急风，把树叶吹得沙沙作响，紧接着山林深处又传来“嗷——呜——”一声啸叫。

周权心中猛然一震：这不是老虎的叫声吗？

他顿时心跳加速。小时候他曾听村中老人说过，在新中国成立前怒虎山确实有华南虎出没，后来环境恶化，山中野兽渐少，老虎也随之绝迹。

“难道是森林之王又重现怒虎山？这可是百年难逢的好机会呀！”他抓紧手里的相机，循着虎啸声传来的方向寻找过去。

约莫走出半里路远，周权又听到“嗷——呜——”一声虎啸，声音竟是从他身旁不远处传来的。他循声望去，只见距离自己不足十米远的灌木丛中，赫然卧着一只斑斓大虎，身体足有两三米长，全身橙黄色并且布满黑色横纹，正是一只绝迹多年的华南虎。

周权的心不由得一阵狂跳，急忙把相机镜头对准老虎，飞快而连续地按动了快门。

闪动的相机闪光灯惊动了老虎，它站起身，朝周权这边望一眼，忽然掉转头，飞快地向山林深处奔去。周权跨过灌木追上去，但茫茫山林中，却再也寻觅不到那只华南虎的踪迹。

如果不是有相机里的照片做证，他还以为自己刚才看花了眼呢！

回到省城，周权立即以《青阳市怒虎山 60 年后再现华南虎》为题，写了一篇新闻登在省报上，并且配发了一张他自己拍摄的虎照，剩下几张虎照，也一并传到了自己的博客上。

消息一出，全省轰动。但是三天之后，网上忽然有人发帖指出，周权拍摄的十张虎照，全系伪造，所有照片上的老虎，都是从一本年画上克隆下来 PS 而成。此帖一出，舆论哗然。

紧接着，网上又出现了数篇颇有分量的帖子，从图像质量、光源、背景角度等几方面，非常具体地分析了周权的“虎照”是如何用人工“造”出来的。

这些帖子专业性强，且说得头头是道，不由人不相信。

众多围观网友都相信了这些揭发帖子里的话，他们给靠造假出名的周权起了个外号，叫“周老虎”。没过多久，“周老虎”这三个字就成了本年度网上网下最热门的词语。

周权倒是十分淡定。他觉得网上的传言简直不堪一驳，俗话说真的假不了，假的真不了，他确确实实拍的是真虎照，倒也不怕被人说成假的，再说他又是个大忙人，所以一直没有上网回应那些质疑的声音。

倒是青阳市的市委书记鲁一虎坐不住了，打电话给周权说："老同学，我相信你拍的照片是真的，现在咱们市的环境治理好了，怒虎山上出现老虎是完全可能的。可问题是，光我一个人相信你没用啊！不行，为了你的声誉，也为了维护咱们青阳市的形象，咱们得向网上那些造谣生事者发起反击。"

他亲自到北京，请了好几位华南虎专家、摄影专家、痕迹鉴定专家，对周权公布的虎照进行权威鉴定，最后认定，虎照属实，无伪造痕迹。一场关于虎照真伪的全民大争论，这才落下帷幕。

2

大约一个月后的一天，周权正在报社上班，鲁一虎忽然出现在他办公室门口。

周权起身相迎，笑问："什么风把咱们的大书记给吹来了？"

鲁一虎握着他的手说："老同学，我这次是特地来省城找你的。两个事，第一，是感谢你。"

周权一怔，问："谢我什么？"

鲁一虎说："谢谢你冒着生命危险拍摄的虎照呀。正是因为有了你这位摄影家拍摄的虎照，才使得原本名不见经传的青阳市和怒虎山，一夜之间名扬天下。"

周权呵呵一笑，问："那第二件事呢？"

鲁一虎说："这第二件事嘛，我们想聘请你当咱们怒虎山华南虎保护基地的形象大使。"

他告诉周权，现在已经有一个香港老板看中了怒虎山的虎文化旅游开发前景，准备跟青阳市合资在怒虎山华南虎活动区域建一个华南虎保护基地，并同时在山下建一个以虎文化为主题的大型风景区，叫作卧虎山庄，游客至此不仅可以日观风景，还可以夜闻虎啸，运气好的话，还可以跟山中老虎来个亲密接触。这个旅游景区要是建成了，将对青阳市的GDP起到巨大的拉动作用。

鲁一虎笑着说："我名字中有个'虎'字，正好是在青阳市当市委书记，刚好又在辖区内发现了华南虎，现在青阳市的老百姓都说是我这个鲁一虎，给他们引来了华南虎，都叫我'虎书记'呢！既然当上了'虎书记'，自然要干出一番虎虎生威的大事业，才对得住这一市的老百姓。华南虎保护基地和卧虎山庄的建设规划已经通过省里的立项审批，相关经费也已经批下来了，现在就缺一个德高望重的人来担任华南虎保护基地的形象大使。"

周权听后摆手说："老同学，你别开玩笑，就我这模样，也能当形象大使？最起码也得选个美女吧？"

鲁一虎说："咱不玩那些虚的。你是咱们青阳市走出来的艺术家，又是虎照的拍摄者，当这个形象大使再合适不过了。三天后，华南虎保护基地暨卧虎山庄的奠基仪式将在怒虎山举行，请老同学务必赏面到场。"

周权想了一下说："好，只要对家乡人民有益，这个形象大使我做了。"

三天后，周权驱车回乡，先在青阳市委大院跟参加奠基仪式的各路领导嘉宾汇合，然后一行人坐着专车，由警车开道，浩浩荡荡朝着距离市区百余公里之遥的怒虎山进发。

行不多远，周权忽然发现，进山的那一段山间公路，他一个多月前回乡扫墓走过时，还是坑坑洼洼的，现在却已被填平拓宽，一些筑路工人正在路边忙碌着。

同车的鲁一虎告诉他，为了配合怒虎山风景区的建设，这条进山公路准备修建成一条四车道的高速公路，到时游客进山，就再也不用颠簸两三个小时了。

来到怒虎山，周权更是大吃一惊。山下的虎山村早已不见，方圆十余里内，不管是房子还是农田，都已被推土机推平，十几台大型机械发出轰鸣的声音，正在忙碌着。昔日宁静的小山村，已变成一个尘土飞扬的大工地。

周权拉住鲁一虎说："你的动作倒是挺快，这才多长时间，就搞出了这般规模。"

鲁一虎笑道："时间就是金钱，不快不行啊！"

周权担心地问："原本住在这里的村民将如何安置呢？"

鲁一虎说："你放心，政府按政策给足了他们征地补偿，并且给他们提供了过渡安置住房，等他们用手里的补偿款购买了新房，就可以搬出去住了。另外卧虎山庄这个风景区建成之后，可以为当地村民提供大量工作岗位，到时只要他们愿意，仍然可以回来工作。"

周权点点头说："这我就放心了。"

工地中间早已搭起一个大台，周权和领导嘉宾一起被请到台上就座。主持人宣布仪式开始，顿时礼炮齐鸣，锣鼓喧天，十几只斑斓大虎突然跳上舞台。

周权大吃一惊，定睛细看，才发现原来是一些演员穿上仿制的虎皮，装扮成的老虎。别处的庆典上都是舞龙舞狮，这里却是"舞虎"，倒是切合今天的主题。十几只老虎欢腾跳跃，好不热闹。尤其是那只领头的"老虎"，时而坐地盘踞，时而仰天长啸，一动一静，表演得惟妙惟肖，几乎可以假乱真。

周权不禁心下叹服，若非经过专业训练的舞蹈演员，只怕很难表演得如此到位。

主席台下，有一块事先准备好的奠基基床，基床四周用细土沙整齐堆了圈，圈中立着一块奠基石，旁边备有十余把崭新的铁锹，铁锹手柄上系着红绸球。按照正常程序，只要领导嘉宾手持铁锹，将细土沙推入基床，奠定基石，整个奠基仪式便算是顺利完成了。但是就在鲁一虎春风满面地带领一众领导嘉宾走下主席台，拿起铁锹，正准备往基床里培土时，忽然从会场外面传来一阵嘈杂的吵闹声。

众人扭头看时，只见会场外面不知何时竟已聚集了一百多名虎山村的村民，走在前面的两名老者高高地扯出一条横幅：还我土地，还我家园。

鲁一虎眉头一皱，小声问身旁正在值勤的公安局副局长彭信义："你是怎么搞的？"

彭信义额头上的冷汗顿时冒了出来，急忙冲上前去，指挥现场二十多名警察组成人墙，拦截村民。

不想村民们早有准备，从人群中冲出十来个身强力壮的小伙子，每人肩上挑着两只木桶，一边向前冲，一边用瓜瓢舀起木桶里的东西往拦截他们的警察身上淋去，会场中顿时弥漫起难闻的臭味。众人这才明白，那木桶里装的，竟是大粪。

警察没有料到村民竟有这样的秘密武器，纷纷躲避。村民如潮水般涌进会场，冲向主席台。鲁一虎见势不妙，丢下手中的铁锨，慌忙往主席台后边逃去。

其余的领导嘉宾哪里见过如此阵势，心知三十六计走为上，也都扔了铁锨，一哄而散。

3

当官的都跑了，愤怒的村民们找不到发泄的对象，也不知是谁带头，竟然噼里啪啦地拆起那用木头搭建的主席台来。

周权觉得事有蹊跷，不由得多留了个心眼，躲到主席台后边摘掉胸前佩戴的嘉宾红花，往脸上抹了一把黄泥，又转到台前来，扯住一位头发斑白的村民，用村中方言问："大叔，你们这是搞嘛子呢？"

那老汉见他满脸污秽，说的又是本村方言，也就没有了戒心，指着已经被拆掉一半的主席台，一语双关地说："搞嘛子？没看见咱们在拆台吗？咱们就是要拆那虎书记的台。"

周权问："你们为什么要拆他的台呢？"

老汉说："这个书记忒不厚道，专门忽悠咱们老百姓，咱不拆他的台拆谁的台？"

周权问："他怎么忽悠你们了？政府征用村里的地，不是已经给村民们提供了过渡安置住房，并且按国家政策给足了征地补偿吗？"

老汉撇撇嘴说："你知道个啥，他说的过渡安置住房，其实就是叫咱们借居在山后的后山村村民家里。"

周权说："那你们可以用手里的征地补偿款自己建新房啊！"

老汉"哼"了一声："说得轻巧，政府的补偿款，从数字上看，倒是给足了，可咱们拿到手里的全是白条，一分钱现款都没有。"

周权听了，心里就沉重起来，嘴上还是替老同学辩解说："也许是市里一时财政困难，才让乡亲们受委屈了吧。"

老汉梗起脖子说："政府要是没钱，为啥还讲这么多排场，搞这么大的面子工程？"

周权说："老人家，您这话可就不对了。听鲁书记说，这景区的建设可是个实实在在的惠民工程呢。这个项目要是搞成了，不知要吸引多少外地游客到来，光是在景区里的吃喝消费，就不知要给乡亲们带来多少商机呢！"

老汉不屑地笑道："你放心，就算这个旅游山庄真的搞起来了，也不会有多少人来的。"

周权一愣，问："这是为什么？"

老汉说："很简单，因为没有一条安全可行的道路通往山里啊！"

周权说："外面不是在修进山的高速公路吗？"

老汉说："你不知道，这几年山上环境恶化，水土流失严重，进山的道路每年都要发生几次塌方或泥石流，就算修起了高速公路，也用不了多久就塌了，或者被山体滑坡掩埋了。如果路上行人多，说不定还会闹出人命呢。如果你是游客，这样危险的路你敢走吗？叫我说，这里根本就不适合修高速公路，可那个虎书记偏偏要修，只要这个面子工程搞成了，他就有了升官的资本。到时候他倒是升官发财调走了，可屁股后面留下的这个烂摊子谁来管呢？”

人多力量大，说话间，村民们就把主席台拆成了一堆木头。

周权还要拉着老汉问几句，忽听身后传来一阵喊打的声音，转身一看，只见刚才在台上表演过的那只领头的“老虎”，正被村民团团围住。

大伙你一拳我一脚，没费多少功夫，就把“老虎”打得趴在地上。

扮演老虎的是个不到三十岁的汉子，被人揍得实在受不了了，只好钻出虎皮，抱着头从众人的围攻中冲出来，一溜烟跑了。

周权问那老汉：“大家打他干什么？”

老汉说:“他叫活虎,也是咱们虎山村人,他一直在市剧团工作,专门在《武松打虎》这个节目中扮演老虎。”

周权暗自点头，果然是专业演员，难怪扮老虎扮得那么像。

老汉又摇头说：“唉，都怪这小子，要不是他装老虎装得太像，也不会被人家以假当真，最后搞得全村人房地两空，无家可归。”

都怪他装老虎装得太像，被别人以假当真？周权心头一震，听出老汉话中有话，正想详加追问，忽听一阵警笛鸣响，彭信义已紧急调动一队荷枪实弹的防暴警察到场。

村民们见罢，顿作鸟兽散。

4

回到市区，吃罢晚饭，周权开着自己的小车，悄悄出了城。白天那位老汉说的话，让他心中疑窦丛生。他要连夜进山，找到知情的村民，把事情调查清楚。

他开车绕着怒虎山转了一圈，来到大山后面的后山村，一打听，果然虎山村拆迁的村民都借居在此。几乎每户村民家中，都借居着一户虎山村的拆迁村民。

他敲开村头第一户人家的大门，问借居在此的一位虎山村妇女："今天白天，村民们为什么那么愤怒地围攻那个叫活虎的汉子？"

妇女说："谁叫他扮老虎害人，活该！"

周权问："他怎么扮老虎害人了？"

那妇女忽然警觉起来，上下打量他一眼，说："咦，你就是拍虎照的那个摄影家吧？"脸色就沉下来，"砰"的一声，把他关在了门外。

周权接着到第二户、第三户、第四户人家去问，奇怪的是，村民们看到他都冷脸相对，不等他开口，就关上了大门。

周权十分奇怪，白天的时候村民们还满腔怒火无处发泄，怎么到了晚上反而三缄其口了呢？后来他听到有人在紧闭的大门里边压低声音说，公安局的彭局长已经挨家挨户打过招呼了，谁还敢胡言乱语，那不是往枪口上撞吗？周权这才恍然大悟，原来早已有人封了村民的口，难怪他一路问来，都问不出什么。难道是鲁一虎授意彭信义这么做的？难道这位老同学真的在这件事情上扮演了什么不光彩的角色？他心里越这样想，就越急切地希望能把事情的来龙去脉调查清楚。

看来村民都已受到彭信义的恐吓，估计再一家一家问下去，也不会有结果。唯一的办法，就是直接去问当事人——那个白天扮老虎被打的汉子——活虎。

他在村前的小路上徘徊一阵，看见有个孩子路过，就上前问他认不认识活虎。

孩子说："认识，他扮的老虎可像了。"

周权又问："那你知不知道他现在借居在哪户人家？"

孩子用手一指，说："他就住在村尾最后那户人家家里。"

周权向他道谢而去。走到村尾，他敲了敲那户人家的门，出来开门的是一个白发老婆婆。

周权说："请问虎山村的活虎一家，是借居在这里吗？"

老婆婆点点头，朝屋里喊了一句什么，便有一个戴眼镜的女子应声从里屋走出来。

女人问他："你找活虎干什么？他不在家。"

周权问："请问您是……"

女人说："我是他爱人，我姓刘叫刘芳。"她上下打量周权一眼，问道："您就是那位拍摄虎照的摄影家吧？我在报纸上看见过你的照片。"

周权点点头说："是的。"

刘芳把他让进屋，请他坐了。然后问他："活虎出门去了，你找他有事吗？"

周权说："他今天挨了打，我想看看他伤得重不重。"

刘芳说："还好，只是些皮外伤。"

周权问："村民们为什么要打他呢？"

刘芳瞧了他一眼，显得有些气愤，说："您真不知道原因吗？"

周权一脸莫名其妙地说："我是真不知道啊，所以我才连夜跑来调查。我听村民们说是因为他扮老虎扮得太像了。难道就是因为这个原因，村民们才要围攻他吗？"

刘芳苦笑道："他是演员，扮老虎扮得太像原本没错，可是如果扮个假老虎让人家拍了照当真老虎在报纸上登出来，并且让政府以此为借口铲平了虎山村来搞什么形象工程，害得乡亲们无地可种，无家可归，那就是天大的罪过了。"

周权听得这话，不啻于当头挨了一棒："什、什么？你是说我在怒虎山拍到的老虎，其实是你丈夫穿上虎皮装扮而成的？"

刘芳叹口气说："可不就是。这件事从头到尾都是咱们的虎书记一手策划的。他名字中有个'虎'字，他也早就想在怒虎山的'虎'上大做文章，如果怒虎山这个以全国独一无二的虎文化为主题的风景区搞成了，那可就是为他升官加了一块重重的筹码。可是一直没有充分的证据证明怒虎山确实有华南虎活动的迹象，所以也就一直没办法向省里申报立项。最后他只好借助你这位著名摄影家的力量，叫活虎扮成老虎，故意让你拍到虎照。听说那些在网上揭发你，说你伪造虎照，骂你是‘周老虎’的帖子，也都是鲁一虎叫人写的。他的目的就是要把这件事炒热，提高青阳市和怒虎山的知名度，‘怒虎山60年后再现华南虎’，有了这个噱头，他向省里申报这个项目，自然就能一路绿灯。”

周权狐疑地看着她问：“你又是怎么知道这些的？”

刘芳笑了，说：“活虎是我丈夫，鲁书记曾亲自到我家来请他扮演老虎，在你回乡扫墓的时候出现在你面前，你说我会不会知道？还有，我是一名小学老师，市委办公室主任是我哥，这个瞒天过海的策划，就是他们办公室在鲁书记的授意下一手搞出来的。所以我多少知道一点内幕。”

周权定定地看着她，似乎是在考虑她所说的话，到底有几分可信。最后他说：“谢谢你告诉我这么多，你说的话，我都记在了心里。但是这么大的事，我一定要找活虎当面问个清楚，我要他亲口告诉我，我那天在怒虎山拍到的老虎，到底是不是他假扮的。你快告诉我，他到底去了哪里？”

刘芳叹口气说：“他白天挨了打，害怕晚上还会有人来为难他，所以吃过晚饭，就拿了一件虎皮跑到山上躲起来了。我也不知道他到底藏在什么地方。”

周权辞别刘芳，出门后看着黑黢黢的怒虎山，心知这个时候上山，肯定无法找到活虎。但如果叫他就此打住，却又心有不甘。想了一下，他最后决定把车停在山下路口，自己在车里待上一晚，明天一早上山去找活虎。

5

第二天一早，周权就进了山。可是山野茫茫，到哪里去找活虎呢？他只好用最笨的办法，一面在大山里转悠搜寻，一边大声呼喊活虎的名字，希望他听到叫声后能出来跟自己见面。就这样像无头苍蝇似的找了一个上午，也没见到活虎的人影。

中午时分，他肚子饿得厉害，只好下山吃了点东西，接着上山再找。

傍晚时分，太阳已快落山，他寻到上次给活虎拍摄“虎照”的地方，仍然没有找到活虎，正自心下焦急，忽然间，山林中无端端刮来一阵带着腥味的怪风，周权不禁激灵灵打个寒噤。

一扭头，却见距离自己不到十米远的灌木丛中，不知何时竟已站着一只斑斓大虎。虽然明知是活虎披上虎皮假扮的，却还是禁不住吓了一跳。

“老虎”朝他这边望了一眼，转身欲走。周权急忙赶上两步，叫道：“活虎，别走，我知道是你假扮的老虎。”

“老虎”听到他的话，果然止步，回过头来定定地瞧着他。

周权又向他靠近两步，说：“活虎，我知道你受委屈了，你只不过是按照鲁书记的指示行事，但乡亲们却把对那些当官者的一肚子怒火全都发泄到你身上，让你做了替罪羊。我知道你心里有苦说不出。只要你把真相告诉我，我保证，再也不会让你受到任何委屈。”

“老虎”仰着头朝他看了好久，眼睛里似乎隐隐有泪光闪动，沉默良久，终于低下头，一步一步朝周权靠近过来。

周权不禁长吁口气，正要叫他把身上的虎皮脱下，忽然听到“砰”的一声枪响，“老虎”应声倒地，皮毛之下渗出鲜红的血迹。

虎头垂到地上，再也不动了。

周权大吃一惊，回头一看，只见彭信义正带着一个警察站在他身侧不远处，警员手里握着一支霰弹枪，枪口还在冒烟。

周权怒道：“彭局长，你要干什么？”

彭信义皮笑肉不笑地道：“您是我们的形象大使，鲁县长早已交代过了，为了您的安全，叫咱们寸步不离地保护您。刚才您只身上山，一只凶猛的老虎突然跳出来要伤害您，为了保护您的人身安全，我们只好开枪将老虎射杀。”

“浑蛋，无耻！”周权气得浑身发抖，“你明明知道这不是一只真老虎，这只是活虎扮演的一只假老虎，你居然还敢开枪？有你这样草菅人命的公安局长吗？”

彭信义嘿嘿干笑道：“就算是活虎，那又如何？谁叫他扮虎吓人，打死活该。”

周权叫道：“你们鲁书记在哪里？我要见他。”

他喘着粗气，掏出手机正要给鲁一虎打电话，忽然听到一个声音慢悠悠地道：“老同学，什么事让你这么上火啊？”说话声中，鲁一虎背着双手，从彭信义身后不远的树荫里踱了出来。

周权这才明白，原来这位虎书记竟然带着公安局的人亲自跟踪自己。

周权心里的火一下子蹿到脸上，满脸通红，冲过去指着他的鼻子道：“鲁一虎，你明明知道这老虎是活虎假扮的，竟然还指使彭信义开枪。你是想杀人灭口，是不是？你是想牺牲活虎来保住你的政绩工程，是不是？”

鲁一虎淡淡地道：“是又如何？现在活虎已经意外身亡，正所谓死无对证，现在无论你说什么，都不会有人相信了。再说那些虎照都是你这位摄影家亲手拍摄的，就算真有弄虚作假的情况存在，那也是你周老虎的事，与别人无关。把怒虎山建成一个以虎文化为主题的大型风景区，是我走马上任以来，精心策划的第一个大项目，也是咱们青阳建设经济强县的大动作。谁敢阻挡咱们青阳市经济建设的步伐，我就拿谁开刀。不管他是真老虎还是假老虎，也不管他是活虎还是周老虎——”

他正说得昂扬激越，身后正在检查活虎尸体的彭信义忽然气急败坏地叫起来：“鲁书记，这不是活虎扮的。这、这好像是一只真老虎……”

6

周权的这次回乡之旅，利用自己手中的DV机、录音器和笔，在自己的微博上全程直播。

青阳市“虎书记”为保住自己的面子工程杀人灭口，最终误杀珍稀华南虎的消息在网上传播开后，引起媒体广泛关注。

目前，省纪委已派出工作组，前往青阳市展开调查……

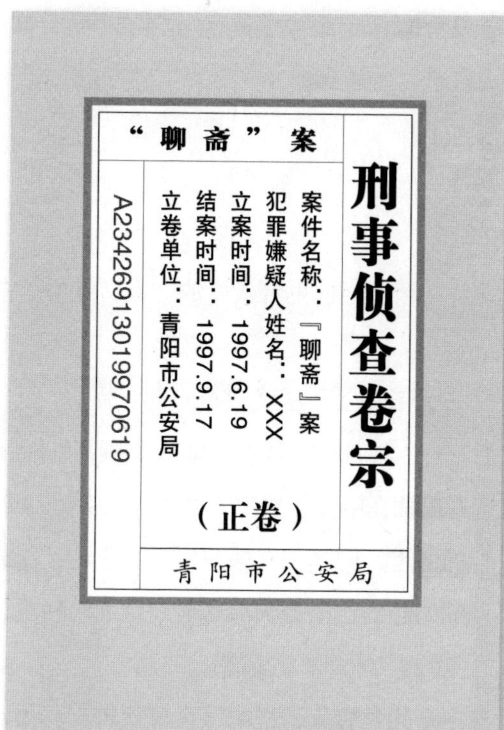
“聊斋”案
刑事侦查卷宗
案件名称：『聊斋』案
犯罪嫌疑人姓名：XXX
立案时间：1997.6.19
结案时间：1997.9.17
立卷单位：青阳市公安局
A23426913019970619
（正卷）
青阳市公安局

玫瑰陷阱

小城的风景很美，一所著名的财经大学的分校，就坐落在这座城市的最中央。

夜里 8 点 30 分，一声铃响，下了晚自习的大学骄子们三三两两地涌出教学大楼。一群男生拥着一位戴着眼镜风姿秀逸的同学吵吵嚷嚷地走下楼梯。

那被众人众星捧月般拥在中间的男生叫龙飞，今年 22 岁，是经济管理系三年级学生。对于他的身世，同学们只知道他来自香港，却极少有人知道他父亲就是香港大名鼎鼎的超级富豪龙天海，他是龙家的独子，是香港龙氏企业集团的接班人。

龙飞是一个才华出众的年轻人，学习之余喜欢舞文弄墨，也爱读些古典书籍，尤其对蒲松龄老先生的《聊斋志异》推崇备至，爱不释卷。常常幻想有朝一日自己也能遇上一位狐仙美女，想多了，就自己动手写了篇题为《来生缘》的聊斋故事，布局行文颇有蒲公遗风。这篇小说很快就在杂志上发表。

他今天收到了千元多稿费。谁知稿费还未揣热，就被一帮消息灵通的同窗知道了。这不，下了晚自习非要拖他去校园外的情未了酒吧请客。

酒吧的灯光很暗，舞台上着装裸露的女歌手正卖力地吼着一首摇滚歌曲，几乎要把台下客人的耳膜都震破。

龙飞招呼众人坐下，叫了几扎冰镇啤酒和两碟炒鱿鱼，还有一些小吃，总算是把大家那叽叽喳喳吵闹不休的嘴巴给堵住了。

就在这时，酒吧里的灯光忽然一变，一束淡蓝色的灯光透过缥缈的轻烟洒在舞台上。蓝光中，站着一位身着红裙二十来岁长发披肩、体态袅娜的女孩，手握话筒，轻移玉步，唱着一首《真的好想你》：

真的好想你，
我在夜里呼唤黎明。
天上的星星哟，
也知道我的心，
默默地为我送温馨。

歌声哀婉忧伤，催人泪下。当她的歌声响起之时，台下所有的声音都停了下来，变成了静悄悄的一片。

龙飞坐在台下看着这女孩总觉得有些眼熟，似乎在什么地方见过。看着看着，他竟有几分痴了，心中禁不住暗暗惊叹：想不到世上还有如此清雅美丽的女孩。

旁边一个外号叫“青岛啤酒”的男生忽然用肘碰了碰他：“哥们，我怎么越看她越像你小说中那位楚楚动人的女主人公呀！”

一语惊醒梦中人，龙飞恍然大悟：这不正是自己幻想过千万遍的梦中情人吗？

台上那忧伤的二胡声渐渐淡去，红裙女孩唱完歌后，朝着台下的客人轻轻鞠了一躬，轻盈谢幕而去。

龙飞忙起身道：“诸位，我去去就来。”

“青岛啤酒”一把拖住他：“别逃，先把酒钱留下。”

龙飞瞪了他一眼，只好掏出几张百元大钞扔在酒桌上。

赶到后台时，已不见那位红裙女孩的身影，想必是已卸妆走了。他忙追到酒吧门口，果然看见那红裙少女已出了酒吧，正招手叫车离去。

“哎——！”龙飞冒冒失失地叫一声。

女孩朝他回眸一笑，一抬脚，钻进出租车。出租车调转头，绝尘而去。

不行，一定要搞清楚她住在哪儿，下次才好去找她！龙飞也忙招手叫了一辆的士。“跟上前面那辆红色夏利车，我付双倍价钱！”他对司机说。司机忙一踩油门，悄悄跟上去。

红裙少女的出租车驶过人民路，穿过文化广场，又拐几个弯，大约行驶了半个小时，最后竟然开出市区，在郊外那座人迹罕至的观音山下停住。

少女下车付钱，然后一个人走上了那条一路蜿蜒向上通向山顶的羊肠小道。龙飞生怕出租车跟得太近会被少女发现，忙下了车，步行跟上。

天上高悬着一轮明月，清凉的月光悄无声息的抚摩着大地。

红衣少女并未觉察到身后有人，不紧不慢地在小道上走着，嘴里轻轻哼着一首动听的小曲。山道曲折难行，而她却如履平地一般，龙飞跟在后面，早已是呼吸急促、满头大汗。

山道两旁是苍苍莽莽的原始森林，里面黑得可怕，不时还有声声野兽的呼啸传来，令人心惊肉跳。龙飞暗想夜深人静山高林密，一个女孩竟然敢孤身独行，真是胆大。难道她家就住在这深山老林里？此时此刻，一种好奇感涌上心头，他越发想追上女孩问个清楚。

忽然，天地间一阵旋风吹过，瞬息之间，眼前便没有了那少女的足迹。他忙快步跑上去一看，原来这荒山野地里竟还有一座别致的宅院，萧墙粉壁，精巧雅致，风格别具。门口高挂着两只大红灯笼，照着门顶上的一块金匾。他定睛一看，只见匾上写着宅名“聊斋”。

龙飞真想不到现代社会还会有叫这种怪名字的地方，眼见四下并无人家，料想那红衣少女一定是进了此宅，便上前拍门，却半天无人应答。

他不由得怅然若失，但又不甘心就此罢休，既已跟踪到此，又怎能空手而回？他绕着宅院围墙走了半圈，来到后门口，只见后门虚掩，并没上锁，轻轻一推，门便开了。他侧身悄悄走进去。脚下有条青石小径，沿径而行，便来到一处花香扑鼻、山石纵横、亭台隐现之所，细看之下，似是一座花园。

龙飞再前行了一会儿，忽然听到一阵哗哗水响和一串串清脆悦耳的笑声。他吃了一惊，忙闪身躲进山石边的花丛中，伸出头悄悄放眼一望，不由得惊呆了。

只见眼前明亮的月光下有个碧波荡漾的小水潭，水潭里正有三名少女在戏水游泳，水潭边的树枝上挂着三名少女的裙子和亵衣。龙飞隐约分辨出其中一位正是自己跟踪的红衣少女。

三名少女都赤裸着洁白窈窕的身子，时而潜入水中，时而浮出水面，嬉戏打闹，娇态可掬，同时那曲线玲珑的玉体也让人一览无余。龙飞看得耳红面赤，心跳如狂，连大气也不敢出。他自知此偷窥行径绝非正人君子所为，但此时此境，已是身不由己、欲罢不能。

不一会儿，那红衣少女游到距龙飞最近的岸边，坐在一块大石头上，轻轻梳理着湿漉漉的长发。那丰满诱人的双乳如一对洁白的鸽子，在月色下跃跃欲飞。

龙飞热血沸腾，几欲晕倒。他正看得入神，脚下不小心碰到一块石头。石头“咕嘟”一声滚下水潭掉入水中，溅起一串水花。

“啊！谁？”三位少女娇叱一声，身影一晃，便钻出水面，纵到岸边，手一扬，挂在树枝上的衣裙便披在了身上。

龙飞大羞，起身想逃，哪知三名少女竟像飞鸟一般只轻轻一跃便冲上来围住了他。

一名少女腿一抬，便将龙飞绊倒在地。龙飞刚想爬起，背上却被人狠狠地踩上了一只脚。真想不到这三名少女看似娇小玲珑，力气却出奇的大。龙飞当即趴在地上动弹不得。

一名少女厉声喝道：“大胆狂徒，竟敢偷窥人家洗澡，该当何罪？”另一名少女冲上来不管三七二十一，照准龙飞的屁股就是一脚，嘴里恨恨地说：“大姐，让我把他扔到水里喂鱼去！”

龙飞一听，不由得在心里暗暗叫苦。

这时，那位红衣少女开了口，说："大姐，三妹，我认识这个人，是山下财经大学的学生。我看他并不像个为非作歹的人，快放了他吧！"

"哼，算是便宜你了！"龙飞屁股上又挨了一脚，背上重重踏着他的脚移开了。

他忙爬起来施礼道歉说："三位小姐，我刚才多有冒犯，请原谅！"

那红裙少女对他嫣然一笑，说："算了，看你也不是存心犯错。你这位大学生也真是的，放着好好的书不读，跑到这荒山野地来干什么？"

龙飞见她声音温和，不似其他两位少女凶恶，便不由得对她心生好感，说："今天我在酒吧见到小姐，就觉得与小姐有缘，所以就跟着小姐来到这里，想跟小姐交个朋友。不想……"

他抬眼看看另外两个女孩，不敢往下说了。

"看什么看？"那个被红裙女子唤作三妹的年龄最小的女孩瞪了他一眼，"小心我将你的眼珠挖出来！"

那位被唤作大姐的年纪稍长的姑娘轻声喝道："三妹，对客人不要这么没礼貌！"

"你叫龙飞是吧？"红裙少女问。

龙飞惊奇地看着她："你怎么知道？"

红衣少女脸一红，微微一笑，说："我在酒吧唱歌已注意你很久了，听见你的同学都这么叫你。"

龙飞点点头，又问："还没请教姑娘芳名？"

红衣少女说："我叫红玉。"又指指那位年纪稍大的白衣女子，"这位是我大姐娇娜。"

最小的那位女孩接口说："我叫珊瑚，年纪最小，是她们的三妹。"

龙飞一听，又怔住了，"娇娜""红玉""珊瑚"可都是聊斋小说中的狐仙美女的名字呀！

红衣少女红玉说："龙先生既然来了，不如留下来喝杯薄酒再走吧！"

龙飞正求之不得，忙点头答应。

他跟着三位少女来到前院。前院宽敞凉爽，院中有张石桌，桌旁有石凳数只。娇娜请龙飞坐下。不大一会儿，红玉便备好了一壶美酒和几碟小菜，端上桌来。

龙飞一看，这哪是什么小菜，那碟子里盛着的分明是一些花骨和花瓣。他不由得惊奇地说："这……"

红玉嫣然一笑，说："你先尝尝看味道如何。"

龙飞举筷一尝，味道奇异，十分爽口，自觉从未吃过如此美味。

大姐娇娜在一旁解释说："这些菜都是用鲜花制作成的，而这壶酒，也是我们遍采山中百花精心酿造而成的百花酒，不轻易示人的。"

龙飞将信将疑，端杯尝了一口，果然满嘴留香，未饮先醉。

喝酒谈笑间，龙飞想问问他们的家世，但一想，人家隐居深山，必有难言之隐，既然他们不想言及，自己又何必冒昧开口询问。

酒是好酒，人是佳人。酒不醉人人自醉。酒过三巡，四人本不是量大之人，不由得都有了些许醉意。

红玉忽然一推酒杯，站起身说："这样喝酒清淡无趣，不如我来唱首歌为大家助兴如何？"

龙飞忙拍手称快。

红玉用温柔的目光看了他一眼，走到一片空旷的地方，轻轻唱起了一首《达坂城的姑娘》

达坂城的西瓜大又甜哪，
达坂城的姑娘真漂亮，
如果你要嫁人，
不要嫁给别人，
一定要嫁给我！

歌声悠扬动听，热情奔放，与她在酒吧里唱《真的好想你》相比，自是别有一番韵味。

龙飞和娇娜、珊瑚三人不住鼓掌相和。红玉唱得兴起，竟过来拉起龙飞的双手，一齐跳起新疆舞来。少女珊瑚一见龙飞那僵硬而滑稽的动作，咯咯地笑起来。最后，娇娜和珊瑚也忍不住加入其中，和着节拍跳动起来。

轻风明月，美酒佳人。轻歌曼舞，酒醉人，人更醉人。一曲跳完，四人又把盏问青天，连干三杯。酒至深夜，四人都已大醉。

龙飞虽强力支撑，也无济于事，最后伏在桌上呼呼大睡起来。睡梦中，似有一位美丽的红衣仙女向他微笑走来。他忙欣喜地迎上去，不想一脚踩空，竟掉进了一个深不见底的陷阱……

龙飞睁开眼睛醒过来时，已是第二天早上了。刺目的阳光照得他浑身燥热难耐。他晃动一下酸痛的脖子，举目四望，忽然发现自己竟然置身于一片荒山之中。四周全是嶙峋怪石，蒿草从石缝中生长出来，长得比人还高。

“奇怪了，我怎么会在这儿呢？红玉她们呢？”

他摸摸后脑勺，使劲回忆了一下昨晚发生的事情，又四下里仔细看了看，不要说昨晚那座聊斋宅院，就连半个人影也瞧不见。要不是那块平展的大青石上还遗留着昨晚吃剩的酒菜，他真会以为那是一场梦。可他的记忆告诉他，昨晚的事千真万确，并非虚幻呀。那么，娇娜、红玉、珊瑚她们三姐妹又去了哪儿呢？昨晚这里还是庭院深深、美酒佳人、轻歌曼舞，怎么一夜之间全都不见了呢？这、这到底是怎么一回事？

他怀着疑惑的心情，又在山上山下转了一圈，仍然一无所见，只好闷闷不乐地下了山。

回到学校，时间已是10点多，学校早已经上完两节课了。同宿舍的室友阿鸣一见他就说：“龙飞，你小子昨晚跑到哪儿去了？你伯父从香港打了两次电话过来都没找到你。”

龙飞听了，不觉有些惭愧。在家里，父亲对他相当严厉，伯父龙海云却是最宠爱他的人。每每他犯了错眼看就要被父亲打骂之时，及时出现的救兵总是这位可亲可敬的伯父。他不知伯父找他有什么事，下了课忙打电话回香港。

电话那头，伯父爽朗地笑着说："飞儿，没事，家里一切都好，只是咱爷儿俩几个月没一起下棋了，怪想你的。"

龙飞听了鼻子一酸。

聊了一会，伯父忽然笑着说："飞儿，你也二十多岁了，是不是也该考虑一下自己的终身大事了？伯父最近认识了香港船王，他女儿长得不错，伯父想……"

"伯父！"龙飞的脸一下子红了，"我的事不用您操心！"

龙海云在电话那头怔了一下，忽然似有所悟："哦，伯父明白了。好小子，你一定是在大陆有女朋友了，是不是？"

龙飞本想说没有，可红玉的身影闪电般在他脑海中一闪而过，他一下子说不出话来。

伯父见他默认了，又发出一阵舒心的笑。

晚上，龙飞早早地来到了情未了酒吧，一边喝闷酒，一边焦躁不安地等着红玉。但一直等到凌晨两点多，所有歌手都唱完了，仍不见红玉出场。他一连等了三天，都是这样。

他越发觉得这件事不寻常起来，跑去问酒吧老板。

老板摇头说他也不大清楚红玉的情况，前几天酒吧招女歌手，红玉来报名，他见她歌唱得不错，人又长得青春靓丽，便招了她。其他情况一无所知。

龙飞沮丧万分，这么大个美人儿，却来无影去无踪，难道真是个蒲松龄笔下的狐仙美女不成？

又过了两日，他对红玉相思日甚，连上课也心不在焉，脑海里总闪现着她那纯真的微笑和身影。

星期天晚上，他对红玉的出现几乎已经不抱什么希望了，照例又一个人在酒吧里喝闷酒，迷迷糊糊中也不知到了什么时辰，正准备起身离去时，忽然听到一阵忧伤的歌声，正是那首凄婉欲绝令人心碎的《真的好想你》。

龙飞惊喜地抬头一望，只见紫雾朦胧的舞台上站着一位青春少女，红裙曳地，长发披肩，舞步轻柔，歌声凄美。

"红玉！"龙飞眼睛一亮，昏昏沉沉的头脑一下子清醒过来，惊喜地大叫一声，直朝台上奔去。

红玉听见叫声看见他，慌忙扔下话筒转身就从后台跑了下去，跌跌撞撞朝门口奔去。

"红玉！红玉！你别走！"龙飞伤心地呼唤着，忙又朝门口追去。

追到门口，红玉已经拦了一辆出租车，回眸朝他凄然一望，犹豫一下，咬咬牙，终于钻进小车绝尘而去。

龙飞跺跺脚，忙拦车跟上。与上次一样，红玉在郊外的观音山下了车。看见她一个人在夜色中匆忙上山，龙飞忙一边追赶上去一边大叫着红玉的名字。

红玉听见他的呼喊，并不回头，反而加快了上山的脚步，那红裙飘飘的身影，在林中山道上快得简直像要飞起来一般。

龙飞跟在后面不禁暗暗惊叹，想不到她一介弱质女流，竟有如此脚力，翻山越坎、纵跳腾挪，竟如履平地一般。

脚步匆匆行至半山腰，那座别致典雅的聊斋宅院依然矗立在那青藤古树掩映的山石间，灯笼高挂，大门紧闭，与前次相比，没有丝毫不同，只是幽静中平添了几分神秘。

龙飞暗自奇怪，那天自己明明看见眼前一切已不复存在，方圆十几里之内都是荒山野地，绝无人家，怎么现在又……他越想越觉得红玉和这座宅院古怪和神秘起来，想要叫住红玉问个清楚透彻的念头也越来越强烈了。

他拼尽全身力气加快脚步，终于在红玉即将开门进屋的那一刻追上了她。龙飞气喘吁吁、满头大汗，心情激动地拉住她的手说："红玉，这、这几天你去哪儿了？"

红玉看了他一眼，抿了抿樱桃小嘴，淡淡地说："我去了哪儿有必要告诉你吗？"

"我……"龙飞一时语塞。是呀，他与她仅仅有一面之缘，他又有什么资格管她去了哪儿呢？不过，红玉前次对他热情有加，这次却不冷不热，态度迥然不同，这反而令龙飞越发觉得事有蹊跷。

“红玉，告诉我，到底发生什么事了？”他脉脉地望着她，诚恳地问。

半晌，红玉抬起头幽怨地看他一眼，双眸中掠过一丝温情，嘴唇颤动了一下，欲言又止。

“快告诉我，这到底是怎么回事？”龙飞把她的手臂抓得紧紧的。

“你真想知道一切？”

“是。”

“你会后悔的。”

“不管真相如何，我都绝不后悔。”

“那好吧！”红玉睫毛垂下，轻叹一声，“我们进去说吧。”

两人开门进屋，娇娜和珊瑚正在院子里的灯笼下下棋。

一见龙飞，珊瑚脸色一变，站起身说：“二姐，你还带他来干什么？”

红玉脸色涨得通红，一时说不出话来，多亏大姐娇娜及时喝住了珊瑚这个霸道的小姑娘。

“来者是客。”娇娜搬来一把凳子，“龙先生请坐！”

一阵短暂的沉默之后，红玉抬起头来，看了龙飞一眼，轻叹道：“我与你并非同类，你又何苦步步相逼！”

龙飞一怔：“我不明白你的意思。”

“我们三姐妹并非凡间人类，而是在崂山修炼千年的三只狐狸，现已成人形，幻化自如。一次我们结伴游玩到这座观音山，见此处山水相间空气清新风景如画，便在此筑巢而居。多年来，我们隐居深山与世无争，苦心修道自得其乐。但不久前，我凡心臆动，独自下山去山城逛了一趟。因见一家酒吧招聘歌手，自忖自己空有一副好歌喉却无知音聆听，玩心顿起，便报名参加。谁知才唱了几天，就被你跟踪到此，差点识破玄机。那一夜对酒当歌有缘相聚之后，我们怕你陷得太深不能自拔，便连夜收起宅院觅一山洞躲藏起来，不再与你相见。过了些时日，我们猜想你可能已淡忘那晚之事，才敢重新现身。谁知你却执迷不悟，越陷越深……”

龙飞一听，惊得目瞪口呆，回忆往昔种种古怪之事，知道红玉所言非虚。只是现代社会之中，竟还有蒲松龄老先生笔下的聊斋故事发生，而且还是发生在自己身上，未免令人有些难以置信。

龙飞呆了半晌，回过神来，看着眼前三位如花似玉、美艳绝伦的狐仙，忽然心生惧意，连连后退，眼镜几欲跌下。

娇娜温和一笑，柔声说："龙公子不必惊怕，我们姐妹三人虽为异类，但生性善良，绝无害人之心，请尽管放心。"

龙飞一想也是，人家有千年道行，来去自如，法力无边，要想加害于我又何必等到现在。此念一闪，他心境顿宽，便也觉得她们姐妹三人并无什么可怕之处。他抬眼朝红玉望去，却见她正脉脉含情痴迷含笑地注视着自己，不由得心旌晃荡，就想过去将她拥入怀抱。

娇娜毕竟年长几岁，见多识广，一见他二人眉目传情如痴如醉，便觉不妙，柳眉暗皱，转身掐指一算，连连叹息摇头，说："唉，天意，天意！原来你俩命中注定有此一段缘分，不过是祸是福是缘是孽，就要看你们二人造化如何了。"

年纪最小的珊瑚姑娘心无城府口没遮拦，拍手笑道："既然缘分天定，你们又何必逆天而行呢？不如你们今晚便在此拜堂成亲成就这一段人狐姻缘，留一段人间佳话吧！"

"拜堂成亲？"龙飞怔住了。

"怎么？你不愿意？"珊瑚顿时脸布寒霜，眼露杀气，逼近一步，"你若拒绝，我就将你的心肝挖去喂狗！"

龙飞打了一个寒战，连忙说："哪里，珊瑚姑娘误会我的意思了。我对红玉姑娘心仪已久，如能跟她结成夫妻，我正求之不得，又怎么会拒绝她的一番美意。只是婚姻之事乃人生大事，今晚就拜堂成亲，未免太仓促草率了一些。"

"这个你不用担心，我们自有安排，你和红玉只管一心一意做你们的新郎新娘好了。"娇娜笑眯眯地轻轻拽了红玉一下，"二妹，你发什么愣呀，还不快带你的情郎下去沐浴更衣。"

红玉闻言，羞得满面绯红，偷看龙飞一眼，谁知正好与他那火一般投射过来的目光相遇，四目相交，似有电光一闪，她更是羞得抬不起头来，忙转身离去。

珊瑚推了龙飞一把："你这新郎官还发什么呆，赶快跟二姐去换衣服呀！"

等龙飞沐浴更衣出来，发现院子里已挂满大红灯笼，把偌大的宅院照得如同白昼。石桌之上，早已准备好香烛供品，大红喜字也贴上了窗棂。长长的一串鞭炮挂在树枝上。所有物品一应俱全，布置得恰到好处，喜气洋洋，令龙飞大为叹服。后来一想，她姐妹三人既有千年道行，自有她们过人之处，要弄到这些小玩意儿，岂非小菜一碟？

拜罢天地，龙飞满心欢喜地牵着红玉走进了洞房。洞房早已布置一新，一张富丽堂皇的龙凤床放在最显眼的地方，床上锦帐流苏，鹅毛被软得就如是云堆，让人一陷进去就爬不起来。床头点着两支红烛，烛光摇曳，照出满屋温馨。

龙飞轻握住新娘那柔若无骨的玉手，回首自己这半月来的种种离奇遭遇，不禁感慨万千，如置身梦境一般。喝罢交杯酒，红玉忽然吹熄蜡烛，娇声说："老公，春宵一刻值千金，咱们快宽衣上床吧！"她这样说着，脱了鞋袜在黑暗中一把抱住龙飞双双滚在龙凤床上。

就在这时，窗外忽地传来一声轻笑。接着便听见珊瑚哎哟哎哟地叫着说："好大姐好大姐，我、我就走……你别、别扯人家耳朵嘛……"

龙飞料定是调皮的珊瑚在窗外偷听时被大姐娇娜抓住拽走了，不觉暗暗好笑。窗外的叫声越来越小，脚步声渐渐远去。龙飞松了口气，正欲宽衣解带欢度春宵，哪知红玉忽然从床上翻身跃起，压低声音说："阿飞，快、快穿好鞋袜，我带你离开这个危险之地！"

"你说什么？"

龙飞有些莫名其妙，不知所云。

红玉忙"嘘"了一声，示意他小声讲话，然后冷笑道："你这书呆子，死到临头还浑然不知。"

“你、你胡说八道什么，我怎么死到临头了？”

红玉脱下身上的外套，一边换上一套红色的紧身衣服一边说：“傻瓜，你真以为我们是蒲松龄笔下的三只千年狐狸精吗？”

“难道你们不是？”

“你真相信这世上有狐仙美人吗？真是傻得可爱。老实告诉你，我们其实是三个杀人不眨眼的女杀手。武功高强手段毒辣江湖中人谈之色变遇之丧命的玫瑰三杀手就是我们。”

龙飞一介学生，哪里懂得现代江湖上的种种事情，只一脸莫名其妙的样子。

红玉便又给他解释说：“我们其实是一个三人联手的杀手组织。由于大姐为人狠毒，善于训练毒蛇杀人，所以江湖人称毒玫瑰；我一身红衣，擅长飞刀绝技，飞刀出手必见血腥，故称血玫瑰；三妹性格泼辣，杀起人来心狠手辣绝不留情，所以有辣玫瑰之外号。就算你不懂这些，那你也应该知道去年震惊全国的江城血案吧？那就是我们三姐妹的杰作！”

龙飞闻言禁不住打了一个寒战，退后一步惊恐地说：“我、我跟你们近日无冤往日无仇，你们……”

“我们找你的原因其实很简单。不久前，有一位香港大老板出三百万港币叫我们三姐妹想法把你藏起来，藏到一个绝对隐秘的地方，只要从本月16日——也就是今天开始，三天之内不要让任何人找到你就行。但是整个过程中，又不能让你知道自己被绑架或是被软禁。”

“哦？竟有这种事？”龙飞浓眉紧皱，“那个大老板是谁？”

“这个人你也熟悉，就是你的伯父龙海云。”

“什么？”龙飞差点跳了起来，“不可能！”

“你不相信也没有用，这是事实。试问除了你伯父这种有钱的大老板，还有谁出得起这么高的价钱？”

龙飞将信将疑，想了半天也不明白伯父指使玫瑰杀手将自己藏起来干什么。

杀手血玫瑰继续说道：“为了完成任务赚到这笔大钱，我们三姐妹专程来到山城，花了近十天时间对你的为人、性格、爱好等作了详尽的研究。最后得知你非常喜欢读《聊斋志异》这部书时，便决定从此入手，步步引诱你走进我们设置的圈套。

首先，我们细读了你写的那则新聊斋故事，从字里行间不难看出你对自己笔下那位红裙飞扬长发飘飘亦人亦狐的女主人公情有独钟。于是我便投其所好，装扮成她的模样，试图打动你的心。你果然中了我们的计，一路追踪到了这座宅名稀奇古怪的地方。为了进一步吸引你沿着我们设计的圈套一步一步走下去，最后直至我们完成任务，在第一天晚上，我们对你欲擒故纵，在和你一夜欢聚之后，就连夜拆除了这座用泡沫临时搭成的宅院，以引起你的好奇心，吸引你下次再来查看究竟。果然不出所料，今天你又上钩了。为了将你留在这里住上三天日子，我们捏造了一个聊斋故事，而且我还煞有介事地与你拜堂成亲……”

龙飞听得目瞪口呆，吃吃地问：“那、那你又为什么要将这一切告诉我，还要搭救我出去呢？”

黑暗中，只听得女杀手血玫瑰叹息一声，说：“我血玫瑰之所以沦落到今天以杀人为生的地步，完全是被一个负心男人所害。所以我对寡情薄幸的男人恨之入骨，见一个杀一个。而对那些感情专一痴心痴情的男人却充满好感。眼见你对狐女红玉如此痴情，为了得到她的爱不惜孤身涉险，相思入骨，令我非常感动。况且你伯父出大价钱请我们将你藏起来，定是有其不可告人的用意，我又怎能眼睁睁看着一个有情有义的人为人所害？我虽为杀手，但并非铁石心肠之人，在犹豫了好久之后，终于决定放你一马，救你出险境。只是、只是……”

“只是什么？”黑暗中，龙飞感觉她的声音有些哽咽，忙握住她的手问。

“只是我破坏了大姐和三妹的发财计划，从今往后，我和她俩便反目成仇势不两立，我再也无法在江湖上立足了。还请龙先生收留我，不要让我被人追杀，死无全尸！”

龙飞忙轻轻捂住她的嘴，轻声说：“傻瓜，不论你是人是狐，是红玉还是血玫瑰，我都永远爱你，只要你答应我从今以后再不做伤天害理之事，我、我自会娶你为妻，照顾你一生一世。”

“真的？”

“当然是真的！”

“阿飞，你真好！”血玫瑰伏在他怀中，幸福的泪水一串一串滴落在他的衣襟上。

明白了真相的龙飞渐渐变得理智而冷静起来。他拍拍血玫瑰的肩膀说：“玫瑰，此地不宜久留，咱们快走吧！”血玫瑰点点头，却忽然从床上抱起了两只枕头。

龙飞正想问她这是干什么，她却突然打开房门，用力将枕头扔出去。

“快走！”几乎是与此同时，她一把拉住龙飞，闪电般从窗口跃了出去。

就在这时，只听门口传来“砰砰”两声枪响，两只枕头被击破，里面的棉絮随风飘出，漫天飞舞。

“哼，果然不出我所料！”血玫瑰冷笑一声，拐了一个弯，疾步如飞，带着龙飞朝大门外奔去。原来她早已料到大姐毒玫瑰和三妹辣玫瑰会在门口伏击！

龙飞胆战心惊之余，不禁暗暗佩服血玫瑰的机警和老练。

潜伏在门口的毒玫瑰和辣玫瑰很快发现自己中计了，急忙端枪来追。血玫瑰展开高超的轻身功夫，兔起鹘落之间，已纵出几十米远。但龙飞却是一介手无缚鸡之力的文弱书生，虽然拼尽全力发足狂奔，却无论如何也追不上她。血玫瑰奔跑一阵，回头一看，龙飞已与她落下一大段距离，眼看就要被后面的毒玫瑰和辣玫瑰追上。

她忙掏出一支左轮手枪，甩手向她们开了两枪。同时一个鹞子翻身，落在龙飞身边，右手一抄，如同夹一个小孩子一般将他夹在腋下，然后展开轻功，向前疾奔。龙飞顿时觉得如同腾云驾雾一般，向前飞去。但血玫瑰经此一阻，与后面追兵的距离拉近了许多。

毒玫瑰和辣玫瑰在后面连连开枪，但由于目标和自身都处在急速奔跑当中，失去准头，一颗颗子弹均擦着血玫瑰的身边飞过。

血玫瑰不时回头还击。她抱着龙飞，轻功大打折扣，与毒玫瑰和辣玫瑰的距离越拉越近，眼看就要被追上。

龙飞忙道："玫瑰，快放下我，你自己逃命去吧！"

血玫瑰边跑边气喘吁吁地说："阿飞，要死一起死，要逃咱们一块儿逃，我又怎能扔下你独自逃命呢？"

话音未落，忽听身后的毒玫瑰发出一声尖哨。血玫瑰听出这是她平时训练毒蛇的哨声，心头一凛，忙低头注意脚下。不出两三步，果然有一条银灰色的毒蛇从路旁草丛中钻出，张着毒嘴，直向她箭一般射来，差点与她正疾步前奔的双脚撞个正着。

她不敢大意，忙停住脚步，顺手一枪，毒蛇便身首异处，一命呜呼。但仅停顿了这么一瞬间，毒玫瑰和辣玫瑰就已经追了上来。

"别动！二妹，不要逼我们开枪！"这是大姐毒玫瑰冷酷的声音。她的枪口已经无情地顶住血玫瑰的后背心。

血玫瑰自知再逃无益，只好停住脚步，缓缓将龙飞放在地上，握枪的手慢慢举起，做投降状。

"二妹，这小子有什么好，居然值得你为他背叛我们姐妹？幸亏三妹在窗外偷听到你们讲的话，要不然我和她是怎么死的还不知道呢！"

"大姐，人各有志，你放过我们吧！"龙飞回头恳求道，"你要多少钱我都给你！"

毒玫瑰退后几步，脸上露出残酷的冷笑："逆我者亡，这是江湖上铁定的规矩！"

辣玫瑰上前迅速地夺下了血玫瑰手中的枪。就在她夺下手枪的那一刹，血玫瑰忽然反手一扬，一柄形似弯月、可以回旋的飞刀从衣袖中飞出，直射向毒玫瑰胸口。与此同时，血玫瑰又突然飞身向辣玫瑰扑去。

辣玫瑰招架不及，慌忙后退，举枪欲射。血玫瑰腾空一个双飞脚，她手中双枪被踢飞。辣玫瑰反应奇快，劈面一拳，击向血玫瑰。

别看血玫瑰身材娇小，却是一位散打高手，不退反进，头一低，一个下潜动作让过对方拳头，顺势钻到她怀中。辣玫瑰大吃一惊，忙用横击肘击打她太阳穴。但这时血玫瑰已使出少林三十二路无敌擒拿术中的“锁喉式”，右手五指如钩，一下就掐住了辣玫瑰的咽喉。辣玫瑰顿时喘不过气来，再不敢动手反抗。

双方都是搏击高手，这一系列的打斗仅仅发生在电光石火之间，等毒玫瑰躲过那把回旋飞刀的凌厉攻击，想举枪朝血玫瑰射击时，血玫瑰已将辣玫瑰牢牢控制在了手中，同时机警地将身子闪到了人质身后。

毒玫瑰一时之间投鼠忌器，不敢开枪。龙飞见机行事，忙闪身站到了血玫瑰身边。

“大姐，救我！”辣玫瑰挣扎着发出绝望的呼救声。

“你放过我和龙飞，我就放了她！”血玫瑰对大姐道。

“二妹，你太幼稚了，你看我像是一个为了别人而放弃赚取三百万港币的人吗？”毒玫瑰冷笑一声，倏然手一抬，枪响了。

一颗子弹闪电般穿过辣玫瑰的脖子，余势未衰，射向血玫瑰。血玫瑰闪避不及，被击中肩胛骨，血如泉涌。

辣玫瑰做梦也没有想到自己竟会死在大姐的枪口下，至死还睁着一双惊恐而又疑惑的眼睛。

血玫瑰身受重创，已失去大部分战斗力，看着大姐冷酷的枪口，一步一步绝望地朝后退着。

“玫瑰，快跑！”就在这时，谁也没有料到文弱书生龙飞竟然不顾一切地扑上来，死死抱住毒玫瑰，滚倒在地。

毒玫瑰又惊又怒，一记寸拳，击在龙飞下腹处。龙飞顿时弹了出去，腹痛如绞，昏死过去。

毒玫瑰忙从地上爬起，举目四望，院子里早已没有了血玫瑰的身影，不由得咬牙切齿，往龙飞身上狠狠踢了一脚。

等到龙飞从昏迷中清醒过来时，天色已经大亮。他睁开眼睛一看，发现自己正躺在洞房里的那张柔软的龙凤床上，而那个杀人不眨眼的女魔头毒玫瑰正一丝不挂地伏在他赤裸裸的身体上，疯狂地亲吻着，吸吮着，撕咬着。

龙飞吓了一跳，忙使劲挣扎，却发现自己的双手被对方牢牢抓住，动弹不得，不由得睁大眼睛惊恐地颤声发问："你、你想干什么？"

"放心吧，宝贝，大姐不会吃了你的。春宵一刻值千金，你既然无缘与那小贱人结成夫妻，那就让我来陪你玩玩吧。"毒玫瑰看着他赤裸的身体邪魅地笑着说，"真看不出你还是个处男呢！"她说着，忽地将头埋在他下身，使劲吸吮着，弄得龙飞浑身直起鸡皮疙瘩。

忽然间，毒玫瑰从他身上滚下来，脸孔苍白，头冒大汗，手脚抽搐，浑身哆嗦，样子十分恐怖。

龙飞吓了一跳，忙问："你、你怎么了？"

"快、快，快打我……"她喘息道。

"打你？"世上居然有求别人打自己的人？龙飞迷惑了。

"是、是的，求求你了！"毒玫瑰伏倒在他脚边，苦苦哀求说，"求求你，快用鞭子抽打我吧，快用鞭子抽我吧！"

龙飞看她的样子并不似假装出来的，暗暗惊疑。皱眉一想，恍然大悟，《鹿鼎记》里面不是有个喜欢被男人抽打虐待的建宁公主吗？难道这位毒玫瑰也是一个受虐狂？想及这女魔头对自己及对血玫瑰的种种行径，龙飞怒向胆边生，找来找去从床底下找出一根两三米长的皮鞭，咬咬牙，二话不说就挥鞭朝她劈头盖脸如雨点般抽去。

刚开始他还有点担心，生怕她一怒之下爬起来杀了自己。可一看到那个女魔头在自己的抽打之下不住地满地挣扎滚爬，呻吟呐喊，似痛苦，又似欢娱，就觉恶心至极，手中的力气也更大了。不大一会儿，毒玫瑰那美艳风骚的胴体上便密密麻麻地布满了一道道长长短短深浅不一的血痕，十分恐怖。

龙飞仔细一瞧，还发现她身上每条血痕旁边还有许多黑点，过了一会儿，那黑点居然越来越多，几乎已遍布她全身上下。他凑近一看，不由得惊叫起来，原来那些黑点竟是一只只形状奇特的蚂蚁。

他失声道："你、你身上怎么会有这么多蚂蚁？"

毒玫瑰闻言低头一看，脸色大变，立即从极度的兴奋与疯狂中清醒过来，忙上蹿下跳，拼命扑打着身上一堆一堆的蚂蚁，但那些蚂蚁竟如黏在身上的蚂蟥一般，很难拍打下来，而且地上还有许多蚂蚁朝她身上涌去。毒玫瑰惊恐地叫了起来。

正在这时，忽然从门口走进来一个人。龙飞一看，惊喜地叫了起来："玫瑰！你、你没事吧？"

来的正是血玫瑰。她温柔地看了他一眼，说："我的伤口已经包扎止血，你放心，我没事！"

"贱人，我杀了你！"毒玫瑰一见她就咬牙切齿，飞身向她扑去。

血玫瑰轻轻一闪身，便避了过来，看着她冷冷一笑道："大姐，黏在你身上的是一种叫天山血蚁的毒蚂蚁，这种蚂蚁身形奇特，嗜血如命，一旦它们口中的毒液混入你的血液中，我保证不出三分钟你便会七窍流血，中毒而亡。"

毒玫瑰惊恐得全身发抖，看看地上那条抽打过她的皮鞭，忽然醒悟过来："原来、原来你早就设计好了圈套让我钻！"

"不错。我怕我和阿飞逃跑的计划失败，同时我也知道你生性淫荡，喜欢被男人抽打，如果阿飞被你抓住，你一定会把他带到这里来让他满足你。所以我早就在床下藏了一根皮鞭，并在上面粘了一层特制的糖水。这种糖水一旦与血液混合，便会发出气味招来我早已放置在附近的一群毒蚂蚁……"

"你、你……好狠毒！"毒玫瑰死死地瞪着她，还欲作最后的反扑。谁知蚁毒攻心，她再也支撑不住，七窍喷血，扑倒在地，痛苦挣扎起来。

龙飞一见，全身不寒而栗，几乎要弯腰呕吐起来。血玫瑰忙扶住他说："阿飞，你没事吧？"

龙飞说："玫瑰，我看我们还是放过她算了。"

血玫瑰看看躺在地上已经连挣扎的力气也没有了的毒玫瑰，摇摇头说："这种蚂蚁剧毒无比天下无解，我想救也救不了她。"她话音未落，毒玫瑰忽然拼尽全身最后一丝力气，发出一声尖厉的呼哨。

血玫瑰刚松了口气。“小心！”忽然，龙飞大叫一声，一把向她扑来，将毫无防备的她撞了一个趔趄，跌出两三米远。

几乎就在同时，一条色泽鲜艳的七寸小花蛇忽然从墙角钻出，闪电般袭向血玫瑰，因她已及时被龙飞撞开了，小花蛇刚好一口咬住了龙飞的脚踝。

血玫瑰回过神来，摸出匕首手起刀落，毒蛇被拦腰斩断。再看龙飞，脚踝被咬处及四周肌肉瞬间便肿胀起来，变成了乌黑色。看来这是一条毒性剧烈的毒蛇。

“你、你怎么这么傻！”血玫瑰看着他，眼泪夺眶而出，“大姐唤毒蛇出来是来咬我的呀……”

龙飞看她一眼，忽然受伤的脚一麻，顿时整条腿都失去了知觉，再也站立不稳，一个踉跄跌坐在地上。他说：“我正是知道它是来咬你的，所以才将你推开。我宁愿自己被咬，也不愿你再受到半点伤害。”

血玫瑰止住眼泪，俯身察看了一下他的伤口，然后迅速封住了他小腿上的几处穴道，以期达到阻碍他腿部血液循环和毒性蔓延、拖延毒气攻心的时间的目的。然后，她又用刀尖迅速挑出了已经变黑的腐肉，一股令人作呕的腥臭味扑鼻而来。

龙飞自知此蛇毒性难解，自己求生无望，向她苦笑道：“玫瑰，你别浪费精力了，我知道自己已经没救了。能够死在你身边，死在自己心爱的人的怀里，我死而无憾！”他忽然打了一个冷战，虚弱地说：“玫瑰，抱抱我，好吗？”

血玫瑰闻言轻轻地将他抱在怀中，一串串泪珠滴落在他苍白的脸上。“不，阿飞，你不能死，我要救你，一定要救你！”血玫瑰坚定地咬了咬牙，似乎是下定了某种决心似的，抱起他受伤的脚踝看了看，忽然将嘴对准他的伤口，使劲吮吸起来。

“不，不要，玫瑰，这样你也会中毒的！”龙飞大叫着挣扎起来，但却很快被血玫瑰按住，动弹不得，只好睁大眼睛流着泪看着她，任由她一口一口地为他吸毒疗伤。

血玫瑰吸一口吐一口，一共吐了十来口腥臭的乌血之后，才看见伤口中渗出一丝丝红色的血迹。她大喜过望，再用力吸了两口，直到血液完全变成了鲜红色才罢休。然后，扯下一片衣裙，轻轻为他包扎好了伤口。

看着龙飞那张渐渐红润起来的脸庞，血玫瑰知道他总算捡回了一条命，大大松了口气，欣慰地笑了。哪知她刚直起腰，忽然觉得眼前一黑，一头栽倒在地。

“啊，玫瑰，玫瑰！”龙飞大吃一惊，挣扎着抱住她，哭喊道：“玫瑰，你、你怎么这么傻！你知不知道，这样你会没命的！”

血玫瑰看他一眼，面孔苍白地说：“飞，只要你没事，我死也愿意！”

龙飞抱紧她：“不，不，玫瑰，你不能死，你不能死，我还要照顾你一生一世一辈子呢！”

血玫瑰伸出手来，颤抖地抚摩着他的脸：“我已经中了蛇毒，再也不能陪伴在你身边了……下辈子，我们下辈子再做夫妻，好吗？”

龙飞无声地哭泣着，不知说什么才好。

血玫瑰说：“我对不起你，我一而再再而三地欺骗你，你还对我这么好，我、我欠你的实在太多太多了！”

龙飞把脸贴在她苍白冰冷的脸颊上：“别，玫瑰，你别这么说。”

血玫瑰苦笑一声，说：“我想现在是该告诉你真相的时候了。”

“什么真相？”

“其实，我早就知道你伯父为什么要我们将你‘藏’起来。”

“为什么？”

“他为的是要趁机夺取你们家的家产呀！”

龙飞愣住了：“夺取家产？”

血玫瑰点点头说：“是的。也许你还不知道，昨天晚上，你父亲出了车祸，已经不幸逝世了。”

“啊，什么？你说什么？”龙飞一下子呆住了，“这、这是真的吗？”

“这是千真万确的事情。你父亲车祸身亡的当晚，你伯父便召开了公司董事会议，要求立即选出新人替代你父亲的职位。你母亲要你立即回香港接替你父亲主持公司大局，但昨晚你已被我们‘藏’在了这里，你母亲打电话去你学校却一直找不到你。你伯父说公司不能一日无主，若三天之内找不到你，他就将宣布接替你父亲的位置。他当然知道你早已被我们‘藏’起来了，三天之内绝不会回香港……这些都是我从大姐口中得知的，她在香港与你伯父经常在一起鬼混……”

龙飞听到这里，又惊又怒，咬牙道：“真想不到他平时慈眉善目，对我宠爱有加，原来竟是一个怀有狼子野心的人！”

“唉，他没有直接下令杀死你，算是已经对你手下留情了。”

血玫瑰看了他一眼，轻叹一声，愧疚地说，“你伯父固然可恨，我又何尝不是一个卑鄙可恶的人。”

“你？”龙飞看着她惊诧地说，“这关你什么事呢？”

血玫瑰不敢看他的眼睛，低下头说：“其实昨晚洞房花烛之夜，我并非真心想救你，而是有我自己的私心。我看你对我一往情深，忽然异想天开，心想我若救你出去，帮助你继承家业，你定会娶我为妻，那时我就成了富家太太，富贵荣华享受不尽，再也用不着做这害人害己担惊受怕的杀人勾当。所以，我才冒死跟大姐、三妹翻脸成仇……”

“是吗？”龙飞用难以置信的目光看着她，眼里显出一片迷茫，分不清哪个是真哪个是假。

血玫瑰接着说：“但当后来我看到你三番五次涉险救我，先是在我中弹受伤之际，你奋不顾身扑倒大姐让我得以安全脱身；后来，为了救我又被毒蛇咬伤，危在旦夕。经历这种种事情之后，我终于感动了。我在江湖上闯荡多年，看到的只有尔虞我诈你死我活，从来没有一个男人像你这样为我真心真意付出过。就从这一刻起。我就真心实意地爱上了你。我下定决心，哪怕牺牲自己我也要救你脱险，助你早日回到香港，继承家业……”

龙飞抱着她，静静地听她诉说完一切，这才明白这段日子以来的种种离奇遭遇，原来是由一个又一个看不见的陷阱和阴谋串联起来的。他的心情一下子变得复杂起来，低头看看怀中越来越虚弱的血玫瑰，心里不知是爱是恨，是怜是痛。

忽然，血玫瑰哆嗦一下，全身剧烈地颤抖起来，牙齿碰得格格作响。龙飞知道她已毒气攻心，再也支撑不了多久了。想想她刚才为了给自己吸毒疗伤，竟然置自身性命于不顾，而此时自己却只能眼睁睁地看着她被痛苦折磨，却束手无策，不能为她做点什么，不能为她减轻一点点痛苦，不由得心生愧疚，心如刀绞。

血玫瑰再次用颤抖的手轻轻抚摩着恋人的脸，用尽全身最后一丝力气向他展露了一个苍白的微笑。

她用虚弱得几乎难以听清的声音，断断续续地说："你母亲为你失踪的事万分焦急，正托人在这座城市中四处寻找你……你伯父得知情况有变，已雇请了另一批杀手火速赶来，你千万要小心……而且，我怀疑你父亲的死也可能与你伯父有关，你要仔细查一查……"

龙飞哽咽无语，含泪点头。

"……你下山后，要先打电话向你母亲报个平安，免得她老人家为你急出个三长两短来……然后，你就去公安局报案，将事情真相说明，相信警方一定会保护你平安回到香港的……"

她用尽全力说完这几句话，忽然全身一震，举起的手臂无力地垂了下来。龙飞紧紧抱着她渐渐变冷的身体，泪如雨下。

一个小时后，他来到山下，找到一个公共电话亭，拨通了110报警电话，含着眼泪，向警方完整地讲述了自己的离奇遭遇……

连环枪击案

刑事侦查卷宗

案件名称：连环枪击案

犯罪嫌疑人姓名：XXX

发生时间：青穆宗同治年间

资料来源：《青阳县志》

（正卷）

青阳市公安局

诡枪绝杀

铁锤，铁砧，风箱。叮当叮当，叮叮当……火花四溅，铁屑纷飞。

不大一会儿，瘸三就把一块熟铁打成了薄条。用铁钳夹起看看，却不甚满意，复又将铁条投入炉中。拉动风箱，风助火势，呼呼作响，刹那又将铁条烧得通红。再把铁条取出，放到铁砧上，抄起小锤，翻来覆去精敲细打。再烧红，再锤炼，如此数次，铁条已被煅打得厚薄一致，极是平整。退火后拿在手中，用力一抖，铁条颤动不已，弯而不折，已是十分坚韧。

他这才微微点头，将铁条卡在一处铁槽中，拿出一柄锉刀，在铁条带刃的一边锉出一排齿来，极是整齐锋利。一番磨砺，一条锯片便已做好。

两端嵌以短木为锯把，中间连接一条横梁，用竹篾纠扭使锯片张开绷直，一把长锯便告完工。最后用砂布将锯片打磨光亮，翻来覆去地看了，竟无一钝齿，这才满意。

他把锯子挂在墙壁上的一个铁钩上。刚喝口水，张木匠就来了，朝瘸五作揖行礼，问："瘸三叔，我的锯子可曾打好？"

瘸三呵呵一笑，说："刚好刚好，你看看。"他取下锯子，递给张木匠。

张木匠今年三十出头，家传木匠手艺，已当了十几年大师傅，什么木工匠具没见过，把长锯拿在手中试一试，连声道："锯齿整齐锋利，轻重适中，好锯。我要了。”掏出一把铜钱，塞给瘸三，拿了锯子就走。

瘸三“哎哎”地叫着，一瘸一拐追出门来，说：“张师傅，讲好打一把锯子是一百文铜钱，你多给了二十文。”

张木匠笑盈盈地道：“我是内行，知道您这锯条别处打不出来，多给二十文也值。”

瘸三拒绝不了，只得道：“那我送你一把好锉刀吧，要是锯子用钝了，逐齿锉利，也好再用。”回头拿了一把锉刀交到张木匠手中。

张木匠也拒绝不了，只好一笑置之，拱手而去。

已是傍晚时分，夕阳穿过窄窄的街巷，照着瘸三身后那块“瘸三铁匠铺”的招牌。招牌不大，字迹已被煤烟熏得有些发暗。

瘸三是三年前拖着一条跛腿流落到这湘鄂之边的青阳城来的。他见这里地处偏僻，民风淳朴，便典卖了身上几件值钱的物什，凭着祖传铁匠手艺，在这衣铺街开了一爿铁匠铺，打制铁器，修理农具，钉换马掌等。

开张时，人们都不大相信这个外乡人，生意自然惨淡。后来街坊们发现他虽然身患残疾，走路行动不太敏捷，但手艺确实不错。

比方说有从乡下进城修理农具的，到别的地方，一般用白铜粉将断口焊接起来，或将农具烧红尽力锤打强行接合，过些年月，接口就脱焊断开，不能再用。但瘸三却在接口处涂上一些黄泥，烧红后立即锤合。如此利用黄泥作为媒介修补铁器，胶合之后若非灼红斧斩，永不可断。

铁匠铺开了一年多时间，生意渐好。瘸三一个人吃饱全家不饿，有了盈余，全都拿来接济街坊邻居。如此一来，城中乡亲愈发敬重起这个外乡人来，见了面，都恭恭敬敬拱起手，叫一声“瘸三叔”。

瘸三的铁铺共有二进，前面是铺子，后面一间是住所。送走张木匠，瘸三见天色渐晚，估计不会再有顾客，便熄了炉火，准备进屋做饭。

谁知刚把最后一块门板嵌进门框里，外面却忽然响起了敲门声。瘸三一愣，只得卸下两块门板，探头一看，外面站着一高一矮两名汉子，高的二十来岁，身材魁伟，极是精神，矮的四十来岁，满脸络腮胡子，目似鹰隼，射出灼灼精光。

二人不请自入，一侧身便从门缝中挤了进来，正好挡住门口的光线，屋子里显得更黑了。

瘸三看出二人并非本地人氏，显得有些局促，嗫嚅着问："二位是……？"

中年汉子目光锐利如锥，上下打量他一眼，拱一拱手，说："敢问先生可否就是青阳城里最好的铁匠大师傅瘸三叔？"来者一口京腔，话说得极是恭敬，但神色间却颇为倨傲。

瘸三听出二人来自京城天子脚下，心中微微一惊，脸上却不动神色，拱手回礼道："'最好'二字实不敢当，在下就是瘸三。不知二位有何见教？"

中年汉子使个眼色，年轻汉子立即转身把门板嵌上。最后一丝光线被挡在门外，屋里顿时黑糊糊一团。

瘸三犹豫一下，还是点了一盏油灯。

中年汉子看看瘸三，没有说话，从怀中掏出一锭银子，放在油灯下。

瘸三一看，只怕足有十来两重，不由得倒抽一口凉气，问"二位到底有何贵干？"

中年汉子走近两步，放低声音道："瘸三叔，实不相瞒，我们想请你打一把火铳。这十两银子是定金，事成之日，再付您白银十两，以充酬资。"

瘸三脸色一变，左腿一踮，退了一步道："先生说笑了，我大清律明文规定严禁偷买、私造火器，违者当斩。再说瘸三只是一个普通铁匠，平日里修理农具钉换马掌还行，要说打造火铳，那可不会。"

中年汉子心有不甘，斜着眼睛瞧着他说："您要是觉得价钱不合适，咱们还可以再商量。在下叔侄二人乃猎户出身，吃饭的家伙前些日子在大山里遗失了，闻说青阳城里有位大师傅可以造铳，所以冒昧前来相求。请您放心，这事只有天知地知你知我知，在下绝不会向外泄漏半句。"

瘸三摇头道："在下真的不会造枪，而且据在下所知，青阳城里也没有会制造火器的同行，先生可能听错了吧。"

那年轻人从后面冲上来，把脸一沉，道："你可别敬酒不吃，吃……"中年汉子咳嗽一声，年轻人似有所悟，硬生生把后面半句话咽了回去。

中年汉子极是失望，朝瘸三抱抱拳道："既然如此，看来是在下道听途说，消息有误，还请见谅。"朝年轻人使个眼色，两人揭开门板，出门而去。

瘸三一抬头，看见那锭银子还放在小桌上，急忙拿了，追出门喊道："二位先生慢走，你们的银子忘了拿走。"

中年汉子哈哈一笑道："区区银两，就请瘸三叔收下，算是作个见面礼吧。待在下叔侄二人打听确实了，改日再来拜访。"大笑声中，扬长而去。

瘸三手里捏着银锭，看着二人身影在苍茫暮色中渐渐远去，心里忽然升起一种不祥之兆。

在隐隐不安中过了一月有余，不见那叔侄二人再度回来，瘸三这才略略松口气。

这一日，是个雨天，瓢泼大雨铺天盖地，从早间一直下到中午，仍没有要停歇的迹象。瘸三吃罢午饭，铺子里没什么生意，便坐在门口，用废纸卷了烟叶，一边抽着，一边望着外面的雨景，目光有些呆滞，思绪却不知飘飞到了何处。一卷叶子烟还没抽完，就听门外大雨中一阵脚步声响，一名衣衫褴褛满身泥水的乞丐跌跌撞撞奔了进来。

瘸三不知发生何事，急忙站起身。那乞丐却"扑通"一声跪在他面前，抱住他双腿，虚弱而哽咽地喊了一声"瘸三叔"，人就往侧边一倒，晕了过去。

瘸三吃了一惊，抱起乞丐，只觉他浑身冰凉，也不知在冷雨中淋了多久。用手抹干他脸上的泥水，一看之下惊呼道："这、这不是小栓吗？"

小栓是何许人也，与瘸三有何牵连？这事说来话长。

瘸三原名曾三锤，本是广西桂平人，家中世代打铁为生，当年曾追随天王洪秀全一起在金田起事。

天国建都南京后，他因祖传铁匠技艺出色，深受天王赏识，被擢升为典炮衙典衙，主管督造枪炮火器等。凡经他督造的炮铳火器，质量好，性能优良，用于实战，不但打得准，射程远，杀伤力大，威力惊人，而且少有故障，更无炸膛哑火。故在太平军中有"枪王炮祖"之称。

太平天国十四年，南京失守，天王因吃百草充饥发病逝世，瘸三与忠王李秀成一起被俘。清廷工部铁器营中有一个枪炮厂，久闻瘸三威名，便让湘军将其单独押送到京师刑部大牢，许以高官厚禄，千般诱降，万般威逼，欲使其为己所用。瘸三不为所动，几被折磨至死。

有一位药材商人姓齐名胜天，本是湖北武昌人氏，当时正在京中洽购药材，听罢瘸三事迹，感其忠烈，花了些银两买通狱卒，打通关节，将其救出，秘密带出京城，安置在武昌家中养伤。半年之后，瘸三伤愈，却因久戴脚镣，伤及筋骨，左脚落下终身残疾。

为追寻太平天国幼天王洪天贵福，也为了不致连累恩公一家，他更名瘸三，毅然拜别齐胜天，独自一人离开武昌城，四处奔走，一面躲避清廷追捕，一面打听幼天王下落。

当走到湘鄂边界时，他得到消息说幼主已在江西被俘身亡，太平军余部侍王李世贤、康王汪海洋等也先后败亡。太平天国连最后一丝星星之火也被曾国藩残酷扑灭。瘸三心灰意懒之下，便在青阳城隐姓埋名隐居下来，重操祖业，做起了铁匠。

风声过后，他也曾托人捎信给省城恩人齐胜天，告知近况，并再三表示谢意。而这小栓，则是齐胜天的独子。瘸三在齐家养伤时，他还不过是个十四五岁的顽皮少年，整天偷了家中护院武师的刀剑出去吓唬别的小孩。而今三年时间过去，他虽长成了个大小伙，但相貌却无甚变化，瘸三还是一眼将他认出。

小栓正是血气方刚的年龄，却不知怎么会沦落至此？瘸三赶紧给小栓换上干衣，灌了姜汤，一摸胸口，已有一丝暖意，这才把他放到床上，捂上被子。

守到半夜，小栓咳嗽两声，终于醒转。一问之下，才知齐家竟出了大事。

原来清廷近来拟在南京组建金陵制造局，专造枪炮弹药等，万事俱备，唯缺懂行的人才，忽又想起当年太平军中制造火器的专家曾三锤来，重新搜寻，侦知曾三锤当日为武昌齐胜天所救，便责成湖北巡抚石广超找齐家要人。

时过境迁，已无对证，齐胜天自然矢口否认，巡抚衙门的人也没法办，事情本已不了了之。但齐家有一位护院武师姓杜名飞虎，已在齐家服务多年，还是教齐小栓习武的师父，却贪图赏金官位，偷偷跑到巡抚衙门告密说三年之前齐胜天确实救过曾三锤，现在二人还有书信来往。

这可不得了，巡抚衙门立即逮捕齐胜天全家，逼他说出曾三锤的下落。齐胜天也是一条硬汉，宁死不招，最后受尽折磨，咬舌自尽。其妻伤心不过，撞墙而死。小栓因游历在外，幸免于难，回家之时，却也遭到通缉。

父亲临死之前托一忠心老仆转告小栓，叫他去青阳城衣铺街找瘸三。于是他才一路乞讨，来到青阳城。

瘸三听说齐胜天一家为自己所连累，惨遭毒手，心如刀绞，肝胆欲裂，惭愧不堪，悔恨难当，望着武昌城方向，“扑通”一声跪了下去，叫声“恩公”，以头抢地，痛不欲生。

齐小栓扑下床来，喊声“瘸三叔”，叔侄二人抱头痛哭。

天明时分，瘸三渐渐止住悲声，开始为齐小栓的处境担心起来，问他今后将如何打算。

齐小栓擦干眼泪，咬牙切齿地说：“杀父之仇，亡家之恨，不能不报。”他打算先暂避风头，再想办法去找杜飞虎这个狗贼报仇雪恨。

瘸三叹口气说：“外面风声正紧，也只好如此。你先在我这儿住下，不要轻易露面，无论有什么事情，都由我来出面应付。”就这样，齐小栓就在瘸三这间小小的铁匠铺里悄悄住了下来。

青阳城离省城武昌并不太远，城中常有省城官差出没。齐小栓深居简出，轻易不敢出门。

瘸三回想起一个月前那两名操着京腔的外地顾客，再想想齐家惨案，料想清廷已经注意上了自己，就更是小心谨慎，平日里只打制一些铁器农具等，连有人请他打制刀剑兵器，也不敢接了。这样小心翼翼地又过了一月有余，倒也平安无事。

齐小栓经过这些日子的休养，精神振作了许多，但他眼睛里燃烧的仇恨的火焰却越来越旺盛，也越来越吓人。有时候瘸三真担心他会一个人偷偷跑回武昌闹出什么事来，那杜飞虎本就是有名的武林高手，齐小栓虽然也会些武功，却终究是他教出来的徒弟，若贸然找上门去报仇，岂不是鸡蛋碰石头、送羊入虎口？

恩公如今只剩下这点骨肉，临终前叫他来找自己，想来是叫自己对他多加看顾。小栓若再出点什么意外，他就太对不住恩公了。至于报仇之事，倒也不急于一时，还是从长计议为好。有了这种想法，他就把齐小栓看管得更紧了。

齐小栓也看出了瘸三的心思，一日晚饭过后，突然跪在了瘸三面前。

瘸三吓了一跳，伸手扶住他道："小栓你这是干什么，有话起来好好说。"

齐小栓神情坚决，抱住瘸三的腿说："不，瘸三叔，我想求您一件事，您要是不答应，我就跪在您面前不起来。"

瘸三见拉他不起，只好问："有什么事，你尽管跟瘸三叔说。"

齐小栓的眼泪就流了下来，说："瘸三叔，这些天我无时无刻不在想着为父母报仇的事，可是杜飞虎那厮武功实在太高，侄儿这几手不中用的功夫还是他教的，而且现如今他因告密有功，已在湖北巡抚石广超手下当了一名守备，住在高宅大院里，身边还有不少守卫，侄儿想要凭自己双手之力去杀他，实难成功。"

瘸三说："这倒也是，你要是再有个什么三长两短，叫我如何向你九泉之下的父母交代。"

齐小栓眼中杀机一闪，咬牙说："可是此仇不报，枉为人子。"

瘸三已经听出他的话外之音，道："你有什么要瘸三叔帮忙的，不妨直说。能帮上你的，瘸三叔一定帮你。再说你父母亲皆因我而死，为他们报仇，也有我一份。"

齐小栓抬起头来道："侄儿武功与那厮相差太远，凭武功是无法手刃仇人的了。侄儿知道瘸三叔曾是制造枪炮火器的高手，所以侄儿斗胆想请瘸三叔给我造一杆威力强大的火铳，可以远距离射杀仇家。"

瘸三听他提出这个要求，神情微微一变，瞧了齐小栓一眼，心中颇感为难。自打太平天国败亡之后，他已发誓这一辈子绝不再造一枪一炮。而且两个月前找上门来出高价托请他打造火器的那两个人，显然是清廷派来侦察他的鹰犬。如果他为小栓制造火铳，就等于承认自己是当年的曾三锤了。消息传出，清廷鹰犬必会再次找上门来，自己从此便会麻烦不断，永无宁日。而且据他这段时间的观察，小栓这小伙子接人待物远不如他父亲正直厚道，假若这是清狗设计出来试探他的一个圈套，那岂不是……但他很快就在心里否定了这个想法。

他早就打听过了，武昌齐家确实出了惨案，小栓假如真要算计他，完全没有必要以杀死自己的亲生父母为代价。再说齐胜天夫妻乃因自己而死，自己协助小栓报仇雪恨，也是天经地义之事……一瞬间，瘸三心中已转过千般念头万般想法，最后咬一咬牙，点头道："好，小栓，为了给你父母亲报仇，瘸三叔就破例一次。但你得答应瘸三叔，这事绝不能向外人透露半句。"

齐小栓大喜，站起来道："瘸三叔放心，这个侄儿理会得，绝不会连累您老人家的。我杀了杜飞虎报了血仇之后，立即把火铳拿回来交由你销毁，绝不留下半点痕迹。"

瘸三点头道："这样就好。从明天开始，你给瘸三叔烧火做饭，我要全心全意为你设计、打造一把好枪，让你能一举报仇。"

第二天一早，瘸三就在铁铺门口挂起了歇业的牌子，关上大门，从墙角一口带锁的小木箱底下拿出一本卷了毛边的小书，看书名，却是一本《神器谱》。

他席地而坐，身边铺了数张白纸，一手捧着书本仔细究读，一手拿着画笔在纸上画着草图。

三日之后，图纸画毕，即点火开炉。

这打制火器，首先第一道工序，也是最基本的一道工序，就是炼铁。据瘸三多年打造火器的经验来看，最好的原料是福建铁。这种铁矿产自福建泉州，因其被挖掘出来时，多呈土块状，故又称土锭铁。由这种铁矿炼出的熟铁，打造火器不但射击精准，经久耐用不易变形，而且能耐高温，无论在任何环境下使用，都不会有炸膛的危险。

第二道工序是打板。将精炼成的熟铁四五斤，分成两节，每节按规定大小打成四块，形如瓦片，边薄中厚。

第三、四、五道工序分别是卷筒、钻筒和合筒，然后便是钻、洗铳心。铳身钻通以后，将小锉插进孔内来回转动，使铳管内壁光滑。安上照星、照门及火门之后，铳身便算制成，试放三次，不炸不裂，方算合格。

最后一道工序是安装木床，即枪柄。选用外形端直干挺、不弯不曲的桑木制成木床，将铳身嵌装其中，柄内挖空，以藏发轨，也就是扳机。

历时一月有余，经过十余道烦琐工序，一柄火铳便告完成。

这一天，瘸三把齐小栓叫进铁铺。不过一月工夫，瘸三满头黑发就已变得斑白，面容憔悴，似乎一夜之间苍老了十余岁。

齐小栓目光在铁铺里搜索着，问："瘸三叔，火铳是否造好？"

瘸三没有说话，转身拿过一个小木盒子，递给他。

齐小栓疑惑地打开木盒，却见里面躺着一柄乌黑发亮的火铳，与平常火铳相比，却要短小许多，通身不过一尺来长。拿在手中一掂，感觉也不如长铳有分量。齐小栓不由得颇感失望，道："这就是您费了一个月时间给我鼓捣出来的火铳？如此短小轻便，能打得死人吗？"

瘸三笑笑，神态间颇有些自鸣得意，道："孩子，你有所不知，动手造铳之初我就想到你去刺杀杜飞虎，自然不能抱着一杆三四尺长的大家伙去找他，要不然你还没进入射击范围就被人家给发现了。最好的法子是使用便于携带既可贴身隐藏又威力不减的精巧短枪。经过参考《神器谱》上的资料，百般设计，我为你打制了这把短铳。与一般长铳相比，这把短铳有七大长处。首先它铳身虽短但威力极大，有效射程可达三百余步；其次它短小精悍易于随身携带，且枪短质轻可单手发射，内里装有防水装置于深水中亦能照常击发，枪膛内可装铅弹或铁子五发，连续击发五次。最后还有一项功能，你看这铳下小槽内还藏有一柄细长匕首，假若临敌之时不及装填火药，或携带的铁子用完，一按机簧匕首自动弹出，亦可做冷兵器使用。因有七种玄机，故名七巧神枪。不是瘸三叔说大话，这可是你瘸三叔这辈子造出的最精巧最好的火器。"

齐小栓一听这一尺余长的短铳竟有如此大的威力，不禁大喜，但细数瘸三刚才的话，又疑惑道："瘸三叔，你说这短铳有七种玄机，可您刚才才说了六种，那第七种机巧又是什么呢？"

瘸三摇头道："有了这六种玄机，已足够你报仇之用了，这第七种玄机嘛，想必你也用不上，也就没有必要告诉你了。"

齐小栓满心欢喜，也不多问，拿了七巧神枪道："瘸三叔，有了这柄神枪，何愁大仇不能得报？我这就去武昌城，找杜飞虎那厮算账去。"

瘸三道："我知道你的心早已飞到武昌去了。既然枪已造好，我也不多留你。这里有一袋火药和铁子，足够你报仇之用了。你要万事小心，速去速回。神器在手，终是不祥之物，一旦报得大仇，立即回来把枪销毁，以免惹出事端引火烧身。"

齐小栓兴奋地道："您放心，我记下了。"他收拾了两件单衣，把七巧神枪贴身藏好，拜别瘸三，北上而去。

自此之后，瘸三每天傍晚铁铺打烊之后都要去望江楼茶馆，泡上一杯清茶，闲坐一会儿。因为到望江楼喝茶打尖的多是南来北往的旅客，在那里可以打听到许多消息。他在茶馆里等候了一个多月，并未听到武昌城里有什么大事发生，心中渐渐生出疑惑，难道小栓半路上出事了？抑或还未动手，便已被人捉住？又捺着性子等了十来天，终于有消息传来，说近日武昌城里发生了一桩大案，绿营军守备杜飞虎在一个风高月黑之夜，被人射杀在卧室里，同遭毒手的还有杜飞虎妻子儿女家人等共计十七人。

瘸三听到这个消息，顿时脸色发白，手中端着的茶杯"叮当"一声掉在地上打得粉碎。

十七人，再加上杜飞虎，一共是十八条人命，齐小栓居然一口气杀了杜飞虎全家十八口。这、这也未免太过血腥了吧？

他又向别人打听凶手下落，对方说凶手尚无着落，提刑按察使司正在下文通缉凶犯。瘸三这才略略放心。但想到齐小栓拿着他制造的七巧神枪一口气射杀了十八个人，除了杜飞虎，其他的全是无辜枉死，心头顿时有些喘不过气来。

他心想待小栓回来，赶紧将七巧神枪毁了，以免再沾血腥。而且小栓杀性太浓，得好好管教一番，要不然走上歧路，就太对不住恩公一片托孤之情了。

又等了一个多月，并不见齐小栓回来。以为他被官兵抓住了，再去望江楼一打听，没有呀，省城官差侦骑四出，还在到处找他呢。那他到底去了哪里呢？瘸三隐隐有些担忧起来。

过不多久，又有消息传来，说两湖一带的江湖上最近出现了一名独脚大盗，此人手持一柄短枪，枪法精准，打家劫舍，黑白通吃，杀人就如割草一样。而且他的枪膛里并不装铁子，而是使用放入草乌砒霜水中浸泡过的铅弹。发射后，铅化如汞，人马中之即毙。有时就算未射中要害，数日之后，中弹处必腐烂发臭，全身乌黑，毒发身亡。手段之残忍，气焰之嚣张，一时无二。

官府捕快、江湖黑白两道的高手多次与其对阵，皆被其神枪射败。江湖中人都说，解铃还须系铃人，要想挫败此人，必得先找到给他造枪的匠人，再造一把更快更精准的神枪，才能与之抗衡。

瘸三还未听完，一口气喘不过来，人就直挺挺向后倒去。

瘸三病倒了。街坊邻居们都提了鸡蛋水果来看望他，却见一夜之间，他的头发全都白了。

瘸三在床上躺了半个多月，在邻居们的照料下，病情渐渐好转，但精神却大不如前，背也驼了，眼也昏了，拖着一条瘸腿行动起来更显吃力了。

铁匠铺重新开门接活儿之后，以前一天能打三把锄头，现在起早贪黑，一天也只能打造一把。虽是如此，铁匠铺里的生意依旧红火。

不知从什么时候开始，小城里打听铁匠瘸三的人渐渐多起来。街坊们见这些人操着外地口音，言行诡异，怕给瘸三带来麻烦，往往胡乱指点一番，把这些人都糊弄到别处去了。

很快到了深秋时节，天地玄黄，一片苍凉景象。

这一日，瘸三眼睛跳过不停，总觉得会有什么事情发生，也没什么心情干活儿，早早地就关了铁匠铺，回到里屋生火做饭。

谁知刚刚推开那扇连接着铁铺与里屋的小木门，就忽然发现自己房里不知何时已经进来了一个人，正站在阴暗的角落里，拿着一柄黑幽幽的短枪对着他。

他一眼就认了出来，那是他亲手打造的毕生得意之作七巧神枪，而那个拿枪指着他的人，正是齐小栓。

瘸三看见齐小栓，一点也不显吃惊，一抬屁股，就在门边一把高凳上坐了下来，掏出废纸烟叶，卷了一根叶子烟，猛地一抽，呛得一阵咳嗽，说："是小栓哪，我早就知道你会回来的。"

数月不见，齐小栓的身体已略微显得有些发福。他眉毛一抬，问："你早就知道？"

瘸三吧嗒了一口叶子烟，道："你手段太辣，作恶太多，人神共愤，江湖黑白两道联手，欲铲除你而后快。他们都想找到我再造一把比七巧神枪更快更好的枪来对付你。为了不让他们的计划得逞，你必须赶在他们之前杀了我。"

齐小栓哈哈一笑道："老家伙，想不到你还挺聪明的嘛。老子杀了杜飞虎全家为父母报仇雪恨之后，心里想，这么好的七巧神枪，就这么拿回去让你砸了毁了，实在是暴殄天物。物尽其用，与其让你毁了这神物，还不如让我拿着它发点小财再说。经过这一番闯荡，竟让我在江湖上出尽风头，闯出了个大大的名头。你知道现在江湖中人都叫我什么吗？叫我冷面枪神。如果你再给别人造一把七巧神枪出来，那我这个枪神就当不成了。为了保住自己的名头，所以不得不忍痛杀你。"

瘸三抽完最后一口叶子烟，将烟屁股丢到地上，平静地道："我这条命当初就是你爹救下的，现在由他那不争气的儿子收回去，那也是应该的。"

齐小栓道："你明白就好。看在我总算叫过你几声叔叔的份儿上，我也不能做得太过绝情。临死之前，你还有什么话要说，还有什么心愿未了，就趁早说出来吧。能满足你的，我这个当侄儿的一定尽量满足。"

瘸三道："我都这一大把年纪，半截入土的人了，也没啥未了的心愿。今日能死在自己亲手打造的神枪之下，亦无所遗憾。只是临死之前，我想最后再细看这七巧神枪一眼，再摸一摸它，毕竟这是我一生中最倾心的得意之作。”

齐小栓道:“好,我答应你。”上前几步,把枪口抵住他胸口,手指扣住扳机,说：“你好好看吧，不过你若敢耍什么花招，我指头轻轻一扣，这一枪就可以把你胸口打得稀烂。”

瘸三低下头来，看着紧紧抵住自己胸口的短枪，目光渐渐变得复杂起来。他伸出一只手，颤抖着轻轻抚摩着短枪，从枪筒一直到枪托，都用手掌摩挲了一遍。到最后，他双目一闭，眼角间竟渗出两颗浑浊老泪来。

齐小栓等得不耐烦了，喝道：“老家伙，你摸够了没有？”

瘸三收回手来，睁开眼睛瞧了他一眼，再瞧瞧他手里的短枪，神情渐渐平静下来。背负双手，转过身去，道：“你开枪吧。”

齐小栓脸上露出狰狞笑意，平端短铳，将枪口对准他背心，眼中杀机一闪，右手食指猛地扣动扳机。

“轰”的一声巨响。

齐小栓只觉浑身一震，胸口传来一阵剧痛，低头看时，自己胸口已被火药铅弹连烧带炸，击得稀烂。他几乎惊呆，看着手里的七巧神枪，道：“这、这是怎么回事？子弹怎么会倒射回来？”

瘸三悲声道：“知道这把枪，为什么叫作七巧神枪吗？”

齐小栓忽然明白过来，退后一步，痛苦地道：“难道这就是这柄七巧神枪的第七种玄机？”

瘸三背对着他，轻轻点了一下头。

“咣当”一声，七巧神枪掉落在地。齐小栓睁大着一双血红的眼睛，极不甘心地向后倒去……

突然传出的枪声，似乎向潜伏在衣铺街的那些别有用心的人们证实了什么。三日之后，一高一矮的两个外地人来到了瘸三铁匠铺门前。

与上次不同的是，这一次他们身上穿的是军官服饰，口袋里还揣着吏部任命曾三锤为金陵制造局总监造的公文。

但当他们步入铁匠铺时，看到的却只是一间空空的屋子，和一把砸碎了的短铳……

这是《青阳县志》记载的一个故事。

我读完这个故事，不但觉得情节一波三折、精彩好看，而且还留下一个深深的悬念：齐小栓为什么会死在自己枪下？这把七巧神枪的第七种玄机到底是什么？

我翻遍了几种不同版本的县志，也没有找到明确的答案。

后来我又把这个故事拿给范队看了，向他请教，这位神探对这桩来自故纸堆的悬案，也一时无解。

不久前，我们市公安局跟市博物馆联合搞了一次展览，我遇见了市博物馆馆长老蔡，闲谈中忽然想起这个故事，就讲给他听，向他求教。

老蔡说："巧了，你说的这个瘸三，我还真听说过。齐小栓死后，瘸三其实并没有离开青阳，只是隐居在青阳山下一个偏僻的小村里，这场风波过去后，他还在乡下收了一个徒弟。后来这个徒弟也成了当地有名的铁匠，一直活到新中国成立后才寿终正寝。这个徒弟死后，其后人还捐了一些文物给咱们博物馆，我记得其中就有一张七巧神枪的设计图纸。"

老蔡把我带到博物馆馆藏区，让我看了那份图纸。从字面上看，确实是"七巧神枪"的设计图纸，但因为年代久远，上面的线条和字迹都已经很模糊，我完全看不出头绪来。

经过老蔡的特别批准，我用相机把图纸拍下来，放到网上，向网友请教。

高手在民间。后来有一个网友跟帖告诉我说，从这张图纸来看，在枪托里隐藏着一个倒置机关，只要启动这个机关，短枪里所有的装置便会倒转，子弹亦会从枪柄中倒射回来。

也就是说，瘸三在最后触摸这把七巧神枪时，神不知鬼不觉地启动了这个机关，所以齐小栓才会被倒射的子弹击中，最终死在自己枪下。

我看到这个回帖，觉得太过离奇，心中一直将信将疑，不知道是否还有更准确的答案……

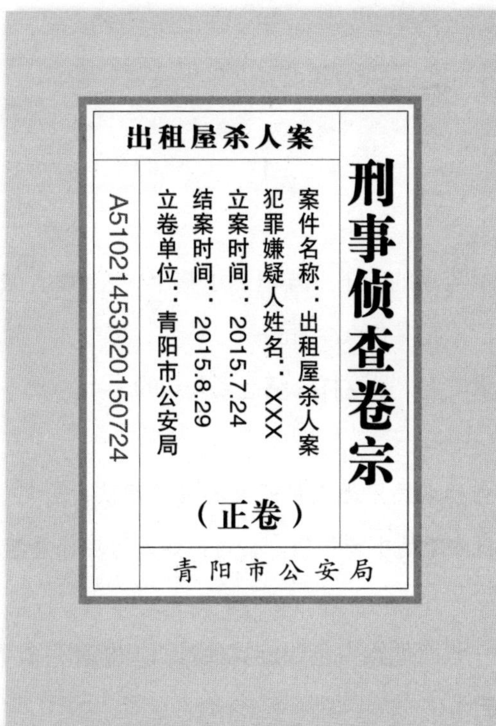
出租屋杀人案

刑事侦查卷宗

案件名称：出租屋杀人案

犯罪嫌疑人姓名：XXX

立案时间：2015.7.24

结案时间：2015.8.29

立卷单位：青阳市公安局

A51021453020150724

（正卷）

青阳市公安局

同居关系

1

涌动的人潮，像流动的沙子一样填满了整个人才市场，但远航科技有限公司的招聘摊位前，却显得有点冷清。

旁边竖立的展示架上，是这样介绍这家公司的：

远航科技，国内知名民用无人机研发和设计团队，公司设计的产品约占全国民用小型无人机 60% 的市场份额。公司创始人为现任总经理卓远航先生。

简介上还印着一张新型银白色四旋翼遥控直升机照片，看起来很炫的样子。下面写着招聘启事：

因公司发展需要，拟招聘总经理助理一名，要求软件工程硕士，高级电子工程师，至少有五年相关工作经验，年龄在 35 岁以下。

招聘摊位后面，坐着这家公司的面试官，一个三十来岁、戴着眼镜的中年男人。他正把头埋在平板电脑前，玩着一款飞行游戏。从早上到现在，他已经面试了十多个应聘者，要不就是学历与招聘启事上要求的不相符，要不就是相关工作经验不够，总之没有一个让他满意的。渐渐地，招聘摊位前就变得冷清起来。

这位面试官倒也不着急，埋头玩着游戏，对那些从摊位前走过的应聘者，一副“姜太公钓鱼，愿者上钩”的模样。

“请问，贵公司的招聘结束了吗？”声音不大，但在这嘈杂的环境里听来，却还是很清晰。

面试官闻声抬头，这才发现，对面的凳子上不知何时已经坐了一个年轻姑娘。

他摇摇头说：“没有，还没有招到适合的人。”

姑娘淡然一笑，用手掠一下垂到耳边的长发，说：“那我想试一下，可以吗？”

“你？”面试官漫不经心地瞧她一眼，目光很快又落到平板电脑的游戏页面上。他说，“你最好先看清楚招聘启事上的要求。”

也难怪面试官不正眼瞧这名应聘者，招聘启事上写得明明白白，要求对方拥有硕士研究生学历且有高级职称，按照现在通行的考核制度，大学本科毕业后至少要两年时间才能拿到硕士学位，参加工作后至少要三年时间，才能评上中级职称，再到高级工程师，至少还需要五年时间，也就是说一个普通大学生毕业后想拿到硕士学位及高级职称，一般需要十年左右的时间。这样一算下来，其本人实际年龄应该已经远远超过30岁，所以公司才会把对应聘者的年龄要求定在35岁以下。

可是眼前这位姑娘，应该还不到30岁年纪，面试官估计她又是跟前面几位应聘者一样，看着这家公司薪水高待遇好，所以明知自己要求达不到，还是要来碰碰运气。

面对面试官的如此怠慢，这位前来应聘的姑娘并没有介意，打开自己的手提包，把证件一个一个地拿出来摆在桌子上，嘴里还在念叨着：“这个是我的硕士学位证书，这个是我的高级电子工程师职称证书，这个是我在原单位的工作时间证明。您看看还缺什么？”

面试官这才放下手里的平板电脑，有点吃惊地打量着眼前这位应聘者。只见这姑娘大约二十七八岁年纪，白外套配牛仔裤，一张清清爽爽的瓜子脸，长发垂肩，干练中透出些妩媚的气息。

面试官看得一呆。

“哦，对了，这是我的身份证。”这姑娘朝着面试官大方一笑，将自己的身份证递过来。

面试官“哦”一声，接过对方的身份证看一下，原来这姑娘叫晏明雪，今年 28 岁，江北市人。又拿过对方的学历证书和职称证书认真看了，绝不是那种花几十块钱在街边买来的冒牌证书。再看那姑娘时，面试官眼里就透出不可思议的表情。

晏明雪笑笑说：“我研究生毕业后，一直在家乡的科技局工作，三年前我研究的一个项目获得省里的科技进步二等奖，所以就破格评上了高级职称。”

面试官显然对眼前这位应聘者感到很满意，看着她饶有兴趣地问：“那你为什么要大老远跑到咱们青阳市来找工作呢？”

“这个嘛，江北市与青阳市仅仅只有一江之隔，算是相邻的两个城市，我这也不算是大老远跑过来吧？”

“那好吧，”面试官的目光渐渐变得犀利起来，盯着她换了一个问题，“那你为什么要丢掉科技局的铁饭碗，离开家乡跑到别的城市找工作呢？”

“这个……一定要说吗？”晏明雪略显为难地问。

“当然，这个也是面试的一部分。”

晏明雪的目光忽然黯淡下去，沉默半晌，才说：“上个月，跟我相恋五年的男朋友结婚了，但新娘不是我，而是他们单位局长的女儿……”

面试官似乎明白过来，说：“所以你想离开那个伤心之地，换一个工作环境？”

“是的。”晏明雪淡然一笑，笑容里透出一些酸楚的味道。

面试官舒口气，起身道：“好吧，你被录取了。”他朝晏明雪伸出一只手，跟她握一下手说：“我叫卓远航，欢迎你成为我的同事！”

“卓远航？”晏明雪伸出去的手在半空中僵了一下，扭头看看旁边展示架上的公司简介，上面写着“公司创始人为现任总经理卓远航先生”。再看对方时，她脸上就现出一丝拘谨的表情，“原来您就是公司的总经理？”

“是的，这次要招聘的是我的助手，所以我必须亲自来面试。”卓远航看着她说，“你是到目前为止，最让我满意的一个应聘者，而且……”

“而且什么？”

“而且这次招聘的要求比较苛刻，我原本以为符合要求的，只有35岁左右的中年大叔或中年大姐，想不到老天爷竟然送给我一位这么年轻漂亮的美女。”

晏明雪见对方没有一点老板的架子，心情也放轻松下来，笑笑说：“这两天我也跑了几家公司去应聘，我承认，你是到目前为止我见过的唯一没有秃顶和大肚腩的老板。”

卓远航不由得哈哈大笑起来，问她：“那么，你什么时候可以开始上班？”

晏明雪说：“随时都可以。”

卓远航说：“那就最好不过了。我现在就带你去公司办理入职手续，你今天就可以开始上班。”

远航科技的办公地点，在市中心明珠大道一幢写字楼内。晏明雪坐着新老板那辆白色的凯迪拉克来到公司时，已经是下午时分。西斜的太阳，把这幢写字楼的玻璃幕墙照耀得熠熠生辉。

远航科技占据了整个第四层数百平方米的空间，几道玻璃墙将公司分隔成总经理室、技术研发部、行政部、财务部等几大块。每个部门都有职员进进出出，步履匆匆，一派紧张忙碌的景象。

办理完入职手续后，卓远航又亲自带着晏明雪到公司各部门转了一圈，向公司的人介绍说这位是新来的总经理助理，晏明雪晏助理。

晏明雪暗中观察了一下，这是一间中等规模的公司，各部门员工加起来约有七八十人，而研发部的人手就占了一大半。

这也难怪，对这样的技术型公司来说，产品创新才是最大的竞争力，所以在新产品研发方面，自然会投入更多的财力、物力、人力。

“这里是你的办公室。”卓远航把她领进一间新装修好的办公室，“我之所以要招聘一名高级电子工程师来做我的助理，就是希望她能协助我管理好技术研发部，这个部门是咱们公司最重要的核心部门。希望你不要让我失望。”

晏明雪点头说：“卓总，我知道了，我会努力的。”

“哦，对了，”卓远航从她的办公室走出来时，忽然想起什么，又止住脚步回头问她，“你住在哪里？”

晏明雪说：“我来到青阳市才几天时间，一直住在车站旁边的快捷酒店。”

卓远航说：“我的意思是说，咱们公司没有安排员工宿舍，所以你得尽快在外面租一间房子住下来才行。”

晏明雪点了一下头，有点为难地说：“我刚到这里，人生地不熟，还是先住几天酒店，慢慢再找适合的房子住吧。”

正好这时，一名扎着马尾辫的年轻女职员敲门进来，找卓总在一份文件上签字，听到晏明雪的话后，女职员说：“晏助理，不知道您介不介意跟我合租房子？”

“你的意思是？”晏明雪望着这名年轻女职员，一时间没有反应过来。

“哦，我叫舒悦，是公司研发部的技术员，刚来公司半年时间。我在外面租了一个公寓套间，两房一厅，一个人住感觉有点浪费，正想找个人跟我合租。如果您不介意的话，咱们可以一起住，房租水电各付一半。”

晏明雪展眉一笑，说：“那真是太好了。”

舒悦租住的青年公寓坐落在青龙咀菜市场附近，交通便利，距离公司只有六七站路，坐公共汽车大约需要二十分钟时间。

傍晚下班后，晏明雪随舒悦一起坐公交车来到青年公寓。舒悦住在三楼的一个小套间里，房子不大，但洁白的墙壁和带花纹的地板看上去让人觉得很舒服。

客厅里摆着沙发、桌子、电视机等几样简单的家具和电器，电视机后面贴着一张明星海报，屋里收拾得很干净。晏明雪见罢，很是喜欢。

舒悦打开一个房间的房门，把钥匙交到晏明雪手里说："晏助理，你就住这间房吧，我住你隔壁的房间，两个房间是一样大的。外面的客厅、厨房和卫生间咱们共用，房东姓黄，是一个老男人，每两个月来收一次房租。"

晏明雪接过钥匙，笑着说："这里不是公司，不用那么严肃的，你叫我的名字就行了。"

舒悦说："那我叫你明雪姐吧。"

晏明雪笑着应了一声，说:"我下班时顺路带了外卖回来，咱们一起吃吧。"

吃饭的时候，舒悦告诉晏明雪，自己也不是本地人，她的老家在四川，大学毕业后出来打工，应聘到这家公司做技术员，进公司也才大半年时间，还算是新人吧。

晏明雪笑了，说："我也是新人呢，以后还要请你多多关照。"

舒悦说："明雪姐，你可千万别这么说，今天卓总已经宣布了，以后你除了是总经理助理，身上还兼着咱们研发部的主管，那可是我的顶头上司哦，是我要请你以后多多关照才对。真想不到你这么年轻,就已经是高级工程师了，好了不起哦！其实我也一直想去考个中级职称，这样我就可以在公司做工程师，而不是最基层的技术员了，可惜现在规定大学本科毕业生至少要工作五年才有资格去评中级职称。"

晏明雪说："没关系，我以后帮帮你，说不定能破格评上工程师，这样你的工资就可以提高一大截了。"

舒悦甜甜一笑，说："那就太好了。"吃完饭，她又挽起衣袖，麻利地收拾桌子。她身上穿着的公司制服还没来得及换下，高跟鞋踩在地板上发出清脆的响声，超过一米七的高挑身材洋溢出蓬勃的青春气息。

晏明雪顿时就喜欢起这个小姑娘来。

2

第二天，晏明雪就算是在远航科技正式上班了。

晚上下班的时候，卓远航说要请她吃晚饭，算是欢迎新同事。同行的还有其他几个部门主管和研发部的几名员工，征得卓远航的同意后，晏明雪把舒悦也叫上了。

吃完饭，卓远航又请大家到 KTV 唱歌。行政部的女主管张丹用酸溜溜的语气道："哎哟，卓总，我们到公司来的时候，你可没有摆出这么隆重的欢迎仪式啊。你这也太偏心了吧！"

卓远航笑起来，说："你们跟晏助理不同，你们都是本地人，她是外地人，来到这里人生地不熟，所以咱们得多给她一点关心，让她尽快融入到咱们的团队中来。"

唱歌的时候，舒悦跟晏明雪说了老板的创业史。今年 32 岁的卓远航毕业于西安电子科技大学，还在大学读书的时候，喜欢鼓捣航模的他就设计出了一款新型遥控玩具飞机，而且还申请了专利。后来有一家电子公司用 20 万元买下了这项专利，这是卓远航挖到的人生第一桶金。毕业后，他用这笔钱注册成立了这家远航科技有限公司，专门从事民用无人机研发和设计。十年来，公司发展得很顺利，别看现在规模不算大，但在民用无人机领域却有着举足轻重的地位，现在市面上出现的民用无人机有一半以上，都是由远航科技研发和设计出来的。据说最近有一家德国公司在跟卓总谈合作项目，如果能够谈成功，估计至少可以给公司带来超过三千万元的订单。

张丹用手肘碰一下舒悦，笑嘻嘻地说："你介绍了这么多，却把晏助理最关心的事情忘记说了。"

"我最关心的？"晏明雪怔了一下，问，"是什么？"

张丹说："咱们卓总的婚姻状况啊！"

晏明雪"哦"了一声，看看正站在大屏幕前唱歌的卓远航，说："难道这位帅哥现在还是个钻石王老五？"

张丹耸耸肩，阴阳怪气地说："这个嘛，肯定要让你失望了。他已经结婚了。"

舒悦悄声告诉晏明雪说："卓总的老婆在美国留学，他们一直没有要孩子，听说夫妻关系不是很好，最近在闹离婚。"她看了张丹一眼，凑到晏明雪的耳朵边接着说，"这位张主管看见卓总要离婚，觉得有机可乘，就向卓总大抛媚眼，可惜卓总根本不正眼瞧她，嘻嘻，她看见卓总对你这么热情，估计这会儿心里正吃醋呢！"

晏明雪点点头，说："哦！"她看着卓远航逆光的背影，喝着杯子里的饮料，没有再开口说话。

因为第二天是周末，不用上班，所以这天晚上，大家一起玩到很晚才结束。离开 KTV 时，已经是深夜 12 点。因为喝了点酒，卓远航拿着车钥匙，走向自己的小车时，身体竟有些摇晃。

晏明雪急忙伸手扶了他一把，问："卓总，你没事吧？"卓远航按一下车钥匙，他那辆白色的凯迪拉克"啾"地叫了一声。他把一只手扶在车子上说："我没事。"

晏明雪说："要不我开车送你回去吧？"

"你开车？"卓远航回头看她一下。

晏明雪说："我有驾照，开您这个自动挡的车应该没有问题。"

卓远航想一下，说："那好吧，今晚我就把自己交给你了。"他把车钥匙塞到晏明雪手里，自己打开后车门，直接躺在后排座位上睡觉去了。

看着老板的凯迪拉克被晏明雪开走，张丹在后面跺脚道："我也会开车啊，凭什么让她开？"

舒悦捂嘴笑道："谁叫你开车的技术没有人家好呢！"

卓远航住在新城区一幢新开发的楼盘内，晏明雪把车开到他家楼下的停车场，回头看看，卓远航早已在后排座位上睡着了。

她轻轻将他摇醒后说：“卓总，已经到您家楼下了。你住几楼，我扶你上去吧。”

卓远航推开她伸过来的手说：“谢谢，不用了，其实我也没有喝多少酒，自己上楼就行了。已经很晚了，你也早点回去休息。”

晏明雪怔了一下，卓远航的身影很快消失在电梯里。她忽然感觉到一丝凉意，原来不知道什么时候起风了，清凉的夜风像一只无形的手，轻轻拂过她的脸庞，她的头发在夜空里飘动起来。

当她坐出租车回到公寓时，已经是凌晨 1 点多了。舒悦的房间里已经没有灯光，看来这丫头早已上床睡觉了。

第二天早上，舒悦起床，在客厅里看见晏明雪，吃了一惊，说：“哟，明雪姐，你这么早就回来了？”

“什么叫这么早就回来了？”晏明雪抬眼看着她。

“昨晚你没有……”舒悦朝她眨眨眼睛，“没有留在卓总家里照顾他吗？”

晏明雪说：“你想到哪儿去了，他只是有一点酒意，并没有醉到需要人彻夜照顾的程度好不好？昨晚我开车把他送到楼下，就自己打车回来了。”

“哦，那看来是我错估形势了！”舒悦话里有话，一脸笑嘻嘻的表情。

星期一早上，开完早会，晏明雪从会议室走出来时，卓远航忽然从后面叫住她，说：“晏助理，我看了新闻才知道上周五晚上交警在路上严查酒驾，如果不是你替我开车，我很可能就被警察查到了。真是多谢你了。”

晏明雪摆手笑道：“举手之劳，不必言谢。”

“还有，你开车的技术不错，差不多可以当我的专职司机了。”卓远航说罢哈哈一笑，在走廊里拐个弯，走进了自己的办公室。晏明雪却愣在那里。

她这才明白，那天晚上她开车的时候，卓远航其实并没有睡着，而是一直在暗中观察她。心里有了这个想法之后，她竟隐隐有些不安。

上午坐在办公室，对着电脑里公司新研发出来的陀螺稳定云台系统图纸看了半天，临近中午的时候，舒悦忽然来敲她办公室的门，说：“晏助理，公司外面来了一个人，说是找你的。”

“找我？”晏明雪感觉有点意外，说，“不会吧？我才来公司不久，好像并不认识公司以外的人啊！”

她带着一脸疑惑的表情，快步从走廊走出去，果然看见公司的玻璃大门外站着一个男人，这时正背对着公司大门，看着对面一开一合的电梯发呆。

她犹豫一下，走上去说：“你好，我是晏明雪，请问你……”

听到她的声音，男人猛然转过身来。

晏明雪看到他的脸，脸色一变，退了一步说：“怎么是你？”

男人见到她，情绪忽然变得激动起来，冲上前，一把抓住她的胳膊说:“明雪，原来你真的在这里，我、我找得你好苦啊！”

晏明雪甩开他的手，朝身后看了看，见到公司里有几名同事正透过玻璃门向这边好奇地张望，她走到电梯旁边的拐角处，压低声音说：“你不是已经跟那个局长家的千金小姐结婚了吗？还来找我干什么？”

“不，明雪，在我心里，其实最爱的人是你。”男人哀声说，“跟她结婚之后我才发现，我心里只有你，根本装不下别的女人。我已经跟她离婚了。我到你家里去了几次，才从你妈妈那里知道你在这边的工作地址，马上就过来找你了。你跟我回去吧，我再也不会离开你了！”

晏明雪定定地看着他，问：“你说的都是真心话？”

“我发誓，我说的都是真心话，如果有半句言不由衷的话，叫我天打五雷轰。”

“哼，那你就等着被雷劈吧！”晏明雪忽然冷笑起来，道，“你就别在我面前演戏了，我在网上看到新闻，你那位当局长的老丈人已经被双规了，你觉得那个女人对你已经失去利用价值，所以马上跟她离婚。现在又回过头来找我，你把我晏明雪当成什么人了？”

“不，明雪，我是真心爱你的，你跟我回去吧，我们马上结婚，我保证再也不会离开你……”说到激动处，男人的情绪竟然有点失控，忽然扑上来，一把将晏明雪抱住。

“啊，你想干什么？快放开我，放开我……”晏明雪惊声尖叫，拼命挣扎，却无法从那男人的臂弯里挣脱出来。

“明雪，我要带你回家，我要跟你结婚……”男人像是疯了一般，嘴里喃喃自语，抱着她，将她往电梯里拖去。

眼看她就要被这男人拖进电梯，突然不知从什么地方飞过来一只拳头，“砰”的一声，打在那男人脸上。男人痛得大叫一声，放开晏明雪，伸手往脸上摸一下，鼻孔里已经流出血来。晏明雪这才看清，救她的人正是卓远航。她再也顾不了许多，急忙躲到他身后。

卓远航伸开双臂护住她说：“别怕，没事了。”

那个男人满脸是血，面目越发变得狰狞起来，看看她，又看看卓远航，好像明白了什么，点头说：“我说你这女人怎么不肯跟我回去呢，原来这么快就在外面有了相好的。”

晏明雪气得浑身发抖，说：“你别胡说，他是我老板。”

“老板？现在当了人家二奶的贱女人都这样称呼她的姘头吗？”男人一脸下流的笑。

卓远航指着他道：“你是什么人？居然敢跑到这里来闹事，要是再不走，我可对你不客气了！”

“你对我不客气？说这话的人应该是我吧。你抢了我的女人，还敢动手打老子，老子还没找你算账呢！”男人忽然目露凶光，从口袋里掏出一把明晃晃的匕首，凶狠地朝卓远航刺过来。

卓远航吃了一惊，一边后退，一边用手下意识地格挡一下。只听“哧”一声，锋利的匕首划破了他的衣袖。身后几名闻讯赶来的员工吓得发出一声惊叫。

男人喘一口气，挥舞着匕首还要再刺，两名身穿制服的保安从楼梯口跑了上来。一名保安用橡胶警棍打落男人手里的匕首，另一名保安冷不丁使出一招扫堂腿，将那男人放倒在地。两人同时拥上去，将那男人制伏。

保安员问：“卓总，要不要把他送去派出所？”

卓远航回头看看晏明雪，对保安摇头说：“不用报警了，把他拖到楼下教训一顿，警告他不要再来闹事就行了。”两个保安应声“是”，像拖死猪一样，把那男人拖下了楼。

回到办公室，晏明雪才发现卓远航的衣袖上沾了一些血迹。她大吃一惊，挽起他的衣袖一看，他手臂上竟然被匕首划出一道两寸多长的伤口，好在伤得并不深，只渗出一点点鲜血。

她急忙拿来碘酒，给他擦拭伤口，消毒之后，又用纱布将受伤的手臂包扎好。

卓远航坐在沙发上，静静地看着她做完这一切，最后才问："刚才那个男人，就是你那位相恋五年最后娶了别人的男朋友吧？"

晏明雪像个犯错的学生，在他对面坐下来说："是的，他跟那位局长千金结婚后不久，那位局长就因为贪污受贿被查了，听说还要坐牢。他马上就跟那个女人离婚，然后又跑来找我……"

卓远航伸手拍了一下她的肩膀说："你放心，我已经让保安教训过他，他以后应该不敢再来纠缠你了。如果他敢再来，你就打电话给我，由我来处理。"

晏明雪眼圈有点发红，点点头说："对不起，卓总，我刚来公司就给您带来这么大的麻烦。"

卓远航笑了，说："不要这样说，你是我们公司的员工，有人找你的麻烦，我们当然要帮你，而且你的家又不在这里，人生地不熟的，我们就更应该多关心你。你去工作吧，那个陀螺稳定云台系统，是咱们公司最近研发出来的，你替我好好把一下关，看看还有没有什么漏洞。"

晏明雪说声"是"，擦擦眼睛，回到了自己的办公室。

3

这天傍晚，下班的时候，晏明雪看到研发部的员工都走了，只剩下舒悦一个人坐在电脑前，对着电脑屏幕傻笑。她觉得有点奇怪，悄悄走过去。

舒悦听到脚步声，猛然警醒，急忙伸手去拿鼠标，想要关闭显示屏上打开着的文件窗口，但是已经迟了，鼠标已经被晏明雪抢先拿到手里。

电脑屏幕里显示出的是一张照片，背景是一处公园假山，假山前站着两个人，一男一女，女孩正是舒悦，男孩在旁边伸出手臂拥抱着她，两人对着镜头摆出剪刀手，笑得很甜蜜的样子。

晏明雪笑了，说："哎哟，你身边这位帅哥是谁啊？"

舒悦红着脸说："他是我男朋友，叫聂家鑫，是一家网站的摄影记者。前段时间出差去广州，今天才回来。"

那男孩理着平头，戴一副黑框眼镜，皮肤黝黑，显得既精神又健康，透着一股阳光男孩的味道。他的身高大约在一米六五左右，与身材高挑的舒悦站在一起，显得女高男矮，但看上去两个人还是挺般配的。

晏明雪打趣道："什么时候把你的帅哥男朋友带过来，让我也见见啊？放心，我不会跟你抢男朋友的。"

舒悦说："好啊，等他有空，我让他请你吃饭。"正在这时，她的手机响了，接听之后说："好的，我马上就到。"挂了电话，她拎起自己的背包就往外跑，"明雪姐，今晚你一个人下班回家吧，我男朋友约我晚上吃饭，他说他从广州带了礼物给我。"话音未落，人已经跑出公司大门。

晏明雪笑着摇头，做晕倒状："哎哟，有男朋友的人就是幸福！"

平时她都是跟舒悦一起下班，去菜市场买了菜，一起回家做饭。今天舒悦扔下她跟男朋友约会去了，她也没有了回家做饭的兴趣，一个人走出公司，在楼下的小店里吃了晚饭，又在街上逛一圈，才回到公寓。

晚上的时候，她坐在客厅里看书，防盗门忽然从外面被打开，是舒悦回来了。只见她"砰"的一声关上大门，把手里拿着的一个米黄色包包扔到桌子上，然后一屁股坐在沙发上，半天没有吭声。

晏明雪觉得有点奇怪，把目光从书本上抬起来，看了她一眼，见她嘴巴翘得高高的，一副气呼呼的样子，就放下手里的书，问她："怎么了？谁惹你不高兴了？"

舒悦说："真是气死我了，今晚他约我吃饭，还说给我买了贵重礼物。我兴冲冲地去了，他拿出这个包包送给我，说是在广州一个商场里买的高仿品，差不多花了一千块。后来我上网上一看，淘宝上有很多这样的包包，一模一样的，才 108 块。这家伙居然拿个地摊货来骗我，我气得饭都没吃完就走了。”

晏明雪这才明白事情的来龙去脉，拿起那个包包仔细看一下，说：“姑娘，你真的被你男朋友骗了。”

“是吧？你看我说他是个骗子没有错吧？”舒悦好像找到了知音一样。

“这个包包绝不是什么高仿品，分明就是一款正品 LV 包，估计售价应该不会低于 8000 元吧。”

“什么？”正在喝水的舒悦差点把一口水喷出来，一把从她手里夺过包包，看了又看，“你确定你说的是真的？”

“我虽然不喜欢奢侈品，但这点鉴赏眼光还是有的。”

“那他为什么要告诉我这是一个高仿品呢？”

“可能你平时比较霸道，他是怕你怪他乱花钱，所以对你说了一个善意的谎言。”

舒悦一呆：“这么说，是我错怪他了。”

晏明雪点点头：“绝对是。”

“那我该怎么办？”

晏明雪耸耸肩说：“如果我是你，就赶紧给人家打电话，赔礼道歉，毕竟这么暖心的男朋友已经很难找到了。”

她的话还没有说完，舒悦就拿起电话冲进了洗手间。洗手间里很快就传出她低声打电话和撒娇的声音。

晏明雪呵呵笑了，笑完，心底却又涌起一股惆怅的味道：自己的那个真命天子，又在哪里呢？

不久后的一天晚上，晏明雪下班后，从菜市场拎了几样小菜回家，刚走上楼，却看见住处的大门前站着一个男人，平头，眼镜，一张被太阳晒得黝黑的脸，乍一看，有点眼熟，多瞧了一眼，忽然记起来了，这不是在舒悦电脑照片里看到的那个跟她合影的男孩吗？

“你是聂家鑫吧？”她说，“我是舒悦的同事，我叫晏明雪。”

“哦，原来是明雪姐，舒悦常跟我说起你。”男孩一脸阳光般的笑容，说话的声音略带沙哑，低沉好听。

“你是在这里等舒悦吗？”

“是啊，”聂家鑫说，“今晚有一个朋友过生日，邀请我们俩一起去参加他的生日派对。”

晏明雪忽然想了起来，说：“哦，对了，舒悦临下班的时候接到一个客户的电话，可能是公司设计的飞机在客户手里出了故障，她出去加班了。怎么，她没有打电话告诉你吗？”

“没有，可能她太忙，忘记跟我说了。”聂家鑫摇摇头，脸上现出失望的表情。

晏明雪掏出钥匙打开门说：“要不你进来等她吧。”

聂家鑫看看手表说：“不了，那我先走了，回头我再给舒悦打电话。”

晚上 10 点多的时候，舒悦回来了，一脸疲惫的样子。晏明雪告诉她说她男朋友来找过她。舒悦一拍脑袋，这才想起跟男朋友约会的事，说：“我被那个客户给缠住，竟然忘记给他打电话了。”她拿起手机给聂家鑫打电话，但对方处于关机状态。

“不会这么小气吧？这就生我的气了？”舒悦显得有点怏怏不乐。

晏明雪说：“不会的，我看你男朋友不像是那么爱斤斤计较的小气人，可能他在聚会上喝了酒，关了手机睡觉了。你明天再跟他解释一下吧。”

舒悦扔下手机说：“也只能这样了。”

第二天是周六，晏明雪为公司设计新款航拍飞行器时，遇到了一些技术上的难题，趁着下午有空，她一头扎进图书馆，找了大半天资料。

傍晚，她又跑到科技书店买了几本工具书，在外面吃过晚饭，回家的时候，已经是晚上 8 点多了。

她掏出钥匙打开家门，屋里静悄悄的，没有灯光，也没有一点儿声响，舒悦不在家，这丫头是个闲不住的人，估计是趁着周末，又跟男朋友出去逛街了。

在图书馆翻了半天书，晏明雪感觉有些累，把买的书扔在桌子上，洗了澡，就回到自己房间，关上门，早早地睡了。

迷迷糊糊中，忽然听到隔壁舒悦的房间里传来“啊——”的一声轻唤，听声音，正是舒悦。她这才知道这丫头并没有出去，而是在家里。

侧耳一听，又从隔壁房间里传出几声低吟。晏明雪吓了一跳，以为舒悦出什么事了，顿时睡意全无，翻身下床，趿上拖鞋，正要出去看看，忽然又听到从舒悦房间里传出一个男人说话的声音，听起来像是她男朋友聂家鑫。

她怔了一下，男人说话的声音渐渐低下来，最后竟然变成了一阵奇怪的喘息声。男人粗重的喘息和女人悠长的呻吟交织在了一起。

晏明雪脸色一红，她忽然明白隔壁房间里那一对男女在上演什么剧目了，顿时感觉到心跳加速，耳根发烫。

她倒在床上，扯过被子，将头盖住，但很快又把被子掀开。从隔壁房间传来的含混不清的声音让她呼吸急促，浑身燥热，好像床上有很多蚂蚁，正在她身上爬来爬去一样。她想堵住自己的耳朵，不让那声音钻进耳膜，可是内心深处，却又希望能听得更真切一些，甚至不知不觉间，她竟然把耳朵贴到了墙壁上。

半个多小时后，隔壁房间的“战斗”才渐渐结束，呻吟和喘息变成了男人和女人调笑的声音，然后就是窸窸窣窣穿衣下床走动的声音。不大一会儿，门锁扭动，舒悦房间的门打开了，客厅里传来男人穿着皮鞋走路的粗重的脚步声。然后浴室的热水器打开，有人在一边吹着口哨，一边淋浴，哗哗的流水声听得格外清楚。

晏明雪知道，一定是聂家鑫在浴室里洗澡。她躲在自己房间里，好像是在做小偷一样，竟然连大气也不敢出，生怕发出一点声响，惊动了外面两个人。

又过了好一会儿，晏明雪终于听到外面防盗门被打开的声音，舒悦站在门口跟男朋友说拜拜，聂家鑫回了她一声，她忽然发出“唔”的声音，应该是男朋友站在门口出其不意地吻了她一下。

舒悦说：“讨厌！”

聂家鑫哈哈一笑，下楼去了。

舒悦在门口站了一会儿，才关门进屋。

晏明雪长舒口气，放松下来之后，才感觉到小腹胀得厉害，竟是忍不住要上厕所了。她急忙打开房门冲出去，正慵懒地躺在沙发上看电视的舒悦看见她，“啊”的一声，问：“明雪姐，原来你在家啊？”

晏明雪尴尬一笑，说：“嗯，那个……我也是刚刚才回来……”话未说完，就捂着肚子跑进了洗手间。

4

周一早上，晏明雪刚到公司，就接到通知，说今天早上的例行周会取消了。

她正觉得有点奇怪，卓远航走到她办公室门口，敲敲门，探进来半个头，说：“你马上带着咱们公司最新改良的那款四旋翼无人机样机，跟我去一趟省城。”

直到坐上卓远航的小车，行驶在去省城的高速路上，晏明雪才知道这次省城之行，事关重大。

原来公司最近在跟德国汉诺克公司谈一个合作项目，如果这个项目能谈成，光这个项目第一期工程，就可以给远航科技带来三千万元的利润，如果把目光放长远一点，最终利润可能会超过一个亿。但是这家德国公司很挑剔，经过他们严格考察，最后确定了两家中国公司作为最后考虑的签约对象。

这两家公司，一家是远航科技，另一家是邻省的三牛电子科技公司。这两家公司，都是目前国内民用无人机领域最顶尖的研发团队。

今天早上，卓远航得到通知，汉诺克公司的副总裁伊凡娜今天要在省城召集这两家公司的代表，考察他们的最新研发成果，看看他们各自的飞机有何特别先进之处。考察结果将会成为考虑签约的重要依据。所以卓远航不敢掉以轻心，决定亲自带着助手晏明雪，带上公司的最新产品，前往省城跟那家三牛电子“PK”。

进入省城，赶到约定的酒店，距离与德国人相约见面的时间还有半个小时。德国人还没有到，但对手三牛电子的人却早已经到了。这次三牛电子一共来了七八个人，可谓阵容庞大，带队的正是他们老板牛犇。

牛犇是三牛电子的创始人，今年已经48岁。他原本是一所电子科技大学的副教授，因为在升教授的过程中，受到不公正待遇，一气之下，就辞职下海，创立了这家三牛电子科技公司，公司的主要业务是研发民用无人航空器。公司发展得非常快，只短短数年时间，就已经像远航科技一样，成为了这个领域的龙头企业。

对于三牛电子，对于牛犇这个人，卓远航并不陌生。此前两家公司已经有过数次交锋，有时是在科技比赛中，有时是在生意场上，总体来说，远航科技要略胜一筹。但这一次，面对德国佬的大订单，对方显然是志在必得，竟然派出如此庞大的代表队伍来接受考察。

卓远航一走进酒店，牛犇就叼着香烟迎上来，一面客客气气地跟他握手，一面皮笑肉不笑地说："哎哟，卓总，咱们又见面了。"

"是啊，好久不见，你还活得挺精神的嘛！"卓远航哈哈一笑。

牛犇也不甘示弱，说："我们早就到了，你们怎么现在才来啊？我还以为你们害怕了，半路退出竞争了呢。"

卓远航说："德国人最讲究守时，一旦约定时间，他们不会迟到，但也不会早来。所以就算你来得再早，也没有用。"

"看来卓总对德国人研究得还蛮透彻的嘛。"牛犇见他只带了一名女职员过来，就说，"哟，卓总，这么重要的场合，你怎么带着一个小蜜来参加啊？咱们是来谈项目的，可不是来陪酒的哦，你再多带几个漂亮女人过来，也没有用啊！"

"你胡说什么？"晏明雪脸色通红，瞪了他一眼。

卓远航朝她摆摆手，示意她不要介意，然后说："这位晏明雪小姐，是我的助理，高级电子工程师，我们到省城来，不是打架，所以就算你人多也没有用，我敢说就我这一名助理，就可以顶你后面六七个工程师。"

两队人马正打着嘴仗，德国汉诺克公司的人来了，一共是四个人，领头的是他们的副总裁伊凡娜。

伊凡娜已经五十多岁，戴着金边眼镜，一身职业装，头仰得高高的。卓远航跟她有过几次接触，知道她是个中国通，所以跟中国人说话根本不用带翻译。

德国人做事最讲究效率。伊凡娜跟卓远航和牛犇握手之后，没有一句寒暄话，直接说："咱们上天台吧，我想看看你们最先进的无人机。"

一行人乘电梯上到酒店天台，天台面积有一千多平米，十分适合遥控无人机起降和在上面展示各项性能。

伊凡娜上到天台之后，就不再说话，只是用眼睛看看卓远航和牛犇，示意他们可以开始了。

牛犇知道德国人不喜欢废话，立即指挥几名属下拿出这次带来的样机，在遥控器的操作下，飞机很快就升上天空。

这是一款黑色的四旋翼蜂鸟无人机，看上去形似老鹰，但身体要比真正的老鹰庞大得多。这架无人机看起来并没有什么特别之处，但其载重量却大得惊人，机身下面吊着一个大袋子，袋子里装着二十多块砖头，却能轻松飞到三百多米高的天空。蜂鸟无人机在天台上飞了一圈之后，缓缓落下来，牛犇拿出称重器，当着德国人的面，称了一下袋子里的砖头，重量已经超过 50 公斤。

他得意地对德国人说："别看我这飞机外表普通，但它的动力系统经过我们改良之后，载重量大大提高，目前同类无人机最大的载重量是 30 公斤，但我们这款无人机，可以载重 50 公斤，绝对处于世界领先水平。"

伊凡娜听了，很难得地点了一下头，好像很满意的样子，然后又看着卓远航。

卓远航拿出自己公司的样机，也是一款四旋翼飞机，但个头没有三牛公司的飞机大，机身看上去要小巧一些。

晏明雪手里拿着遥控器，操纵着飞机吊着一袋砖头，很快就飞上了 500

米高空。最后经过测量，这款飞机最大载重量是 40 公斤。

德国人很认真地看了两架飞机，最后给出了客观评价。三牛电子的飞机载重量大，这是最大优点，但缺点是飞行不稳定，晃动的幅度比较大。远航科技的飞机飞行稳定，而且能飞上 500 米的高空，但载重量不如三牛电子的蜂鸟无人机。

牛犇凑上前问："那您觉得哪一个飞机更好呢？"

伊凡娜沉思一会，说："我觉得双方都有可待改进的地方，而且都还没有达到我们公司满意的程度。这样吧，下个月我们公司总裁卢卡斯要来中国，到时我会把他带到你们各自的公司考察，你们可以在他面前展示你们最先进的产品，谁能令卢卡斯满意，我们公司就跟谁签约。"

从省城回青阳市的路上，晏明雪不无担心地说："卓总，刚才我在酒店天台上认真观察了一下，其实三牛公司的那架蜂鸟无人机在性能上，是要高过咱们的飞机的。"

卓远航一边开车，一边问："哦，为什么这么说？"

晏明雪说："与三牛电子的蜂鸟无人机相比，咱们的飞机在载重量方面略为逊色，但胜在稳定性比他们好，而且比他们的飞机飞得更高。但是据我观察，三牛电子的飞机在起飞时，风力比较大，最主要的是，他们吊装重物的绳子比咱们粗，在风中的受力面比咱们大，所以受风力的影响也比较大，绳子的摆动最后都传导到飞机上，结果导致飞机飞行不稳定，摇晃幅度比咱们的飞机大。如果他们改用跟咱们一样细的绳子，我看那架蜂鸟无人机的稳定性，未必会输给咱们。"

"那上升的高度呢？"

"这个更简单。如果三牛公司的蜂鸟无人机与咱们的飞机一样，只装载 40 公斤的重物，我相信也能飞到 500 米高。"

卓远航想了想，点点头说："嗯，你观察得很仔细，推测得也很有道理。"

"德国人并不笨，他们很快就会发现两架飞机的优劣，咱们公司很可能会拿不到这笔订单。"

卓远航从后视镜里看到她着急的样子，忽然笑起来。

晏明雪说："都什么时候了，你还笑得出来。"

卓远航说："你不用着急，我早有准备，这个订单飞不了。"

"你早有准备？"

"我老实跟你说吧，对付牛犇这种人，我还有一招更厉害的撒手锏呢。"

"什么撒手锏？"

"其实这次我们带来的，并不是咱们公司最先进的产品。针对德国人提出的载重量大、飞行稳定、操作方便灵活这三大要求，我还为他们量身设计了另一款飞机，如果拿出来，绝对要让德国人震惊。如今这款飞机的样机我已经做出来了，就放在我的办公室里，因为我还想最后完善一下，所以一直没有公布出来。我相信这款飞机一旦亮相，绝对能打败三牛电子，绝对能让牛犇输得心服口服。"

"真的？"

"当然。今天我之所以没有把这款飞机拿出来，有两个原因，第一，我已经从汉诺克公司那边得到消息，这次来的副总裁伊凡娜并不是最后拍板的人，他们总裁卢卡斯下个月会来中国，所以最好的东西，一定要留到最后才亮相；第二，三牛电子是咱们最大的竞争对手，我早就在他们公司安插了自己的眼线，他们公司在这次竞标中的底牌，我早就已经了然于胸，所以这一次咱们拿出这架飞机应付他们就足够了。真正的比试，将会发生在下个月卢卡斯到来之时。到那时我再拿出我那款飞机，杀牛犇一个措手不及。我敢保证，这一次咱们绝对能打个漂亮的大胜仗！"

回到公司后，卓远航把晏明雪带进自己的办公室，拿出钥匙，打开一个柜子，从里面拿出一架飞机。机身透着蓝莹莹的光泽，一共有八个螺旋桨，是一款多旋翼直升机，从个头上看，要比公司设计的其他飞机略大。除此之外，好像再无其他特别之处。

卓远航仿佛看透了晏明雪心里的疑惑，笑笑说："这架飞机，是我在航空器研究生涯中花费最多心血的产品，你看它整个身体都是蓝色的，所以我给它取了个名字叫‘蓝精灵’。我敢说这是我们公司研发出来的最先进的航空器，本着精益求精的原则，我还想继续完善一下它的功能，所以一直没有向外公布。至于它到底有什么特别惊艳之处，等到我向外界正式公布这款产品的时候，你自然就会知道了。”

他一边说话，一边轻抚着这架“蓝精灵”，就像在抚摩自己的孩子一样。离开办公室前，他又把飞机锁进了柜子里。

5

7 月的一天晚上，晏明雪正坐在客厅的沙发上看书，门铃忽然被人按响。她开门一看，却是聂家鑫提着两个塑料袋站在铁门外。

她知道他是来找舒悦的，一边打开防盗门一边说：“你来得可真不巧，舒悦今晚在公司加班，还没有回来。”

聂家鑫说：“我知道，我已经给她打电话了，她还没有吃晚饭，所以我顺便买了一些宵夜过来，免得她回家肚子饿。”

晏明雪笑笑说：“看不出你还蛮体贴人的嘛，舒悦有你这个男朋友是她的福气。那你进来等她吧。”

聂家鑫走了进来，把手里的宵夜放在桌上，坐在沙发上边看电视边等舒悦。客厅里只有他和晏明雪两个人，他跟晏明雪并不太熟悉，同处一室，就显得有些拘谨。

晏明雪很快就觉察到了他脸上那局促且略带羞涩的表情，不由得笑了，放下手里的书本，主动跟他搭起话来：“听舒悦说，你是一个摄影记者？”

聂家鑫点点头，说：“说是记者，其实也就是帮一家旅游网站拍一些风景照，提高网站的人气指数而已。”

“那你一定去过很多地方吧？”

“嗯，国内稍微有名气的景点，基本上都去过吧。”

“那挺好玩的吧？”

“这个怎么说呢，如果是去旅游，当然好玩，但如果是去工作，就很辛苦了。”他把自己的胳膊朝晏明雪亮了一下，“你看我这身黝黑的皮肤，就知道这碗饭不好吃了。”正说着话，他的手机“嘀”的一声响了，显示收到了短信。他低头看看手机，脸上的表情顿时变得怏怏不乐起来。

晏明雪问：“怎么了？”

聂家鑫说：“舒悦发短信给我，叫我不要等她了，她等会儿加完班，就跟一起加班的同事出去吃饭。”

晏明雪说：“这丫头，怎么能这样呢，难道不知道你买了宵夜在这里等她吗？”

“其实我今天不但买了宵夜，而且还买了一个生日蛋糕。今天是我的生日，不过舒悦好像不记得了，我自己买了蛋糕，本想晚上跟她一起庆祝，没想到她工作这么忙……”聂家鑫叹息一声，脸上现出落寞的表情。

晏明雪看罢，心里竟有些不忍，就说：“我看舒悦这一时半会儿也不会回来，要不我陪你一起过生日吧。”

“真的吗？”

“当然是真的，反正我也没有吃晚饭，白吃白喝的事，我当然乐意干了。”晏明雪呵呵直笑。

“那太好了！”聂家鑫顿时高兴起来，把生日蛋糕拿出来，摆在桌子上。

晏明雪为他点上蜡烛，拍着手，唱起了《Happy Birthday to You》。

聂家鑫心生感动，眼圈儿竟有些发红。吃宵夜的时候，他又从袋子里拿出几罐啤酒，两人边喝边聊，晏明雪也渐渐对这男孩的情况有了些了解。

聂家鑫是舒悦的大学同学，两人在大学里就已经相恋。毕业后，他靠着老爸的关系，在四川老家一个小县城里当上了公务员，但舒悦却说世界那么大，我想去看看。聂家鑫只好辞去公职，陪她一起出来闯荡世界。后来舒悦身上的钱花光了，只好应聘到公司打工。为了能陪在她身边，聂家鑫也在青阳市找了一份工作。

“看不出来你还是一个如此痴情的男人啊！”晏明雪喝了些酒，目光就有些迷离起来，伸出手在他脸上轻抚一下，放肆地笑起来。

喝完两三罐啤酒，聂家鑫似乎有点醉了，身子一歪，靠在沙发上，眯着眼睛，不知道是在醒酒，还是睡着了。

屋里开着空调，晏明雪担心他着凉，拿了一张毛毯轻轻盖在他身上。聂家鑫晃一下身子，忽然抓住她的手臂，嘴里喃喃地说：“舒悦，不要离开我，不要离开我……”

晏明雪脸上烫得厉害，说：“我不是舒悦，我……”话未说完，聂家鑫用力一扯，喝了酒的她身子一晃，就倒在沙发上。

鼻子里嗅到从他身上散发出的男人的气息，想到那天晚上从舒悦房间里传出的呻吟和喘息，晏明雪忽然心跳加速，浑身燥热起来。

聂家鑫一边叫着舒悦的名字，一边把她压在身下，一手抱住她不停地亲吻着，另一只手拉开她的裙链，猛地将她身上的裙子扯落下来……

不知道过了多久，激情渐渐消退，酒意渐醒，晏明雪睁开眼睛，蓦然发现自己竟然跟聂家鑫紧紧搂抱在一起，赤身裸体躺在沙发上。她大吃一惊，急忙翻身坐起，捡起地上的裙子，快速地套在身上。

聂家鑫也慢慢清醒过来，从沙发上坐起，一低头，看见自己身上一丝不挂，像是触电了一样，从沙发上跳起来，看见晏明雪衣不蔽体地站在自己跟前，他这才意识到发生了什么事，一边穿衣服一边说：“明、明雪姐，对、对不起，我把你当成舒悦了，我不是故意的……”

晏明雪整理着自己散乱的头发，说：“算了，这事也不能全怪你，我也喝多了。”她冲进洗手间，用凉水洗了一把脸，让自己彻底清醒过来。出来的时候，已经逐渐恢复理智。

她说：“你走吧，今天晚上的事，咱们就当没有发生过一样。”

“好的，我知道。”聂家鑫脸色通红，竟不敢再抬头看她一眼，低垂着头，连鞋带都没系好，就走出门去。走到门口的时候，他忍不住又回头哀求道：“明雪姐，今晚的事，你不要告诉舒悦好吗？要不然她一辈子都不会理我了！”

晏明雪点头说："我不会说的。舒悦是个好女孩，你以后要好好珍惜她。"

看着聂家鑫离去的背影，她的头忽然炸裂般痛起来。她实在想不明白今晚怎么会发生这样的事。她手忙脚乱地将桌子收拾干净，又把沙发上的褶皱抹平，直到在客厅里看不出一丝有男人来过的痕迹，才停手。

夜里 10 点多的时候，舒悦回来了。这时晏明雪早已关上房门，躺在自己床上，假装已经睡着。内心深处，她有点不知道该怎么面对这个心地单纯的女孩儿。

第二天早上，她起床的时候，舒悦也已经起来了，正在阳台上晾衣服。看见她，舒悦说："明雪姐，昨天晚上我男朋友在家里等我了，是吧？"

晏明雪呆了一下，说："是、是的，他等了你一会儿，你没有回来，他就走了。"

"不是吧，今天早上他给我打电话，说昨天晚上在这里等了我很久，后来还跟你……"舒悦说到这里，忽然停下来，踮起脚尖，把一件粉红色的内衣挂到高高的晾衣架上。

"跟我一起怎么了？"晏明雪忽然紧张起来。

"他说最后跟你一起，把本来是买给我的宵夜给干掉了。"舒悦忽然扑哧一笑。

晏明雪这才松口气，说："是啊，他给你买了宵夜在这里等你，后来你发短信说自己去外面吃东西了，他看宵夜都快凉了，就拿出来，跟我一起吃掉了。正好我也没有吃晚饭。唉，你男朋友对你真是太体贴了！"

"是啊，这就是有男朋友的好处啊！"舒悦拍拍她的肩膀，笑嘻嘻地说，"明雪姐，我知道你是一个有故事的人，但过去的事情就让它永远烂在记忆里，赶紧再找个男朋友，我保证你的生活马上就会变得有色彩了。"

晏明雪苦笑一声，不知道用什么话回答她才好。

上班后，她在办公室里发了一天的呆，竟然什么活儿也没有干。晚上下了班，她没有跟舒悦一起回家，而是一个人在步行街上来来回回闲逛。不知道在街上走了多久，忽然听到后面有人叫她的名字，她回过头，看见身后站着一个男人，光头，身形魁梧，手臂上文着一只老虎，透着一股凶狠之气。

她一怔，问：“是你叫我吗？”

光头男人点头说：“是的，就是老子叫你。”

晏明雪皱皱眉头问：“有什么事吗？”

光头男人说：“我有点事想找你谈谈，大街上人太多，咱们找个安静的地方聊聊天吧。”

晏明雪已知来者不善，退后一步说：“我不认识你，为什么要跟你走？”

光头男人上前一步，突然掏出一把匕首抵住她的腰说：“臭婆娘，你要是不听话，老子就一刀捅死你。”

晏明雪知道遇上了歹徒，吓得脸色发白，两条腿都颤抖起来，只好老老实实跟着对方走到一条幽静无人的巷子里。

光头男人推了她一把，将她抵在墙上，手里的匕首在她脸上比画一下，冷声笑道：“大美女，你说我这匕首如果真的从你脸上划过，会出现什么样的后果？”

晏明雪吓得浑身哆嗦，如果不是靠着墙壁，她早就瘫倒在地上了。“你、你想干什么？”她以为是遇上了劫匪，就说，“我身上没有带钱包，只有一些零钱，你要的话，我全都给你。”

光头男人哈哈一笑，说：“臭娘们，你还真把老子当成劫道的了？告诉你，老子不缺钱。”

“那你想怎么样？”

“老子要让你长长记性，以后离我姐的男人远一点。”

“你姐的男人？”晏明雪睁大眼睛看着对方，一时间没有反应过来。

“去你妈的，还给老子装蒜是不是？”光头男人目露凶光，一抬手，“叭”的一声，重重地打了她一个耳光。

晏明雪一个踉跄，只觉天旋地转，差点摔倒在地。她感觉脸上火辣辣的痛，用手一摸，嘴角边竟流出血来，吓得哭出声来。

“哭什么哭？”光头男人抬腿踹她一脚，晏明雪滚倒在地。

光头男人蹲下来，用匕首拍着她的脸说：“臭娘们，老子的话记住没有？

以后离我姐的男人远一点，要不然，老子下次找你，就用匕首在你脸上刻一个乌龟。”

晏明雪虽然不明白他在说什么，但还是赶紧点头说：“我、我记住了，我记住了……”

男人这才收起匕首，满意地离开。

晏明雪身上疼痛难忍，心里又惊又怕，两条腿像是不受自己控制一样，颤抖得厉害。她爬到墙边，靠墙坐了好久，才被一位路过的中年大婶扶起来。

大婶问她：“姑娘你怎么了？是不是遇上歹徒了？你也太不小心了，怎么能一个人走到这巷子里来呢？这里经常有人拦路抢劫……姑娘，你没事吗？要不要我帮你报警？”

晏明雪摇头说：“算了，我也没有被抢走什么东西。”

那个大婶倒是个热心肠的人，见她嘴角流血，坚持要送她去医院。她把晏明雪扶出巷子，拦了一辆出租车，把她送到医院。医生给晏明雪检查了一下，还好，只是一点皮外伤，并无大碍。晏明雪这才放心，对那位热心大婶说了很多感谢的话。

她回到家里，已经很晚了，舒悦正在客厅里玩手机，问她为什么这么晚才回来。晏明雪本想告诉她自己今晚的遭遇，忽然想起那个光头男人警告她的话，“以后离我姐的男人远一点”。她又想起了那天晚上她跟聂家鑫之间发生的事，难道这个光头男人，是舒悦叫来对付她的？难道她已经觉察到了什么？

她看看舒悦，见她竟然还对自己满脸关切之情，顿时感到心生寒意，摇摇头说：“我一个人逛街，走得太远，所以回来晚了。”没待对方再问第二句话，她就走进自己房间，“砰”一声关上了房门。

第二天醒来，一照镜子，她才发现自己半边脸颊都肿了起来。来到公司，同事见了，自然觉得奇怪，都围上来问长问短，表示关心。

晏明雪笑笑说：“昨晚洗澡的时候不小心摔一跤，这半边脸颊正好跟地板来了个亲密接触，然后就变成这样了。”问候她的同事离开之后，行政部的女主管张丹缓步踱进她的办公室，脸上带着一丝冷笑，说："晏助理，我觉得你脸上的伤不是摔的，而是被人打伤的吧？"

晏明雪抬头看着她，问："你怎么知道的？"

张丹说："我当然知道，咱们卓总虽然快要离婚了，但就算他真的离婚，那也是名花有主的人，你跟他走得那么近，难怪有人看不惯。我劝你以后离他远一点，要不然被人在脸上用刀画上一只乌龟，那可就难看了。"她凑到晏明雪耳边，咬牙切齿，最后这几个字，竟是从牙缝里迸出来的。

晏明雪这才恍然大悟，那个光头男人来找她的麻烦，一定是受了这个女人的指使。

张丹之所以要针对她，就是因为她跟卓远航走得太近，让这个一心做着总经理夫人梦的女人醋意大发了。

看着她从自己办公室走出去的背影，晏明雪忽然感到不寒而栗。

6

"明雪姐，长江边的芦花开了，我男朋友拍了照片给我，真是美呆了。下班我们一起去看芦花好不好？"

这天下午，晏明雪的工作 QQ 里忽然闪动着舒悦的笑脸，她点开一看，原来是舒悦约她去长江边看芦花。

她笑了笑，给她回了一个"OK"的手势。

下午 5 点，两人准时下班，在公司写字楼下坐上出租车，穿过大半个城市，来到了长江大堤上。正是傍晚时分，落日西斜，江堤的一边被太阳照着，另一边却躲在了阴影里，看上去明暗对比非常强烈，也别有一番景致。

两人沿着江堤走下去，堤下的江洲上，种着大片大片的芦苇，正是芦花开放的季节，放眼望去，到处都是雪白一片，江风轻吹，苇竿摆动，朵朵芦花随风飘舞，细如棉絮，美如雪花，却又让人觉得不可捉摸。

“真美啊！”晏明雪一面发出感叹，一面拿出手机，不住地拍照。

两人从芦苇丛中的小径穿过，就看见了奔流的长江水。日薄西山，落日余晖把一江流水照得红通通的。

舒悦站在江边，忽然感叹道：“这江水红得就像血一样啊！”

这个怪异的比喻，让晏明雪没来由地打了一个寒战。她扭头看看舒悦，这才注意到她今天一反常态，脸上表情忧郁，一副心事重重的样子，有些奇怪，问道：“舒悦，你怎么了？”

舒悦没有说话，目光呆滞地望着西边天际那已经沉下一半的残阳，忽然流下泪来。

晏明雪慌了一下，忙问：“舒悦，到底发生什么事了？”

舒悦转过头来，脸上挂着一串泪珠，看着她说：“明雪姐，我一直把你当成最要好最知心的姐妹，你、你为什么要这样子对我？”

晏明雪一怔，问：“舒悦，我怎么了？”

“你为什么要抢我男朋友？”

“抢你的男朋友？”晏明雪尴尬一笑，说，“你是说聂家鑫吗？舒悦，你是不是想多了？”

“我没有想多，这是事实。”

“什么事实？”

“到了现在，你还不承认？”舒悦拿出手机，打开一段视频，播放给她看。

晏明雪凑过去一看，视频镜头中，近处是一张桌子，远处是一张沙发，她觉得这摆设似乎有点眼熟，仔细一看，才知道这视频拍摄的正是自己家里的客厅。沙发上，两具赤裸的身体正纠缠在一起……

她忽然明白过来，视频中拍到的画面，居然正是那天晚上她和聂家鑫的酒后激情镜头！晏明雪的头像是突然被人重击了一下，轰然一响，然后就是一片空白。足足过了三分钟，她才缓过神来，一把夺过舒悦的手机，问：“你、你怎么有这个视频？这是谁拍的？”

舒悦说：“咱们隔壁楼里有一个女人，她老公在街上开超市，我经常去买零食，所以跟这个女人有点相熟。你们那天没有拉上窗帘，这段视频就是她碰巧用手机拍摄下来的。今天她在超市里遇见我，就把视频发给了我。”

晏明雪把手机还给她说：“舒悦，你听我解释，事情并不是你想象的那样，我跟家鑫之间并没有……”

“住口，‘家鑫’这两个字，是你叫的吗？”舒悦情绪激动，扯住她的衣襟怒声叫道，“为什么？为什么要这样对我？我一直把你当成最知心的姐妹，从来没有对你设防，想不到你却在背后捅我一刀……”

“舒悦，你不要激动，你听我解释……”晏明雪感觉到衣服都快要被她扯破了，下意识地伸手推了她一把。

舒悦向后一个踉跄，摔倒在地上。“你竟然还敢动手打人？我跟你拼了！”舒悦心情激愤，全身颤抖，从地上爬起来后，忽然掏出一把十来厘米长的水果刀，指着晏明雪道，“亏我把你当成最要好的姐妹，你竟然这样对我，你、你真是欺人太甚！”

晏明雪吓了一跳，忙道：“舒悦，你冷静一点，先放下刀，有话好好说。”

“你抢了我男朋友，还有什么好说的，我要杀了你，我要杀了你……”舒悦咬紧牙关，目露凶光，像是疯了一样，挥舞着刀子，向她扑过来。

晏明雪躲闪不及，情急中伸手抓住舒悦握刀的手，两人就在长江边扭打起来。

几分钟后，舒悦突然“哼”地一声，停止了所有的动作，整个人都僵在那里。晏明雪退后一步，定睛看时，才发现那把水果刀不知道什么时候，竟然已经刺进了舒悦的胸口。

她脸色一变，下意识地看看自己的双手，她的两只手上，竟然沾满了鲜血。

舒悦僵直地站在江边，低头看看插在自己胸口的水果刀，又抬头看看晏明雪，脸上现出痛苦的表情，指着她说：“你、你好狠……”说到这里，身子向后一晃，“扑通”一声，仰面跌倒在江水里，鲜血瞬间就染红了一小片江面。

江水流动的速度很快，她的身体被冲出好几米远，才缓缓沉入江底。血红色的江水很快就被冲淡，水波平息之后，江面上再没有留下一丝痕迹。

“舒悦，舒悦！”晏明雪猛然醒悟过来，冲到江边，探头下看，舒悦的身体再也没有浮起来。

她整个人都呆住了，过了半晌，忽然一屁股坐在地上，扯着自己的头发号啕大哭起来：“对不起，舒悦，我不是故意的，对不起，对不起……”就在这时，她隐约听到江堤边传来说话的声音，她蓦然一惊，哭声戛然而止，顾不得多想，急忙弯腰在江边洗净手上的血迹，然后慌慌张张地钻进芦苇丛，等了片刻，看看暮色中四野无人，这才爬上江堤。

急匆匆回到家，天已经黑了。她没有开灯，靠着墙壁坐在客厅冰凉的地板上，在黑暗中看着自己的两只手，好像那上面还沾着舒悦的鲜血。她忽然感觉到胃里一阵痉挛，趴在地上，使劲呕吐起来。

舒悦的房间，房门紧闭，再也不会有灯光传出。晏明雪做梦也没有想到自己跟舒悦的合租关系，竟然会以这种方式结束，更没有想到，自己竟然会成为一个杀人凶手。

现在该怎么办呢？她回想一下，庆幸的是，当时江边寂静无人，好像并没有人看见她和舒悦在江堤下走动，所以应该不会有人知道她杀了人。

她就那样呆坐在地板上，脑子里一片混乱，等她缓过神来，外面已经天色微明，竟然到了第二天早上。她挪动一下身子，只感觉到浑身酸软，头痛欲裂，知道今天这种状态，肯定没有办法去上班，想一想，还是拿起手机，给卓远航打了个电话：“喂，卓总，我想请一天假。”

卓远航在电话里问：“怎么了，生病了吗？”

晏明雪“嗯”一声，撒了个谎，说：“我、我有点感冒，身体不舒服。”

“看医生了吗？”卓远航关心地问，“要不要我带你去医院？”

晏明雪忙说：“不用，我在家里休息一下就行了。”

她想一下，又说，“还有，研发部的舒悦，她家里有点急事，她要赶回老家处理，可能要耽误几天，她已经跟我请假了，我还没有来得及跟你说。”

卓远航说：“行，没问题，你在家好好休息，有什么事，再给我打电话。”

刚挂了电话，门铃就叮咚叮咚响起来。晏明雪吓得一哆嗦，连手机都掉了下来。这么早，是谁按门铃？难道是警察？他们这么快就知道我杀人了吗？她猛地站起身，趴在门背后，对着“猫眼”向外偷看，门外站着的，居然是聂家鑫。

他来干什么？难道他已经知道舒悦出事了？晏明雪想一下，觉得这个可能性不大，急忙冲进洗手间，匆匆擦了把脸，把披散的头发整理好，然后装作若无其事的样子，打开了门。

聂家鑫叫了一声“明雪姐”，然后探头进来，问：“舒悦在家吗？”晏明雪打个哈欠，装出刚刚被门铃声吵醒的样子，摇头说：“她不在家。”

聂家鑫着急地道：“那去哪儿了呢？昨天下午，她发了一条短信给我，骂我是个大骗子，还说要跟我分手。当时我正跟网站总编一起在外面拍照，直到晚饭后才看到她的短信，我立即给她回电话，但她的手机一直没有人接听，晚上又给她发了几条信息，她也没有回复我。我不知道发生了什么事，所以跑过来看看。明雪姐，你知道她去哪儿了吗？”

晏明雪心里怦怦直跳，脸上的表情却很平静，说：“她昨天下班后接到老家打来的电话，说是家里出了点事，她已经向公司请假，连夜坐火车赶回老家去了。”

“哦，原来是这样。”聂家鑫这才略略放心，却又埋怨道，“就算真有什么急事，那也不能不接电话啊，害得我担心了一个晚上。”

晏明雪用宽慰他的语气说：“可能她正在忙着处理家里的事情，没有顾得上看手机。等她把事情处理完，有时间了，肯定会给你回电话的。”

“希望是这样吧！”

聂家鑫皱皱眉头，转身走了，下了几级楼梯后，又扭头说，“明雪姐，如果她打电话给你，请你告诉我一声。”

晏明雪说：“好的，我会的。”

7

距离德国汉诺克公司总裁卢卡斯来中国考察的日子，只有半个月了，如果这份合同能签下来，不但能使公司获得巨大的利润，还对公司的产品走出国门，走向世界，有很大的推动作用。为了迎接这次德国公司的考察，远航科技已经做好充分的准备。虽然卓远航信心满满，但对手三牛电子的实力也不容小觑，所以这段时间公司内外都显得忙碌和紧张起来。

晏明雪在家里休息了一天，很快就调整好自己的状态，返回公司上班。早上 9 点半的时候，公司通知召开管理人员会议。晏明雪走进会议室时，才发现自己平时坐的那个靠近总经理座位的位子，已经被行政部主管张丹占据了。

晏明雪这时候哪里还有心思跟她计较这些，默默地找了个靠后的座位坐下来。

开会的时候，卓远航说："两个星期后，汉诺克公司总裁卢卡斯将会亲自到中国来考察咱们公司的实力，这次的考察结果，将直接影响公司能不能拿到汉诺克公司的订单。我希望各位管理人员要与员工齐心协力，做好工作。另外，卢卡斯平时很少来中国，不会中文，所以跟他交流和沟通的时候，我需要一个靠谱的翻译员。各位有谁会讲德语的吗？"

大家你看看我，我看看你，都摇着头不说话。

晏明雪举手说："我在大学里选修过德语，一般对话能应付得来。"

卓远航说："好，卢卡斯来的时候，你跟在我身边，除了做我的助手，还得担任我的翻译。"

晏明雪点头说："好的。"

张丹瞪了她一眼，气得脸色发白，却又不敢在老板面前表露出来。

因为请了一天假，办公室里一堆事情等着她处理，下班后，晏明雪一直留在公司加班到晚上 9 点多，才把手头的事情处理完。这时候，公司里空荡荡的，已经看不到其他员工。她一边揉着肩膀，一边走出公司，回身锁上公司大门。

公司的门禁系统是卓远航自己开发的，无论是开门还是锁门，都必须输入指纹，除了公司内部员工，外人几乎没有可能潜入进来。她乘电梯来到写字楼下，却看见卓远航那辆白色的凯迪拉克停在台阶前。

看见她走出来，卓远航从驾驶位探出头来说："我就知道你在加班。还没有吃晚饭吧？上车，我请你吃饭。"

晏明雪犹豫一下，走到车子另一边，拉开车门坐在副驾驶位上。卓远航把车开到衣铺街，在"三味鱼屋"门口停下来，说："我请你吃鱼，这里的长江鲥鱼很有名的。"

吃饭的时候，卓远航忽然说："我离婚了。"

"什么？"晏明雪一时间没有听明白。

"我和我老婆……她一直在国外生活，我们在一起的时间越来越少，共同语言也越来越少……两天前，我们都在离婚协议书上签了字……"

晏明雪怔了一下，抬眼看着他，似乎是在想他为什么会突然郑重其事地跟自己说起这件事。她喝了一口杯子里的饮料，脸上带着似笑非笑的表情，说："那恭喜你了！"

"离婚也值得恭喜？"卓远航有点意外。

"当然了，你又恢复了单身贵族的身份。你知道吗，在我们女人眼中，像你这种男人，又帅又年轻，还有钱，这是典型的高富帅。只要你离婚的消息一传出去，我敢保证，以后追求你的漂亮女人会多得你根本应付不过来。"晏明雪忽然哈哈大笑起来，脸上带着一丝促狭的表情。

"那样的女人，就像张丹一样，我根本没有放在心上。"

"那什么样的女人你才放在心上呢？"

卓远航抬起头，看着她，看了好久，好像有什么话要说，但这时候服务员来上菜，他叹口气，最终什么也没有说出来。

吃完饭后，卓远航开车将晏明雪送到她租住的公寓楼下。晏明雪回到家后，从窗户里看到，卓远航把车停在楼下，放下车窗，抬头看着她所住的楼层，至少望了足足三分钟，才发动小车，开车离去。

她叹了口气，坐在客厅，打开电视，却并没有看，目光盯着舒悦房间的门，心中生出一种难言的恐惧，好像那扇门会突然打开，舒悦会随时从里面走出来找她报仇一样。心里正难以平静，门铃忽然叮咚叮咚响起来，而且被人连续按了几次，好像很急促的样子。

她起身打开门，聂家鑫站在门外，叫一声“明雪姐”，从她打开的门缝里挤了进来，然后问她：“你有舒悦的消息吗？”

晏明雪摇头说：“没有。”

“到了现在，你还要在我面前撒谎？”聂家鑫忽然直直地盯着她，眼睛里射出骇人的光。

“你说什么？”晏明雪怔了一下，问。

“你看这是什么？”聂家鑫咬着牙，拿出手机，在手机里点击开一段视频，然后递到她眼前，让她看。

视频拍摄的地点是在长江边。远处的夕阳已经隐藏到了大山背后，红色的余晖把天边的云彩染得像鲜血一样触目惊心，晏明雪和舒悦站在长江边。舒悦忽然扯住晏明雪的衣服，晏明雪推了她一下，她倒在地上，但很快又站起来。她掏出一把水果刀，向晏明雪冲过去。晏明雪抓住她握刀的手，两人扭打在一起。突然间，舒悦全身一震，晏明雪急忙退开，水果刀已经插在舒悦胸口，晏明雪的手上沾满鲜血。舒悦用手指着她，痛苦地说了一句什么，然后倒在长江里，再也没有浮起来……

晏明雪如遭雷击，身子晃了一下，幸好靠在后面的沙发上，才没有倒下去。“这、这不可能，这不可能……”她把手撑在沙发靠背上，用了很大力气，才吐出这几个字。

“什么不可能？”

“这、这视频……你怎么会有这视频？”

聂家鑫告诉她，自己打电话到舒悦的老家，她家人说她根本就没有回去，而且家里也并没有发生什么突发事件，更没有给舒悦打过电话。于是他就起了疑心，舒悦一个大活人，怎么会突然失踪呢？

他调查了一下，据远航科技楼下一间精品店的女店员说，前天傍晚下班后，曾看见晏明雪和舒悦一起坐出租车离开，而且她恰好听到两人说要去长江边看芦花。

于是他又跑到长江边的芦苇滩一带调查，遇上一个经常在江边钓鱼的大叔，当他把舒悦的照片给这位大叔看时，大叔说前天傍晚确实见过这个女孩，然后问他是女孩的什么人，他说他是女孩的男朋友。

这位大叔就用自己的手机发送了一段视频给他。大叔告诉他，这段视频是他前天晚上准备来长江夜钓时，用手机无意中拍摄到的。他知道自己可能目睹了一桩凶杀案，但是怕凶手还有同谋，可能会威胁到他和他家里人，所以一直犹豫着，不知道要不要去报警。

聂家鑫从大叔手机上接收到的，就是这段记录着晏明雪把水果刀插进舒悦胸口全过程的视频。

晏明雪不由得想起那天晚上在长江边听到的隐隐的说话声，原来当时真的有人躲在附近窥视她们，而且还将她用水果刀刺死舒悦的全过程都偷拍了下来。

她突然感觉到自己就像掉进了冰窟窿，从头到脚都是一片冰凉。

“我真的不是故意的，舒悦知道了我们那天晚上在这客厅里做过的事，她的情绪很激动，说我抢了她的男朋友，拿出刀来要杀我。我跟她扭打起来，结果不知道怎么回事，无意中就把水果刀刺进了她胸口……你相信我，我真的不是有意要杀她的，我不是故意的……”晏明雪用力扯着自己的头发，害怕地哭起来。

“哼，现在舒悦已经死了，随便你怎么说都可以，反正死无对证。但是你觉得她家里人会相信你的话吗？警察会相信你的话吗？”聂家鑫冷笑道，“如果警方知道了舒悦的命案，只要稍加调查，就会知道那天晚上我和你之间发生的事，这完全可以成为你谋杀舒悦的动机。你这分明就是故意杀人，这可是死罪，只要被警方知道一丁点消息，你就只有死路一条。”

“那、那怎么办？我真的不是存心要杀她的，我们在争执过程中，我一不小心，那把刀就刺进了她胸口，我不是故意的，当时到底发生了什么事，到现在我脑海里仍然是一片空白，完全记不起来了……”晏明雪哭着哀求他，“我不想成为杀人凶手，我不想坐牢，不想被判死刑。只要你不报警，我、我什么条件都可以答应你……”

“你说的是真话？”聂家鑫斜着眼睛瞧着她。

“当然是真的。”晏明雪说，“我工作这么多年，也存了一些钱，只要你删除这个视频，并且说服那位钓鱼大叔不报警，我愿意把所有的钱都给你。”

“我不要你的钱。”

“那你要什么？”

“我要你帮我做一件事。”

晏明雪一怔，抽泣着问：“什么事？”

“我听说你们公司最近研发出一款新型无人机，名字叫作‘蓝精灵’，是吧？”

“是的。”晏明雪点点头，“我听卓总说，这应该是一款在现今民用无人机领域处于绝对领先地位的多旋翼直升机，但目前还只是设计出了样机，并没有生产出成熟的产品。”

聂家鑫凑到她耳边，低声说：“我要你帮我把这架‘蓝精灵’样机偷出来。”

“什么？”晏明雪大吃一惊，很快就摇头道，“不行，绝对不行。”

“为什么不行？”

“‘蓝精灵’的样机，一直被卓总锁在自己办公室的柜子里，除了他自己有钥匙，别人是绝对没有办法打开柜子的。”

“这个你不用担心，我有他柜子的钥匙。”聂家鑫拿出一把钥匙，在她眼前晃一下，“你是卓远航身边的红人，作为总经理助理，可以自由进出他办公室，有了这把钥匙，相信偷出那架飞机对于你来说应该不是什么难事吧？”

晏明雪看着那把钥匙，更是吓了一跳，问:“你、你怎么会有卓总的钥匙？”

聂家鑫笑了，说：“实话告诉你，这把钥匙其实是舒悦搞到手的，而拿到那架‘蓝精灵’其实并不是我的想法，而是舒悦最初的目标。”

“舒悦？”晏明雪皱起了眉头，“她为什么想要偷走那架‘蓝精灵’？”

“原因很简单，她是想偷走那架样机，然后以此为技术基础，成立自己的电子科技公司，自己创业。”

他告诉晏明雪，舒悦是一个理想很远大的人，她从科技大学毕业之后，觉得民用无人机领域大有可为，也想成立自己的无人机研发团队，想自己创业，无奈自己缺乏经验，研发了几款新型无人机都失败了，最后没有办法，只好暂时放弃自己的梦想，出来打工。

在远航科技公司，她知道卓远航研发出了一款代表着行业最先进水平的新型无人机，于是就想如果自己能拿到这架样机，抢先申请到专利，就可以利用这个技术优势，成立自己的科技公司，开创自己的事业。

有了这个想法之后，舒悦就趁着去卓远航办公室送文件的机会，偷偷把他放在办公桌上的钥匙用橡皮泥按了一个印记，下班后把橡皮泥印记交给自己的男朋友，让他去找个高明一点的修锁匠，把这片钥匙复制出来。谁知他把钥匙复制好，舒悦就失踪了……

“既然舒悦已经死了，那你还要那架飞机干什么？”

“我经常出去拍照，认识了一位专门做航拍飞行器材的公司老总，他跟我说，如果我能拿到远航科技最新研发出来的样机，他们就可以解读出这架飞机的各种技术参数，并且抢先将这款无人机推向市场，作为交换条件，他可以给我三分之一的公司股份。如果这样，我就可以成为这家公司的第二大股东，再也不用辛辛苦苦地去打工了。”

“不行，我不能这么做。”晏明雪摇头说，“卓总马上就要跟德国汉诺克公司签约，这架‘蓝精灵’是他对付竞争对手的撒手锏。如果这个研发成果被人窃取，远航科技一定会失去德国人的这笔大订单。这样一来，远航科技的损失至少会超过一亿元。”

聂家鑫忽然盯着她冷笑起来，道：“刚才是卓远航那小子开车送你回来的吧？别不好意思承认，我躲在路灯柱子后面全都看见了，他把车子停在楼下朝你的窗户里看了好久，好像对你有那么一点意思啊！你对他也不错嘛，什么事情都为他着想。既然这样，那我也不强求你，你不愿意做这个交易，那我也没有办法，只好把手机里的这个视频交给警察去了。你是不是故意杀人，还是让他们去判断吧。”说完，他转身要走。

“不要，千万不要……”晏明雪急忙上前拉住他，“是不是我帮你拿到那架飞机，你就真的不报警了？”

“当然是真的。”

晏明雪犹豫片刻，最后抬起头来，从他手里接过那把钥匙，下定决心似的点头说：“我答应你。”

“这就对了嘛。”聂家鑫脸上露出满意的笑容，说，“只要你把那架飞机交给我，我就立即把这个视频删除掉，还有，那个钓鱼大叔我早就花钱打点好了，我复制了他手机里的视频之后，亲手删除了他手机里保存的原始文件，我保证你以后可以高枕无忧，看卓远航那小子对你似乎有点意思，说不定你以后还能成为远航科技的老板娘呢。”

晏明雪厌恶地皱起眉头说：“我会尽力去帮你偷那架飞机，但是也请你不要整天来烦我，如果被公司的人发现什么端倪，我就永远没有机会把那架‘蓝精灵’偷出来了。还有，把你的手机号码给我，我得手之后就打电话通知你。”

聂家鑫轻佻地在她脸上摸了一下，哈哈笑道：“那天晚上你在这张沙发上，不是对我挺有激情的吗？怎么，这么快就开始讨厌我了？”

他拿过晏明雪的手机，在上面按了一组号码，“这就是我的手机号，你好好保存着。”他把手机塞到晏明雪手里，吹着口哨，心满意足地走了。

晏明雪好像生怕他去而复返一样，急忙冲上去，“砰”的一声，关紧大门。

8

因为身上揣着聂家鑫给的那把钥匙，第二天晏明雪到公司上班时，心里就有了一种做贼的感觉，一进公司大门，就觉得公司里的每一个人都似乎在用提防的目光看着她。

尽管她不住地告诉自己说，这只是自己的心理意识在作怪，但她还是忍不住有些紧张，早上在茶水间倒咖啡的时候，手一抖，竟然把大半杯热咖啡倒在了旁边一位男同事身上。

她强迫自己镇定下来，回到办公室，打开电脑，处理了几封公务邮件，忽然工作 QQ 闪动了一下，卓远航在 QQ 里通知她到他办公室去一趟，要跟她商量一下迎接德国佬前来考察的工作细节。

她捂住胸口，做了两三次深呼吸，调整好自己的情绪，往总经理办公室走去。

刚到总经理办公室门口，却见卓远航正急匆匆走出来。

晏明雪叫了一声“卓总”，卓远航说：“行政部那边有点事，我过去处理一下，马上就回来，你先在我办公室等一会儿。”出去的时候，他顺手掩上了办公室的门，于是偌大的办公室里，就只剩下晏明雪一个人。

晏明雪的目光，不由自主地落在了那个装着“蓝精灵”样机的柜子上。那是一个嵌在墙壁里的铁柜，外面只露出一个小小的锁孔，如果没有钥匙，任何人都很难将这铁柜的门撬开，整个柜子与墙壁融为一体，看上去比保险柜还安全可靠。

晏明雪下意识地把手伸进口袋，捏着那把钥匙，忽然感觉到一阵喉干舌燥，心跳加速。侧身从门缝里往外看一下，外面并没有人。

她站起身，掏出钥匙，走到铁柜前，把钥匙对准锁孔，很顺利地就插了进去。她的心一阵狂跳，看来聂家鑫给她的钥匙是真的。就在这时，她听到了卓远航一边接电话，一边走回办公室的声音。她不由脸色一变，急忙拔出钥匙，坐回到卓远航办公桌对面的沙发上。

卓远航推门进来，看她一眼，说："哎，你脸色怎么这么难看？昨天生病，还没有好吗？"

晏明雪下意识地摸一下自己的脸，低头掩饰道："可、可能是吧，这几天总感觉身体有些不舒服。"

卓远航在她身边坐下，顺手握住她的一只手，有点吃惊地说："你的手怎么这么凉？是不是得了重感冒啊？要不要请半天假去看看医生？"

"我没事，可能是空调的温度开得太低了。"晏明雪摇摇头，低头看着他那只握住自己手的手，手臂上那道刀疤仍然清晰可见。她的手动了一下，但并没有从他温暖的大手里抽出来。

卓远航问："那个男人，后来没有再找你麻烦了吧？"

"没有。"晏明雪笑了，"估计他是被你吓住了。"

卓远航也笑了，说："他不是怕我，怕的是那两个保安。那两个保安是退伍特种兵，一人给他一拳就够他受的了。"

晏明雪看他一眼，一时无话。

卓远航握着她的手，仿佛是要用自己的体温，温暖她冰凉的手心。

两人谁也没有说话，办公室里的气氛就变得有些暧昧起来。

就在这时，办公室的门忽然被人敲了一下，卓远航急忙放开晏明雪的手，还没来得及说"进来"，办公室的门就被人推开，行政部主管张丹走进来说："卓总，那份文件要怎么修改，你再给我说说吧。"

卓远航从沙发上站起身，坐回到自己的办公椅上说："刚才我不是已经跟你说过了吗？"

张丹跟着走到办公桌前，身上的香水味儿就飘了出来，娇声道："可是我还是有一点不明白嘛。"

"那好吧，"卓远航把身子往后靠了一下，"文件呢？"

张丹说："哎哟，我忘记拿过来了，在我的办公室，要不您去我办公室那边跟我说说吧。"

卓远航皱皱眉头，说："那好吧。"起身走了出去。

张丹扭着腰肢，跟在他后面，走出门时，回头瞟了晏明雪一眼，脸上露出一丝得意的笑容。

晏明雪这才明白她的心思，她是看自己与卓总走得太近，所以没事找事，过来"干扰"一下。

想到这个女人为了攀上卓远航这个高枝，也算是费尽了心机，只可惜卓远航根本没有将她的痴情放在心上，心里不由得有些可怜起她来。她到门口探头看看，看见卓远航走进了行政部，急忙掏出钥匙，再次插进铁柜锁孔，用力一扭，柜门就"咔嚓"一声打开了，那架泛着蓝光的"蓝精灵"样机，正静静地摆在柜子里。看上去与上次略有不同，应该是卓远航最近又对它进行了一些改进。

她一直担心卓远航会不会把飞机转移到别的地方，现在看见这架样机仍然还在这里，心中暗暗松了口气。她仔细观察了一下，这架飞机的体积，比普通台式电脑的主机略大，要想从公司带出去而不被人发现，应该不是一件容易的事。她想了一下，又将柜门锁好，把钥匙拔出来。

十多分钟后，卓远航才终于摆脱张丹，回到办公室，为了能安心地跟晏明雪谈工作，他顺手锁上了办公室的门。

两天后，就到了公司成立十周年的纪念日。

早上，晏明雪刚到办公室打开电脑，就看见卓远航在公司内部员工QQ群里发了一条消息：为了纪念公司成立十周年，也为了在德国客户来考察之前提升一下员工士气，公司决定在今天晚上下班后举行一次烧烤联欢活动，活动地点是公司所在的写字楼天台，公司所有人员都要参加，不得无故请假。消息一出，QQ群里就有一大批员工伸出两根手指头，打出胜利的手势，高呼卓总万岁。

这段时间以来，公司全体员工为了迎接德国佬的考察，都绷紧神经，几乎忙得喘不过气来，现在终于有机会放松一下，难怪会赢得一片欢呼声。

当晏明雪在 QQ 群里看到这条消息时，先是会心一笑，接着脑海里灵光一闪，似乎某根心弦被重重地触动了一下。这几天，她一直在想着到底要用什么办法才能把卓远航办公室的那架“蓝精灵”样机神不知鬼不觉地偷出来。

写字楼一楼大堂安装有高清摄像头，还有数名保安每天 24 小时轮流值班，任何人进出这栋大楼，都会被记录下来。远航科技在四楼，出了电梯，要想进入公司，必须在门禁控制系统里输入指纹信息，无论公司哪位员工，也无论是在白天或是晚上进入公司，都会留下可以追溯到本人的痕迹。

公司大门内侧，左右两边各安装有一个红外线监控摄像头，哪怕是晚上，也能拍摄到画面清晰的镜头。如果有人拎着一架体积那么大的飞机走出公司，无论是白天还是晚上，都会被摄像头拍到。就算是装在袋子里拎出去，手里提着那么大一个袋子在摄像头前经过，一旦案发，警方只要查看监控视频，马上就能锁定犯罪嫌疑人。

为了能顺利把那架样机偷到手，晏明雪至少想了十几种方法，但是最终却没有一种方法能让她拿到飞机而又不留下任何痕迹，不让别人怀疑到她头上。

她正暗自焦急之时，卓远航在 QQ 群里通知全体员工今晚联欢的消息，就像一点火光，刹那点燃了她脑海里的灵感之光，一个近乎完美的盗机计划终于在她脑海里形成了。

拿定主意，决定在今天动手之后，她就开始留意起卓远航在办公室的动静来。今天这位卓总看起来有点忙，整个上午，都在办公室打电话或者看设计图纸。除了上了一趟洗手间，就再也没有离开过办公室。

晏明雪暗自着急。下午 3 点多的时候，QQ 群里发出通知，说是上个月的财务报表出了差错，卓总要召集财务部所有人员马上到会议室开会。

卓远航阴沉着脸，走进会议室几分钟后，晏明雪见走廊里没人，就悄悄来到总经理办公室门口。

总经理办公室的门是关上的，但她知道卓远航的习惯，只要人还在公司，短暂离开办公室，一般都不会锁门。她伸手扭一下门锁，果然，门立即就打开了。她心头一喜，四下瞧瞧，见没有人注意到自己，就迅速打开门，溜了进去，回身将门关上。

尽管她不住地在心里告诫自己要镇定行事，但事到临头，还是紧张得手心冒汗，双腿打战。她把手伸进口袋，掏出那把已经被她揣得发烫的钥匙，插了好几下，才插进铁柜的锁孔中，用力打开门，那架让她心神难安的“蓝精灵”样机，就静静地立在那里。她掏出一个早就准备好的黑色大垃圾袋，迅速把“蓝精灵”装进袋子，然后再锁上铁柜门，擦拭了一下自己有可能留下痕迹的地方，将一切恢复原状。

她提起袋子，正要跑出总经理办公室，忽然听到外面传来一阵脚步声。她倒抽一口凉气，把身体贴到墙边，一颗心都紧张得快要从嘴里蹦出来了。还好，只是两个员工从门口经过，外面很快又安静下来。

她吁了一口气，轻轻打开门，探出去半个身子，看看外面没有人，立即提着垃圾袋溜出来，带上办公室的门，沿着墙边走了几步，在走廊里拐个弯，就到了洗手间门口。

洗手间门内的墙角处，放着一辆四轮手推车，车上放着一只白色的大垃圾桶，里面扔着一些垃圾。她把手里的黑色垃圾袋放进去，又在上面扔了一些垃圾，将袋子盖住。

两只手刚从垃圾桶里拿出来，就听一个声音说：“哟，晏助理，你怎么在这里翻垃圾桶啊？”她一回头，原来是张丹来上洗手间，正好看见她站在垃圾桶边。

晏明雪淡淡地道：“没什么，刚才不小心将笔掉到垃圾桶里了，还好被我捡起来了，虽然有点脏，但擦干净还能用。”说完这句话，她转过身，迅速走出了洗手间。

从走廊里穿过，经过张丹的办公室门口时，她忽然心中一动，回头看看张丹还没有从洗手间出来，就从打开的门里走进去，把那片用过的钥匙擦干净指纹，塞进了她办公桌抽屉的角落里。

回到自己的办公室，关上门，晏明雪才感觉到自己已经出了一身冷汗，在沙发上坐下来的时候，竟然全身发软，双腿轻轻颤抖着，连站起来的力气也没有了。

十几分钟后，她听到会议室那边传来杂沓的脚步声，知道财务部的会议已经开完，果然，卓远航的身影很快就从她门口闪过，匆匆走回总经理办公室。

她现在最担心的就是卓远航突然心血来潮，又要将那架“蓝精灵”拿出来摆弄几下。只要他一打开柜门，立即就会发现样机已经被盗。

她想了一下，立即从电脑里找出几份冗长的文件，从QQ里传给卓远航，说:“卓总，这是几家大客户传过来的合同，因为时间比较急，请您马上看一下。”

卓远航说了声“OK”，过了一下，又传过来一行字：今晚联欢，你会参加吧？

晏明雪在QQ对话框里说：你都说了不得无故请假，我必须到啊！

卓远航发过来一个笑脸，晏明雪正准备关掉对话框的时候，他又打了两行字发送过来：今天晚上，我有重要的话要对你说，如果你不到，那就失去了我举办这次活动的所有意义！

晏明雪心中一动，似乎隐隐明白他今晚要对自己说什么，一时间竟不知道该怎么回答他。正犹豫着，看见公司的保洁阿姨从洗手间方向推着垃圾车往大门外走去，车上正放着那只白色的大垃圾桶。她不由得松了口气。

按照惯例，保洁阿姨会在每天下午快下班的时候，把垃圾桶推出去，放在公司大门口电梯旁的墙脚里，然后把放在那里的一个空垃圾桶再放回车上，推回到公司洗手间门口。而大楼的清洁工会在明天清晨所有员工上班前将公司外面的垃圾统一运走。

等保洁阿姨推着一只空垃圾桶慢悠悠走回来之后，晏明雪立即拿起手机，给聂家鑫发了一条短信：你要的东西，我已经放在我们公司大门外的白色垃圾桶里，你天黑以后来取即可。一楼有保安，电梯里有监控探头，一定要想办法避开。拿到东西后，马上离开青阳市，再也不要来烦我！她刚发送完短信，桌上的办公电话就响了，一接听，是卓远航。

卓远航在电话里说：“晏助理，你马上到我办公室来一下。”

晏明雪心头一震，难道这么快就被他觉察到了吗？她忽然意识到，也许现在马上离开公司，才是最明智的选择。犹豫片刻，她还是强迫自己镇定下来，做了几次深呼吸，调整好脸上的表情，走进了总经理办公室。

卓远航把刚刚那几份合同的打印件递给她说："这几份合同我已经打印并签字，你传给客户盖章就行了。"就在她拿上合同转身欲走时，他看看表，又叫住她说，"算了，现在已经到下班时间了，这几份合同还是明天再处理吧。你通知大家，下班后到天台集合，希望大家都玩得开心！"

9

夜幕降临，天台上渐渐热闹起来。

早就有人准备好了木炭、酒精、烧烤架、食材等材料，还别出心裁地在天台中间搭了一个简易舞台，四周挂着灯笼，天黑下来的时候，一个个灯笼次第点燃，天台上被映得通红一片，倒也别有一番风情。难得的员工聚会，公司所有的人，包括卓远航，都来了。

有人用酒精点燃了木炭，大家纷纷拿起自己喜欢吃的食物，放在烧烤架上烤着。不多时，天台上就弥漫起诱人的烤肉香味。一位男员工深吸一口气，张着嘴巴，做流口水状，惹得其他同事都哈哈大笑起来。

大家已经很久没有这么放松过了，边烤边吃，边笑边闹，气氛很是融洽。

活动进行到一半的时候，每个部门的员工开始轮流上台表演节目，有的唱歌跳舞，有的在台上玩一些搞笑游戏。

轮到行政部表演节目时，行政部主管张丹跑上舞台说："下面我想为大家唱一首歌，歌曲的名字叫'明明白白我的心'。这是一首男女对唱的情歌，所以我想邀请一位男士上来跟我合唱。"

主持人问她想邀请谁上来与她同台合唱，张丹的目光就朝卓远航瞟过来，嗲声说："我是咱们公司的情歌皇后，能有资格跟我对唱一曲的，也只有咱们公司的歌王了。”

台下员工就对着卓远航吹起口哨来。大家都知道卓总业余时间喜欢唱歌，而且唱功不错，在公司内部有“歌王”的美称。

卓远航笑起来,大大方方跳上舞台,跟张丹合唱了这首《明明白白我的心》。唱完歌后，卓远航站在台上说：“今天，趁着这个高兴的时刻，我有两件事情要向大家宣布。”

待大家安静下来后，他接着说，“大家都知道，德国汉诺克公司总裁卢卡斯将于下周来中国，要对咱们公司及咱们的竞争对手三牛电子分别进行考察，如果谁研发的飞行器能让卢卡斯满意，谁就能获得汉诺克公司的这笔大订单。为了能赢得这张订单，咱们公司花大力气，研发了一款新型多旋翼无人飞机。今天晚上，我将在这里，在这个天台上，试飞这架飞机。”

“好！”台下员工都激动地鼓掌叫好。

主持人问：“卓总，那您要宣布的第二件事是什么呢？”

卓远航脸上露出了他那招牌式的微笑，说：“可能大家已经知道，我不久前跟我太太离婚了，我又加入了单身汉的行列，我又可以光明正大的追求漂亮姑娘了，对吧？”

台下一片哄笑。

卓远航说:“其实我早就有了心仪的对象，她是咱们公司的一名管理人员。”说到这里，他微笑着停顿一下。

公司员工早就知道张丹在追求卓总，而卓总好像也并不讨厌她，两人刚才还合唱了一首情歌，于是就有人在台下叫出了张丹的名字。

张丹站在台下，假装不好意思地低下头。

主持人追问道：“请问卓总，您心仪的对象到底是谁呢？”

“天机不可泄露，这架新飞机，因为机身是蓝色的，所以我自己一直叫它‘蓝精灵‘，等试飞成功之后，它将会有一个正式的名字，我要用我心仪的那个人的名字来为它命名！”

“好浪漫，好感人啊！”台下员工口哨声、掌声响成一片。

晏明雪站在人群最后面，感觉到卓远航的目光正朝自己望过来，她在心里叹息一声，默默地低下了头。

卓远航叫过两名男员工，把钥匙拿给他们说：“你们去我办公室，把锁在那个铁柜子里的飞机拿到天台上来，现在是它展翅高飞的时候了。”

两个男员工很是兴奋，接过钥匙，快步跑下天台。但是没过多久，两人又空着手，气喘吁吁跑了回来：“卓总，那、那柜子里是空的，根本没有飞机呀！”

“怎么会呢？我中午都拿出来看过，是你们弄错了吧？”

卓远航皱皱眉头，跑下天台，乘电梯下到四楼，公司大门是锁上的。他把手指按在指纹识别器上，大门打开，他直奔自己的办公室。那两个男员工也一路小跑跟在他身后。卓远航从他俩手中拿过自己的钥匙，打开办公室的门，再打开铁柜门，里面果然空空如也，根本没有他的那架“蓝精灵”。

卓远航“啊”的一声变了脸色，其他员工也已闻讯回到公司，他对身后的人吼道：“还愣着干什么，公司遭窃了，赶紧报警啊！”于是有员工慌忙拿出手机拨打 110 报警电话。

市公安局 110 报警中心听说失窃的民用无人机可能关系到上千万的合同订单，案情比较重大，就直接把电话转到了刑侦大队值班室。

大约七八分钟后，一辆警车鸣着警笛开到写字楼下。几名警察从电梯里走出来，快步走进远航科技。

为首的是一名年轻女警察，她自我介绍说叫文丽，是市公安局刑侦大队的，又指指身边一位小伙子说：“这是我的同事李鸣。到底什么情况，跟我们说说吧！”最后这一句话，是冲着卓远航说的。

卓远航仿佛被人从脑后打了一记闷棍，直到这时才渐渐缓过神来，焦躁地把那架“蓝精灵”的来历及失窃经过说了一遍，又在手机里打开那架飞机的照片，让文丽等人看了。

文丽在他办公室转了一圈，说：“现在有几个问题，需要向你确认。第一，你确定那架失窃的飞机就是放在这个铁柜子里的吗？”

卓远航点头说：“是的，是我亲手放进去的，这个柜子是我专门请人设计的，由 1.5 厘米厚的钢板制作而成，除了我手里这唯一的一把钥匙，再不可能有其他方法能够打开。”

“你最后一次看见飞机在柜子里，是什么时候？”

“应该是今天中午 12 点左右，当时我还把飞机拿出来摆在桌子上看过。”

“什么时候发现飞机不见了？”

卓远航说：“就在刚才。大约是今天晚上 9 点半左右吧，当时我们公司的人都在这栋楼的天台上举行活动，我让两个同事下来拿飞机，结果发现飞机不见了。当我赶回公司查看时，瞟了一眼墙壁上的挂钟，当时正是晚上 9 点 30 分。”

李鸣问：“如果公司大门锁上的话，只有公司内部员工才有可能开门进来，是吧？”

卓远航说：“是的，就算是公司员工想要开门进来，也必须输入指纹，并且会有电脑自动记录开门时间及人员信息。我已经查看过，公司下班锁门之后到现在，只有那两个被我叫下楼拿飞机的男员工及我自己打开过公司大门。”

文丽眉头一挑，问：“有没有可能是那两个拿着你钥匙进入公司的男员工偷走了飞机？”

卓远航摇头说：“这个可能性不大。两人下楼上楼也就三五分钟时间，不可能这么快就把飞机盗出公司。而且你们也看见了，公司大门里边安装了两个监控摄像头，任何人想要拿着那么大一架飞机走出公司，都没有可能不被监控拍到。可是我看过监控视频，那两个员工进出公司大门的时候，都是空着手。”

“有没有可能是窃贼将飞机从窗口扔下去，下面有人接应？”

“这个更没有可能，你看看咱们公司所有的窗户都安装了防盗网，飞机的体积那么大，是不可能从防盗网里拿出去的。”

文丽和李鸣对视了一眼，两人走到一边，短暂商量一下之后，李鸣回头对卓远航说：“这个案子看起来有点棘手，你先让公司所有员工都待在这里，谁也不许离开公司。”

“你怀疑是公司内部员工干的？”卓远航吃了一惊。

文丽点头说：“从目前的情况来看，这个可能性很大。”

卓远航把警方交待的话，向大家宣布之后，虽然没有人表示反对，但却有人在私底下悄声发出怨言。这也难怪，本来挺高兴的一次烧烤联欢活动，最后竟然弄成这样，而且这么晚了，还不让大家回家休息，这真是要让大家在办公室里过夜的节奏啊！

这个时候，晏明雪反倒冷静下来，借着扔垃圾的机会，到公司大门口电梯旁的垃圾桶边看了一下，里面的垃圾已经被翻动过，那个黑色大塑料袋已经不见了。她暗暗舒了口气。

警方忙里忙外地调查着，又将几个员工叫到一边问话，但看上去似乎并没有什么进展。

现在可以初步确认的是，失窃发生在中午 12 点至晚上 9 点 30 分之间，而且发生在下午 5 点下班后时间段的可能性比较大。但是下班后，所有员工都没有离开过这栋写字楼，全都在楼顶天台参加活动。直到案发时，期间只有两名男员工拿着卓远航给的钥匙进入公司，但这二人作案的可能性已经被排除。

警方查看过公司大门内的监控视频，从下午到晚上，并没有公司以外的人员进入过公司，所以可以确认，窃贼应该不是外部人员。

监控视频也没有拍摄到任何人拿着飞机，或者说有可能装着飞机的纸箱、袋子等走出过公司，所以警方怀疑，那架被盗的飞机极有可能还在公司里面。飞机被公司内部员工盗走，时间很可能是中午至傍晚下班前的时间段，但窃贼一直没有机会把飞机拿走，飞机应该是被窃贼藏在了公司里，等待以后有机会再带出去。

于是警方又组织人手，对公司内部进行搜查，各个部门的办公室，各员工的办公桌，走廊、洗手间、茶水间，甚至排气孔等，每个角落都搜索了一遍，但并没有发现那架蓝色的飞机。

案情又回到了原点，连文丽也感觉到有些头疼，她问卓远航：“下午上班时间内，你有没有离开过自己的办公室？”

卓远航想了一下，说：“离开过几次吧，上过一两次厕所，到会议室开过两个短会，还有几次是到下面几个部门跟部门主管谈工作。”

“每次离开的时间大概有多长？”

卓远航感觉到有点为难，说：“这个好像没有具体计算过，上厕所的话，也总有两三分钟，开会的话，时间应该在十五至二十分钟左右。”

文丽看看他办公室的门锁，问：“你出去的时候，锁了办公室的门吗？”

卓远航摇头说：“没有，我在公司的时候，短时间离开办公室，一般不会锁门。”

文丽跟李鸣交换了一个眼神，李鸣说：“如此看来，应该是有人在你离开办公室的时候偷偷潜入进来，把飞机偷走了。”

“那到底是谁干的呢？”

“这个暂时还不知道。”

文丽走到那个铁柜前，仔细看看柜门上的锁孔，锁孔完好无损，而且光滑整洁，并没有被撬动过的痕迹。她想了一下，回头问卓远航：“这柜门钥匙，一直是由你自己保管的吗？”

卓远航说：“是的，钥匙一直挂在我的皮带上。”

文丽皱眉说：“这就怪了，柜锁并没有被撬动过的痕迹，这说明窃贼手里应该有钥匙，是用钥匙打开柜门将里面的东西拿走的。”

“这不可能，我的钥匙今天下午就没有从皮带上取下来过。”

李鸣问：“柜门的钥匙一共有几把？”

“只有一把，唯一的一把。”卓远航把一串钥匙从皮带的钥匙扣上取下来，从中找出柜门钥匙，拿给警察看，说，“你们看，就是这把钥匙……”

文丽把钥匙拿过来看了一下，这把钥匙跟普通钥匙有点不同，是用纯铜制作的，比一般钥匙要大，双面有齿，从形状上看，有点像一个狼牙。正在这时，一名瘦个子中年刑警推门进来汇报情况，看见她手里的钥匙，“咦”了一声。

文丽问："怎么了？"

那名刑警又看了一眼她手里的钥匙，说："这把钥匙我好像刚才见过的。"

"是吗？在哪里？"

"就是刚才搜查各处办公室的时候，我好像在哪个员工办公桌抽屉里看见过一把这样的钥匙，因为形状跟普通钥匙有点不同，所以记得比较清楚。"

李鸣忙问："是哪个员工的办公桌？"

那名刑警想了一下，说："我如果没有记错的话，应该是在行政部那边。"

"是大办公室，还是小办公室？"卓远航问。

"是一间小办公室。"

卓远航说："那应该是行政部主管张丹的办公室。行政部所有员工都在一个大办公室上班，只有张丹才有一间独立的小办公室。"

文丽说："走，看看去。"

卓远航领着几个警察，直奔行政部张丹的办公室。

张丹正在办公室拿着手机打电话，不知道对方是谁，看上去很开心的样子，说一句话笑两声，看见卓远航带着几个警察突然闯进来，吃了一惊，匆忙挂断电话说："卓总，被盗的样机找到了吗？"

卓远航沉着脸说："很快就要找到了。"

那名中年刑警走过来，用手指指张丹办公桌左手边的抽屉说："我就是在这里看见那把钥匙的。"

文丽上前打开抽屉，在里面翻找起来。

"你想干什么？"张丹上前阻拦她，却被卓远航恼火地推到一边。

文丽很快就在抽屉最里边的角落里找到一把钥匙，拿出来一看，形状大小都跟卓远航的狼牙钥匙很相似，两把钥匙放在一起，一比对，基本可以确认是可以打开同一把锁的钥匙。

李鸣拿着钥匙回到总经理办公室验证了一下，确实可以打开那个铁柜。

张丹看看卓远航，又看看几个警察，一脸莫名其妙的表情，问："这到底是怎么回事？你们是在调查我吗？"

卓远航盯着她道："我还想问你是怎么回事呢。你抽屉里怎么会有我的钥匙？快说，你把我的'蓝精灵'样机偷到哪里去了？"

张丹这才明白自己被他们当成那个偷飞机的窃贼了，情绪变得有些激动起来，尖声叫道："我不是贼，我根本不知道这是怎么回事……"

文丽看着她说："从你抽屉里找到的这把钥匙，就是打开总经理办公室铁柜的钥匙，现在我们警方有理由怀疑，你就是偷走飞机的那个人。"

"我就是那个偷飞机的人？"

"对，你在今天以前，就已经找机会偷偷复制好了卓远航身上的钥匙。今天下午，趁他离开办公室的时候，你偷偷潜入总经理办公室，用这把复制的钥匙打开铁柜，偷走了里面那架样机。"

张丹的情绪有点失控，大声叫道："你们以为自己是警察，就可以血口喷人吗？那么大一个飞机，就算我能从他办公室偷出来，又能躲过门口的摄像头拿出公司吗？"

文丽问卓远航："卓总，那架飞机有没有可能被人分拆开，然后从窗户防盗网里递出去？"

卓远航怔了一下，看着窗户上防盗网的缝隙说："这个……从理论上来说，是有可能……但飞行器是个精细品，如果不是特别熟悉的人，要想把飞机拆分成可以递出窗户那般大小，我估计至少得花两三个小时，甚至更长时间……"

李鸣说："这就对了，这位张主管下午用复制的钥匙偷走了这架样机，然后躲在办公室将飞机拆分，用几个袋子装好，用绳子系着袋子，从后面窗户防盗网缝隙里递出去，一直放到地上。这栋写字楼后面是一条流淌着工业废水的臭水河，平时后面应该很少有人去，所以她做这一切，并没有人看见。我调看过一楼大堂的监控视频，今天下午她一共从这栋楼里出去过两次，应该就是去大楼后面拿她自己用绳索从楼上放下来的飞机。"

"不，我不是贼，我没有偷飞机，我也不知道这把钥匙怎么会在我抽屉里的。"张丹急得哭起来，扯着卓远航的衣襟歇斯底里地叫道，"你为什么要这么对我，你为什么要这么对我……"

卓远航冷冷地甩开她的手，文丽上前，将冰冷的手铐铐在了她的手腕上。

10

“蓝精灵”失窃案终于告一段落，晏明雪离开公司，回到住所，已经是凌晨时分。尽管她在公司时，一直强作镇定，表现得十分自然，但当她打开门回到家，剥去伪装的那一刹那，还是有一种不寒而栗的感觉。

全身紧绷的神经一旦松懈下来，她就深感到有一种说不出的疲惫，浑身上下像是散架了似的，只想马上躺在床上，蒙头大睡一场。但她没有动，进门之后，就那么静静地站在黑暗中，站了好久，才伸手打开电灯开关，然后顺手关门。

就在防盗门即将合上的那一刹，忽然有一只脚从门缝里插进来。晏明雪吃了一惊，回头看时，大门已经被人从外面拉开，一个男人闪了进来。

晏明雪退一步，这才看清楚，这深夜闯入她家门的，居然是聂家鑫。她见对方手里提着那只她熟悉的黑色大塑料袋，冷冷地说：“恭喜你，终于拿到你想要的东西了。”

聂家鑫嘻嘻一笑，说：“这还得感谢你的配合。”

晏明雪说：“我看过我们公司楼下大堂的监控视频，好像并没有看见你进入写字楼，能告诉我你是怎样拿到这架飞机的吗？”

聂家鑫把手里的黑色塑料袋放在桌子上，在沙发上大马金刀地坐下来，说：“你已经告诉我一楼入口有保安，电梯里有监控，我又不是傻子，当然不会从大堂大摇大摆地坐电梯上楼。”

“那你是怎样上楼的？”晏明雪忽然好奇起来，说，“那栋写字楼，每层楼的每个窗户都安装了防盗网，就算你是飞贼燕子李三，也不可能爬窗户钻进防盗网里去吧？”

聂家鑫脸上现出得意的表情，笑着道："我没有爬窗户，天黑以后，那栋写字楼后面没有灯光，也没有行人，我沿着后面的下水道管直接爬上了八楼楼顶天台，再从天台门下楼。当然，我没有乘电梯，走的是楼梯，已经是晚上，楼梯里根本没有人。"

晏明雪这才想起，平时写字楼楼梯口通向楼顶天台的门都是锁上的，但今天因为他们公司在天台搞活动，所以请保安从下午开始，就把天台门打开了。

"可是，"她皱一下眉头，又问，"天黑以后，咱们公司的人都在天台搞活动，你上去怎么会没有被人发现？"

"天台那么大，你们公司仅仅只占据了最中间的一小块地方，再说天台上堆放了许多杂物，还有水塔之类的挡住视线，又没有灯光，我贴着墙根在黑暗中行走，你们根本不可能看见。我下到四楼，找到你说的那个垃圾桶，拿到飞机后原路返回天台，再沿着下水道管悄悄爬下来，可以说神不知鬼不觉，根本没有任何人发现我这个蜘蛛侠。"

"既然你已经拿到了你想要的东西，那你还来找我干什么？"晏明雪的脸沉了下来。

聂家鑫瞧着她道："我来是想找你拿一样东西。"

晏明雪脸色一变，冷声问："你还想要什么东西？"

"妈的，到了这时候，你还在老子面前装蒜！"聂家鑫也突然翻了脸。

晏明雪有点莫名其妙，问："到底是什么东西？"

"遥控器，飞机遥控器！没有遥控器，你叫老子怎么把飞机开起来？"

"是吗？袋子里没有遥控器吗？"晏明雪愣了一下，伸手要去打开袋子看个仔细。

"别动，这架飞机现在是老子的了，你休想动它！"聂家鑫上前拦住她说，"你把飞机给了我，却自己把遥控器给藏起来了。一般情况下，同一厂家设计生产的遥控飞行器，有一些遥控器是可以通用的，只需要对码，或者稍加改造就行。可是我试了几种方法，都没能让飞机飞起来。妈的，没有能操纵它的遥控器，老子拿着这飞机，还不是跟拿到一堆废铁一样？"

“你说得没错，飞机遥控器确实在我手上。”晏明雪看着他，脸上忽然露出狡黠的笑容，说，“既然你是个聪明人，那你就应该明白，在我没有亲眼看见你删除那段对我有着致命威胁的视频之前，又怎么可能会把一架完整的飞机交给你？”

“我早就料到你会给我来这一招。”聂家鑫拿出自己的手机，当着她的面，删除了那个记录着晏明雪在长江边刺死舒悦的视频文件，然后说，“现在，你可以把飞机遥控器给我了吧？”

晏明雪却是信不过他，拿过他的手机，仔细检查，确认视频真的已经删除之后，才说：“行，我现在就把遥控器给你，不过你得答应我一件事。”

“什么事？”

“你拿着飞机和遥控器马上离开这里，从此之后，咱们再无纠葛，请你永远不要再出现在我面前。”

“行，我答应你。”

晏明雪一手将聂家鑫的手机递过去还给他，另一只手在自己的提包中翻动着，像是在找遥控器。

就在聂家鑫伸手接过自己手机的一刹那，晏明雪忽然从提包中拿出一个东西，猛地往他身上一戳。

聂家鑫发出“啊”的一声惨叫，整个人都弹了出去，跌倒在地上，浑身抽搐，手脚像是僵住了一般，竟再也没有力气站起来。

他在地上躺了好久，才渐渐缓过神来，惊恐地睁大眼睛，这才看清楚，晏明雪手里拿着的根本不是什么遥控器，而是一根像手电筒般大小的高压电棒。这种电棒瞬间产生的高压脉冲，能轻易致人休克甚至死亡。

“臭婊子，你敢跟我玩阴的！”他浑身麻酸无力，躺在地上说道，“老实告诉你，那段视频老子还有备份，并且已经放在了电子邮箱里，如果明天早上 8 点之前我没有登录邮箱修改设置，视频就会自动发送到警方的举报邮箱里。你以为我真的这么蠢，竟没有留下后手防备着你吗？”

晏明雪按了一下电棒的开关键，电棒的前端哧哧地闪着电火。

她走近聂家鑫，狠狠地踢了他一脚，道："到了现在，你还想在我面前使用障眼法？"

"障眼法？"聂家鑫喘着气问，"什、什么障眼法？"

晏明雪手拿电棒，蹲下身来，盯着他道："自从你拿着这段视频来要挟我，要我帮你从公司偷出这架飞机的时候，我就对这件事情产生了怀疑。为什么我跟你在客厅沙发上的镜头，刚好会被住在对面楼里的女人拍到？为什么我和舒悦在长江边那么偏僻的地方看芦花，居然会有一位钓鱼大叔用手机拍到我俩？每次在我身上有重大事情发生的时候，居然都'恰巧'被人用手机拍到，这也太过巧合了吧？心里有了这个疑问之后，我就到对面楼去调查，结果发现正对着我家客厅窗户的那套房子居然是空的，已经有半年多时间没有人居住。还有，我和舒悦去看芦花的那个地方，江水浑浊，水流湍急，根本不适合垂钓，所以也不可能有什么经常在那里钓鱼的大叔。既然如此，那两段视频又是怎么来的呢？最后我用远程控制软件，侵入了你的手机。还记得那天我要过你的电话号码吗？有了你的手机号码，要侵入你的手机，对我这个高级电子工程师来说，当然不是一件难事。结果你猜我发现了什么？"

没待聂家鑫回答，她已经说出了答案，"结果我发现，这两段视频都储存在你的手机里——按照你的说法，舒悦临死的那个晚上，只发了一条短信给你，并没有把我跟你在沙发上的视频发给你，也就是说，你手机里本来不可能有这个视频——经过我的技术分析，这两个视频都是原始文件，而且都是用你的手机拍摄的。很显然，这件事从头到尾，都是你设计的一个圈套。"

那么舒悦在这个圈套里，又扮演了什么角色呢？晏明雪下定决心，一定要把这件事查个水落石出。

她到公司人事部，看到了舒悦进入公司时递交的身份证复印件，在网上找了一家身份证核查网站，支付了十元费用之后，核查到舒悦的身份证号码所对应的，是另一名女性，照片和名字都与舒悦完全不同。可以确定，舒悦是使用假身份证进入公司的。因为公司负责招聘的主管只需要查看应聘者的身份证，并不会去详细查证每个人的身份证信息，所以舒悦才能蒙混过关。

后来晏明雪又检查了舒悦在公司的电脑，结果发现了三张舒悦跟聂家鑫在一起的合照，其中就包括舒悦给她看的那张两人在公园假山前的合影，将照片放大之后，她很容易地就发现这几张照片居然是用两张单人照合成的。就是这张虚假合照，引起了晏明雪更大的怀疑。

她仔细回想一下，忽然发现了一个奇怪的现象，那就是自己好像从来没有亲眼看见舒悦和聂家鑫同时出现过，每次聂家鑫到他们这里来，舒悦就由于种种原因没有在家。虽然她曾经听到两人同在舒悦房间里说话和亲热的声音，但实际上也并没有亲眼目睹两人在一起。于是晏明雪心里，就产生了一个奇怪的想法。

她从一家外国网站付费下载了一款人脸识别照片比对软件，通过比对舒悦和聂家鑫的照片，最后得出一个惊人的结论，他们两个其实是同一个人！

“原来你早就知道了。”聂家鑫躺在地上，脸上现出吃惊的表情，“既然你已经什么都知道了，那为什么还要冒那么大风险，帮我从远航科技把这架飞机偷出来？”

晏明雪看他一眼，忽然眉头一扬，微笑道：“你真的想知道个中原因？”

“是的。”

“那你先告诉我，你为什么要这么做？为什么要设下这么大一个圈套让我往里钻？”

聂家鑫目光一暗，叹口气说：“这件事说起来好像也并不复杂。”

他是四川人，从大学电子信息科学与技术专业毕业之后，一直想自己创业，但是他研发了几款电子产品都没有赚到钱，最后不得不外出打工。可在打工路上，也是处处碰壁，应聘了好几家公司和单位，都没有招聘他。后来他才发现，现在女生比男生吃香，在人才市场，女生总是比男生更容易找到满意的工作。

他在大学话剧社里，经常反串女性角色，观众都夸他表演得惟妙惟肖。眼看身上的生活费就快没了，工作又十分难找，无奈之下，他决定再反串一回。他戴上假发，穿上高跟鞋，化了女装，对着镜子一看，还真像一个清纯美女。

于是就找那些街头办证的，办了一张假身份证，给自己取了个女人名字叫舒悦，男扮女装前去应聘，结果一下就被远航科技招聘上了。

原本他只是抱着好玩的心态试试看，不想还真找到了一份好工作，为了生计，他只好每天夹着嗓子说话，化身为舒悦，在远航科技研发部当了一名女员工。

但是他一个大男人，总不可能长期用一个女人的身份工作和生活下去啊！后来他得知公司研发出了一款新型民用无人机，绝对处于全行业领先水平，而且卓总还给新飞机起了一个好听的名字，叫“蓝精灵”。当时他就想，如果自己能偷到这架飞机，解读出它的各项技术参数，抢先申请到国家专利，在这个基础上再创业，开一家自己的电子科技公司，绝对能成就一番事业。从这以后，他就对这架“蓝精灵”留心上了。

后来有一次，到总经理办公室给卓远航送文件，中途卓远航去上洗手间，他刚用过的一串钥匙正好放在办公桌上。

聂家鑫看见他用那把狼牙形状的钥匙打开铁柜门存放过飞机，就拿出早就准备好的橡皮泥，将狼牙钥匙在上面摁了一个完整的印记。事后请一个技术高明的锁匠照着这个印记复制出了一把钥匙。

虽然他手里有了这把狼牙钥匙，但却一直没有机会在不被公司监控拍到、不让警方怀疑到自己身上的情况下，将那架“蓝精灵”偷出来。正在这时候，晏明雪进入了公司。当聂家鑫第一眼看到她时，不由得吃了一惊。

他在上大学时，喜欢上了一位比自己高一届的学姐，只可惜后来这位学姐嫌他家里穷，毕业后跟一个富二代结婚了，于是这位学姐就成了他心里永远的痛。而晏明雪恰巧长得跟那位学姐十分相像。所以当他听说晏明雪刚进公司，还没有找到住处时，他想也没想，就提议两人合租。

刚一开始，他只是想跟自己昔日的“恋人”住得近一点，说不定近水楼台先得月，以后还能跟这位美女发生一点什么故事呢。后来他渐渐发现晏明雪在公司很受卓远航器重，两人也走得很近，这让聂家鑫心里既失落又高兴。失落的是，心中的女神喜欢的是卓远航，而高兴的是，晏明雪跟卓远航走得越近，岂不是越容易偷出那架“蓝精灵”？

如果自己能利用她，让她为自己去偷那架飞机，既不会暴露自己，又能达到目的，岂不是一举两得事半功倍？有了这个想法之后，他就开始着手准备，并且暗中实施。

首先，舒悦让晏明雪看了自己跟“男朋友”聂家鑫的合照。

照片上，舒悦穿上高跟鞋，身材自然比聂家鑫高出一截，虽然是同一个人，但经过巧妙的化装，已经完全让人看不出来了。

为了巩固这个男朋友的存在感，聂家鑫又单独在晏明雪面前出现过几次，甚至他还一人分饰两角，在自己房间里发出舒悦与男朋友亲热的声音。

让晏明雪确信舒悦确有聂家鑫这位男朋友之后，他就开始有条不紊地实行自己的计划了。

那天晚上，他在啤酒里放了催情药，晏明雪喝下之后，浑身燥热，情难自禁，两人在客厅里上演了一出激情戏。聂家鑫也终于了却自己一桩心事——得到了“学姐”的身体。同时，他还把手机放在窗台上，悄悄拍下了两人在一起缠绵的镜头。

接下来，就轮到舒悦出场了。在长江边，她拿着这段视频，向晏明雪兴师问罪，还拿出一把可以伸缩的魔术刀，在她面前比画着，并且在与晏明雪撕扯扭打的过程中，借晏明雪之手将这把刀“插”进自己胸口。早就准备好的血浆袋破裂，鲜血溅出。最后“她”胸口中刀，沉入江底……

当然，聂家鑫自幼生活在水乡，水性极好，在水底下憋着一口气潜行好远，才从一片草泽中悄悄爬上岸。而他事先放置在芦苇丛中的手机，早已将晏明雪用水果刀刺死舒悦的过程，完整地拍摄下来。

两天后，聂家鑫拿着这段晏明雪杀人的视频，来要挟她，要她帮自己把那架“蓝精灵”样机从卓远航的办公室偷出来。晏明雪不知是计，迫于无奈，只得答应。

如此一来，聂家鑫的两个目的都达到了，得到昔日“恋人”的身体，拿到那架足以助他重新创业的飞机。只是让他没有想到的是，飞机到手之后，竟然没有操控飞机的遥控器，他是电子专业毕业的，自己做一个遥控器出来并不难，但是他却发现这架飞机的操作系统跟别的遥控飞机完全不同，他竟然不知道如何下手。他知道一定是晏明雪在耍花招，她把遥控器藏起来，只给了自己一架飞机。

最后他没有办法，只得再次找到晏明雪，原本是想找她拿到遥控器，不想大意之下，竟着了她的道儿，被她用高压电棒击倒在地。

晏明雪在他面前蹲得有些累了，起身踱了几步，咬牙道："这根高压电棒，可是专门为你……"

话未说完，已经渐渐恢复了一些力气的聂家鑫忽然滚动身体，想要从地上爬起，晏明雪惊觉过来，手中电棒往前一伸，带电部位接触到他的身体，只见电火一闪，聂家鑫全身痉挛，重新躺到地上，巨大的电流从他身上通过，痛得他连嘴角都歪到一边。

晏明雪冷笑道："怎么，这么快就想走？你不是很想知道为什么明知这是一个圈套，我却还帮你去偷飞机的原因吗？现在还想听吗？"

"我、我……"聂家鑫望着她手里的电棒，眼里露出惊恐之色，生怕她再往自己身上戳，连忙一边点头，一边在嘴里发出含糊不清的声音。

晏明雪又在他面前蹲下来，手里的电棒往他身上捅了两下，聂家鑫张嘴欲叫，好在她没有打开电源开关，电棒并没有放出电来。

晏明雪俯身凑到他耳边，压低声音道："我之所以帮你，那是因为，咱们有着相同的目标！"

"相同的目标？"聂家鑫睁大了眼睛，"难道你也想要这架飞机？"

晏明雪点头道："是的，我比你更迫切地想要得到这架'蓝精灵'，因为我是三牛电子的人。"

"原来你是三牛电子派到卓远航身边的商业间谍？"聂家鑫蓦然明白过来。

"是的，三牛电子的老板牛犇，是我大学时的老师。大学二年级的时候，我家里遭遇变故，在牛老师的鼓励和帮助下，我才得以完成学业。他有恩于我，大学毕业后，我在政府机关做了两年公务员，后来辞职，一直在牛老师的公司工作。在与远航科技争夺德国汉诺克公司大订单的竞争中，牛老师急于知道远航科技的底牌，所以派我潜入对手公司。卓远航其实是一个警惕性很强的人，我刚进公司时，他显然不太信任我，所以我让牛老师派了一个男人冒充我的‘前男友’到公司来闹事，一是证实我履历的真实性，另外一个，我也能趁这个机会更加接近卓远航。果不其然，自从卓远航被我的‘前男友’在手臂上划了一刀之后，对我的疑虑就彻底消除了。”

“原来那个到公司来找你、在公司门口闹事的男人，是你自己请来的‘托’！”

晏明雪点点头说：“是的。后来，在我看到远航科技研发的这款‘蓝精灵’飞机确实比三牛电子的飞机先进许多时，我就产生了要将它偷出来交给牛老师的念头，等牛老师解读出它的各项技术参数后，三牛电子就可以在此基础上加以改良，研制出比它更先进的飞机，从而从技术上压制竞争对手。但是据我观察，这架飞机一直被卓远航当成宝贝一样锁在自己办公室那个比保险柜还要安全的大铁柜里，我完全没有办法将它偷出来。正好这时，你给了我铁柜钥匙，这等于是帮了我的大忙。另外，公司楼上楼下都安装了监控探头，我很难在不被监控拍到的情况下将飞机带出写字楼，必须得有人在外面接应我才行，而你，正是我达成目的的最佳人选。”

“但是你又怕我在拿到飞机之后一走了之，所以特意将飞机遥控器留了下来？”

“你错了，我根本就没有把遥控器偷偷留下来。”晏明雪站起身，居高临下地看着他道，“我知道卓远航发现飞机被盗，报警之后，警方肯定会在公司内外进行大搜查，如果我把遥控器留在自己手里，一旦被警方搜出，那我的整个计划就泡汤了。”

“那遥控器到底在哪里？”

“其实遥控器一直跟飞机放在一起，只是你没有发现而已。”晏明雪打开那个黑色塑料袋，拿出那架“蓝精灵”样机，翻转过来之后，可以看到机腹下粘贴着两块硬币大小的胶布。

她把胶布拿下来，分别贴到自己额头两侧的太阳穴上，双眼凝视飞机片刻，那飞机的几个螺旋桨就忽然高速转动起来，飞机也慢慢升空。

聂家鑫惊得目瞪口呆，好半天才回过神来，问："为什么会这样？不用遥控器，飞机也能飞起来？"

晏明雪说："这架飞机个头并不算特别大，但载重能力超强，能负重 50 公斤以上，飞行速度更快，更稳定，几乎听不到噪声，但是这些都并不是它与其他民用飞行器相比最为先进的功能。"

"那它最先进的是什么功能？"

"最先进的是它没有遥控器，完全由人的脑电波来进行操控。"晏明雪指着贴在太阳穴上的两块不起眼儿的胶布说，"这两个胶布，其实是两个微型脑电波传感器，戴上这个传感器，飞机就可以接收到你的脑电波，你想让飞机怎样飞行，它就能怎样飞行。你说这样的飞机，是不是比任何遥控飞机都易于操控？我早就料到你一定看不出其中玄妙之处，一定会回来找我，所以我早就准备好了高压电棒等着你。"

聂家鑫见她手持电棒，阴沉着脸，一步一步朝自己走过来，大惊失色，拼命翻动着身体，想要离她远一点。无奈他被电击两次，早已骨软筋酥，像一摊稀泥一样瘫软在地，根本无法动弹。

"你、你想干什么？"他颤声道，"我、我承认你比我厉害，这架飞机我不要了，给你吧。你放我走吧，求求你了……"

晏明雪嘴角一挑，道："你现在想走？已经太迟了。"

"为、为什么？"

"卓远航已经离婚了，他一直对我有那么一点意思，这个你是知道的，对吧？"

"是、是，我知道我知道，他喜欢你。"

"我把这架飞机交给三牛电子，也算是已经报答了牛老师对我的恩情。现在，我要为自己打算了。"

"你要怎么为自己打算？"

“现在，我已经把盗窃飞机的罪名全部推到行政部主管张丹身上，在公司里，绝不会有人怀疑到我头上来，所以我如果选择继续留在公司，以后很有可能成为总经理夫人，对吧？”

“对对对，这个完全有可能，卓远航那么喜欢你，现在他又离婚了，一定会娶你的。”

“看来你还是个明白人。”晏明雪看他一眼，忽然话锋一转，道，“既然我想成为总经理夫人，那自然就不能让知道我秘密的人活在这个世界上，对吧？”

聂家鑫这才明白她是想杀人灭口，不由自主地打了个寒噤，忙说：“不不，只要你放过我，我保证马上从青阳市消失，你的秘密我永远不会说出去。”

“从你以往的表现来看，我可信不过你，只有死人才真正能保守秘密。”她眼中闪过一道寒光，说，“而且……”

“而且什么？”

晏明雪狠狠踢了他一脚，这一脚正踢在聂家鑫裆部，聂家鑫痛得头冒冷汗，浑身直哆嗦。

晏明雪恨声道：“你在啤酒里下迷药，乘人之危糟践我的身体，你觉得我会就这么轻易放过你吗？”

聂家鑫咬牙道：“如果我现在死了，你拿刀刺死‘舒悦’的视频，就会从我的手机邮箱自动发送给警方。警方并不知道那是一起假谋杀案，只要他们对此事进行调查，你的阴谋就有可能会败露，你想当总经理夫人，也只能是黄粱一梦了。”

“你就别在这里吓唬我了，我知道你根本就没有把这个视频放进邮箱里。”

“你、你怎么知道的？”

“我都能入侵你的手机了，你说破解你的手机邮箱密码，还在话下吗？”

“不，不，你不能杀我，”聂家鑫变换了另一种语气，道，“你要是杀了我，肯定不能把尸体放在屋里，对吧？现在天气这么热，尸体放一两天就会发出臭味了，所以你得赶紧处理掉我的尸体。现在大街上到处都是监控探头，只要你下楼抛尸，无论是晚上还是白天，都会被监控拍下来。一旦案发，警方很容易就能找到你头上来。”

“谢谢你的提醒。”晏明雪说，“怎样抛尸，我早就已经想好了，其实根本用不着我亲自动手。”

“为什么？”

晏明雪指指桌子上的飞机道：“我这里不是有架飞机吗？它能轻松飞上数百米高空，最远飞行距离超过 1500 米，更重要的是，它能载重 50 公斤以上。”她的目光落在聂家鑫身上，“假如我把你的尸体分成几块，站在外面的阳台上，用这架飞机把一块一块的尸体分别送到不同方向一千多米的距离以外，而我却足不出户，就算警察再厉害，也不可能怀疑到我头上来，对吧？”

说到最后，她脸上已弥漫起一团杀气，没待聂家鑫回答，手里的高压电棒就哧哧地冒着火花，狠狠朝他戳过去……

11

这天早上，市公安局 110 报警中心接到市民报警，说是在青阳河边发现了一个带血的人头。警情转到刑侦大队后，大队长范泽天带着助手文丽、李鸣及法医等人，迅速赶到现场。

他们在青阳河边的杂草丛中发现了一个黑色塑料袋。报警人称，他早上到这河边遛狗，发现自家小狗围着这个塑料袋嗅来嗅去不肯走，他以为这只是一袋被人丢弃在这里的垃圾，谁知后来小狗用爪子扒开了塑料袋，竟然从里面滚出一颗血淋淋的人头。他差点吓得尿裤子，赶紧掏出手机报警。

范泽天戴上手套，上前打开塑料袋，袋子里除了装有一颗人头，还有两条手臂，初步判断，应该是被凶手从某具尸体上肢解下来的。

刑侦大队的人正在勘查现场，忽然又接到 110 报警中心转来的报警电话，说是在其他三个地方，也发现了同样用黑色塑料袋包裹着的尸块，具体地点，都是在偏僻的山道边或烂尾楼附近。

范泽天觉得事有蹊跷，把几袋尸块收集到一起，正好拼成了一具完整的尸体。

法医验尸后得出初步结论，死者为男性，身高一米六五，年龄大约在 24 至 26 岁之间，死亡及被肢解和抛尸时间，应该是在昨晚半夜到今天凌晨 5 点之间。

范泽天判断，四个抛尸地点，分属四个不同的方向，彼此之间相距有数公里之遥，所以凶手夜间抛尸，肯定有汽车作为作案工具。

但是警方通过对抛尸地点附近的交通监控画面进行排查，并没有发现可疑车辆。

杀人分尸，这个血腥的案子在社会上引起了强烈反响，受到了市民极大关注。市公安局成立了以范泽天为首的专案组，可是警方忙了一个多星期，案情仍然没有半点进展。

这天上午，专案组向社会公布的请广大市民为这个案子提供线索的专线电话忽然响了。

值班员拿起电话“喂”了一声,就听见一个男人在电话那头有点激动地说：“警、警官，我知道那个分尸案的凶手是谁……”

“好的，请不要激动，慢慢说清楚！”

值班员相当冷静，一边按下电话录音键，一边拿起笔，在纸上记录着。

打电话的那个男人告诉他，自己姓黄，在青龙咀菜市场附近的一幢青年公寓里买下了一个套间，专门用来出租赚钱。他发现租住自己这个公寓的多是一些年轻漂亮的单身女性，于是就起了歪心，在公寓的隐蔽处安装了两个针孔摄像头，以此来满足自己对美女的窥视欲。

大约在一个星期前，他通过暗藏的针孔摄像头，目睹了一桩凶杀案。租住他房子的一个名叫晏明雪的女子,在凌晨时分,用高压电棒电死了一名男子,后来又将男子分尸，将尸块用黑色塑料袋包装好，用一架无人机分别将四个装尸块的袋子抛向了不同的方位。

杀人分尸案曝光后，警方在报纸上公布了装尸块的几个袋子的照片，他仔细看了，觉得就是他在偷窥视频里看到的晏明雪用来装尸块的那几个黑色塑料袋。

很显然，晏明雪就是警方公布的这桩血腥大案的凶手。但是因为这里面牵涉到两个问题，一个是如果被人知道他这套房子里发生过凶案，以后肯定不会有人再租他的房子，这会令他蒙受不小的经济损失，另一个，他暗中安装针孔摄像头偷窥别人，如果被警方知道，肯定要受到处罚，所以他一直犹豫着要不要报警。直到今天，他才下定决心，再怎么着也不能让杀人凶手逍遥法外，所以才拿起电话把这件事告诉警方。

值班员显得有些兴奋，一抬头，正好看见队长范泽天从值班室门口走过，忙对报警人说："你先不要挂电话！"然后趴在值班室窗口，对着范泽天的背影大喊，"范队范队，你快来，这个案子咱们有线索了……"